LES FEMMES DU BRACONNIER

DU MÊME AUTEUR

ROMANS
La Ventriloque, Des femmes, 1978.
La Danse océance, Souffles, 1988 ; Actes Sud Babel, 1996.
Martha ou le Mensonge du mouvement, Manya, 1992 ; Actes Sud Babel, 2009.
Belle mère, Actes Sud, 1994, prix Goncourt des lycéens ; Actes Sud Babel, 1997 ; J'ai lu, 1997.
La Nuit la neige, Actes Sud, 1996 ; Actes Sud Babel, 1998 ; J'ai lu, 1998.
Le Sas de l'absence, Actes Sud, 1997, prix de l'Ecrit intime 1998, précédé de *La Ventriloque*, Actes Sud Babel, 2000 ; J'ai lu, 2000.
Platon était malade, Actes Sud, 1999 ; Actes Sud Babel, 2002.
Septuor, en commun avec Daniel Zimmermann, Le Cherche-Midi éditeur, 2000 ; Pocket, 2002.
Le Jardin forteresse, Actes Sud, 2003 ; Actes Sud Babel, 2004.
Chers disparus, Actes Sud, 2004, grand prix de la Société des gens de lettres ; Actes Sud Babel, 2006.
Le Désert de la grâce, Actes Sud, 2007, prix Paroles d'encre ; grand prix littéraire de Saint-Emilion, Pomerol, Fronsac ; Actes Sud Babel, 2009.
Œuvres, t. I, Actes Sud, coll. "Thesaurus", 2009.
Les Femmes du braconnier, Actes Sud, 2010.

NOUVELLES
Les Enfants des autres, Actes Sud, 1985 ; Actes Sud Babel, 2005.
Un si joli petit livre, Actes Sud, 1989, prix fondation Thyde-Monnier de la SGDL ; Actes Sud Babel, 1999.
Vous êtes toute seule ?, Actes Sud, 1991, prix de la nouvelle du Rotary Club ; Actes Sud Babel, 1994 ; Librio, 1997.
La Chatière, Actes Sud, 1993 ; Actes Sud Babel, 2007.
Au lecteur précoce, Actes Sud, 2001 ; Actes Sud Babel, 2003 ; J'ai lu, 2006.
Sous les mets les mots, Nil (collection "Exquis d'écrivains"), 2007.
Les Femmes du braconnier, Actes Sud, 2010.

POÉSIE
Celles qui savaient, Actes Sud, 2000.
Instants incertitudes, Le Cherche-Midi éditeur, 2003.
Transhumance des tombes, Circa 1924, 2008.

MÉMOIRES
Les Ecritures mêlées, en commun avec Daniel Zimmermann, Julliard, 1995.

CORRESPONDANCE
Duel, en commun avec Daniel Zimmermann, Le Cherche-Midi éditeur, 2004.

ROMANS POUR LA JEUNESSE
Les Otages de Gutenberg, en commun avec Chantal Pelletier et Daniel Zimmermann, Hachette Jeunesse, 2000.
Atomes crochus, en commun avec Chantal Pelletier et Daniel Zimmermann, Hachette Jeunesse, 2000.
Championne à Olympie, en commun avec Daniel Zimmermann, Gallimard, Folio Jeunesse, 2004.

ISBN 978-2-330-00272-5

CLAUDE PUJADE-RENAUD

LES FEMMES DU BRACONNIER

roman

BABEL

à Daniel Zimmermann
à Georges, Julien, Mathilde, félins fraternels

ZOO

Londres, octobre 1955

Le zoo de Regent's Park est en émoi. L'homme aux allures de bûcheron, toujours vêtu de noir, quitte la plonge de la buvette. Sa journée de travail est terminée. Il allonge le pas, fauve sortant enfin de sa cage. Avant la fermeture – dans une demi-heure –, il accomplit rituellement le tour des enclos. Et la rumeur frémit, grossit. Le zébu le dit à l'émeu, et l'émeu au gypaète, et le gypaète à la girafe, qui transmet au buffle, qui transmet au boa : Attention, c'est un prédateur ! Amplifiées par les perroquets, les criailleries se faufilent entre les barreaux, sous les feuillages, dans le bassin des otaries, dans l'odeur rauque de la fauverie.

L'homme s'arrête devant le jaguar. Qui n'a pas peur. Ils se regardent, longuement. S'estiment. Une coulée dense. Une verticalité puissante. L'homme se détourne, s'assoit sur un banc, tournant le dos à la bête tachetée. Il sort un carnet de sa poche (à gauche elle est déformée par un morceau de cheddar et un quart de brandy ; à droite par un galet, un couteau et un tome de Shakespeare). Le jaguar bâille. Avant de partir, l'homme relit ce qu'il vient d'écrire : Les poèmes sont des animaux qu'il faut traquer et capturer.

GALOP

Cambridge, 12 décembre 1955

Sam avait beau être un étalon, il ne cherchait pas à manifester sa puissance. Lorsqu'il était parti en balade avec cette fille inconnue, sur une petite route de terre proche de Cambridge, il s'attendait à une promenade de santé, décontractée. La fille, ce fut très vite évident, ne connaissait rien aux chevaux. Dix minutes après le départ, Sam s'était légèrement dégonflé, comme à l'ordinaire, et la cavalière n'avait même pas ressanglé. Il avait sitôt compris : une novice, ignare. Elle laissait les rênes longues puis, par à-coups, tiraillait dessus. Nerveusement, mais sans brutalité. Bien incapable de transmettre le moindre message... Sam laissait faire, amusé. Après avoir tourné l'angle d'un bois, il avait pris le trot, rien de saccadé, juste un petit trot, histoire de s'échauffer. La fille bringuebalait, tressautante, tour à tour molle et crispée. Au moindre écart, elle chuterait. Mais Sam, ce jour-là, était d'humeur aimable, fair-play. Il n'amorça aucune incartade. Négociant en douceur un virage, il s'engagea dans l'allée cavalière traversant le bois. Une belle allée, rectiligne, au sol souple, idéale pour lancer le galop. Sam ne s'en priva point, sans violence ni malignité cependant. Aussitôt la selle, dont les sangles n'avaient pas été resserrées, tourna, et la cavalière avec. Par un invraisemblable miracle, elle parvint à s'accrocher. Au poitrail par les jambes, à l'encolure par les bras. Surpris par l'incongruité de la situation, Sam coucha les oreilles, accéléra légèrement. Un galop lourd, épais, englué dans sa répétition cyclique. Les étriers libérés se balançaient en cadence, la fille tenait bon. L'allée déboucha sur une route, goudronnée celle-là, et passante. La résonance métallique des sabots aiguisa l'ardeur de Sam. La fille, proche du sol, devait en avoir plein les oreilles de ce boucan – badaboum, badaboum, marteaux sur enclume, étincelles crépitantes, forge de la folie. Lors de la traversée d'un carrefour, un cycliste du dimanche, terrifié par ce surgissement, par ce couple monstrueux auquel on ne pouvait même pas attribuer le terme de centaure ou de centauresse, préféra se jeter dans le fossé avec son vélo, ignorant sans doute qu'un cheval tenterait l'impossible afin d'éviter un humain. Sam soutenait le rythme – lourds triolets en cascade, badaboum, badaboum… Balançant le bizarre collier suspendu à son cou, il reniflait l'aigrelet de la sueur dégagée par la fille, sueur d'effort, d'angoisse, pas désagréable. Il s'installa dans un galop long, d'une puissante régularité. La fille maintenait sa prise, Sam continuait à s'amuser. Soudain, ce ne fut plus seulement l'odeur de transpiration mais une autre, fade et violente à la fois. Aussitôt Sam comprit : cette fille sentait la mort. Un relent que les chevaux ne supportent pas. C'était aussi intolérable que de flairer une charogne. Le drame, c'est que, cette charogne, il la transportait avec lui. Il s'emballa, pour de bon. Fini de jouer. Une fuite éperdue, arbres, piétons, voitures défilaient à toute allure. La puanteur le poursuivait. La fille ne criait pas, elle se cramponnait, il percevait la tension extrême du corps, une tension concentrée dans les chevilles et les mains. De prodigieuses vibrations d'énergie, de vitalité, traversaient le cadavre qu'il trimballait, se transmettaient à ses nerfs, ses muscles, à sa masse de huit cents livres. Par chance, il croisa une autre allée cavalière : de ce côté, il le savait, il reviendrait au bercail. Sam ralentit progressivement en retrouvant le calme des sous-bois, ocellés par un pâle soleil hivernal. Des parfums plaisants, rassurants – humus, traces de bêtes, crottins récents, eau croupie des flaques – masquèrent la senteur sombre, angoissante. Rasséréné, oreilles redressées, Sam adopta une allure tranquille, le licou de bras et jambes et cheveux et chair odorante toujours suspendu à son encolure. Les tiraillements dans sa crinière commençaient à l'agacer mais puisqu'on était sur le chemin du retour il se montra accommodant jusqu'à ce qu'il puisse enfin laisser se répandre sur la paille de l'écurie la guirlande femelle, poisseuse de transpiration. Sitôt métamorphosée en bipède, elle s'appuya contre son flanc, haletante, alternant rires et sanglots. Une de ses tresses, à demi défaite, chatouillait l'épaule de Sam. Tous deux s'apaisèrent, réconciliés – mais peut-être avaient-ils été parfaitement accordés durant ce galop de la démence ? A peu près calmée, la fille s'empara d'une poignée de paille, voulut bouchonner sans même penser à ôter le mors, la bride et la selle – décidément elle ne savait rien faire… Appuyée contre la masse pommelée, elle riait et pleurait encore par spasmes brefs, et Sam, ému, devina sur son flanc droit la tiédeur des larmes.

ROUGE SANG

Cambridge, février 1956

Le galop partagé avec Sam s'était estompé. Je pataugeais dans un de ces hivers sinistres dont l'Angleterre a la spécialité, grisaille humide, ombres errant dans le brouillard, Hadès remonté sur terre. Chez moi, dans le Massachusetts, l'hiver sécrétait un froid tonique, franc du collier. De ce ciel net j'avais la nostalgie. Et de la neige. Et de ma mère... Mais je répugnais à me l'avouer : j'avais tellement désiré obtenir cette bourse pour l'université de Cambridge ! Eh bien j'avais traversé l'Atlantique, j'étais à Cambridge et je suivais entre autres un cours sur la tragédie, nous en étions à Racine, j'aimais *Phèdre*, avec passion ! Pourtant, à vingt-trois ans, je m'estimais flétrie, inutile. En cette fin février, j'avais mes règles, plus une rhinite et j'avais très peur qu'elle ne vire à la sinusite, mon symptôme chronique (plus tard ma mère m'a confié que c'était également celui de mon père). La morve à jets continus, cette barre sur le front et les yeux larmoyants. Plus ce sang limoneux... Les douleurs menstruelles, spasmodiques ou pas, je les associais à la mort, ou à un accouchement stérile, et je sentais moutonner, grumeleuse, la menace de la dépression, vieille compagne familière. Le vin et le sherry réussissaient un peu à l'exorciser, je percevais avec quelle aisance on pouvait se laisser glisser sur la pente de l'alcoolisme. Mais j'avais tellement peur de m'engluer dans cette mélasse dépressive, telle une abeille dans un pot de miel. Ma terreur : et si le monde se décolorait ? Pas la réalité, le monde de l'imaginaire. S'il me lâchait, si je ne parvenais plus à écrire, ce serait l'effondrement.

Je m'habillais souvent dans des teintes sombres. En outre, à Cambridge, il fallait porter cette longue toge noire. Dans un premier temps ce déguisement m'avait amusée. Puis, très vite, agacée. Elle se décousait par endroits – ou était-ce moi qui la déchirais, de rage, en l'enfilant ou en l'ôtant, énervée, exaspérée, sans trop m'en rendre compte ? En tout cas, j'avais la flemme de la raccommoder. J'avais parfois l'impression d'être ligotée dans une camisole de force pour fous dangereux – peut-être était-ce la tenue qui me convenait ? De temps à autre cependant, je m'ingéniais à raviver ce noir par des accessoires rouges, une écharpe, des gants, un serre-tête. En deuil, je me drapais secrètement dans ce que j'appelais, toujours à propos de *Phèdre*, la "cape rouge du destin". Mais à quoi bon agiter bêtement le leurre d'une cape écarlate devant le mufle du monstre caché, le Minotaure ?

Et donc, le matin du 25 février, épuisée, craignant le retour de l'état dépressif, ne supportant plus les angoisses liées à mes règles, j'ai consulté un psychiatre – le psychiatre de l'université –, et je me suis effondrée dans son cabinet en pleurnichant : Il me faudrait un homme, et qu'il me câline, et qu'il me console… Oui oui, bien sûr, j'avais un petit ami, il résidait à Paris, étudiant à la Sorbonne. Petit, effectivement, un très joli visage, juif américain, sensible, cultivé, dans ce registre rien à lui reprocher, mais je n'étais plus très certaine de l'aimer, tout en me raccrochant à son image. En fait, ai-je avoué au psychiatre, je rêvais de rencontrer quelqu'un dont le poids, la stature m'écraseraient, me combleraient : au lit, avec ce Richard gracile, un peu maladif, je me sentais presque trop grande, euh... athlétique, vous voyez ce que je veux dire ? Le psychiatre a paru perplexe, les gentilles étudiantes anglaises au teint virginal ne devaient pas lui tenir souvent ce genre de propos. J'étais attachée à Richard, certes, mais peut-être me faudrait-il un homme plus mûr, euh... un père... Le psychiatre paterne a semblé retrouver ses marques, moi pas, et j'ai ajouté : Sinon un père, du moins une personne plus âgée, compréhensive, aux Etats-Unis les professeurs étaient tellement plus disponibles, attentifs qu'ici... Il a souri gentiment, m'a encouragée à revenir le voir.

Durant l'après-midi, encore embrumée, abrutie (ma dissertation sur *Phèdre* n'avançait guère), j'ai pensé : En attendant l'homme, le père, un peu d'alcool serait bienvenu afin d'enrayer ce rhume. J'avais prévu de me rendre à une petite fête pour le lancement d'une nouvelle revue de poésie. A Cambridge, ces revues surgissaient et disparaissaient comme des champignons. J'ai bu un verre de vin (je dissimulais une bouteille dans ma piaule – ah ces chambres universitaires si mal chauffées !). Dans cette brouillasse légèrement fiévreuse est revenu lointain, incertain, puis s'affirmant peu à peu, le rythme ternaire du galop, triolets en cascade, badaboum, badaboum. Le galop de Sam, ce merveilleux cocktail de terreur et de jouissance... Enfant, je collais mon oreille contre la poitrine de mon père, il était grand et fort, mon père, ça bruissait, grondait, martelait, une vraie forge, et parfois une horde de chevaux sauvages s'emballait là-dedans. Une étrange cavalcade s'amorçait, me soulevait, j'aurais tellement voulu la faire renaître dans la cadence des mots, la scansion d'un poème. Bref, il me fallait du whisky ou du gin, plus un beau galop, érotique, alcoolique, poétique, et tant pis si certains mélanges sont réputés dangereux !

Comme convenu, un ami étudiant est passé me chercher. Hamish, un Canadien. Gentil, le type parfait de l'accompagnateur, la cavalcade espérée ne serait certainement pas en sa compagnie. C'est lui qui m'avait signalé cette soirée. Je m'étais procuré la revue en question et j'avais repéré les textes d'un nommé Ted Hughes. Les plus intéressants à mon sens, ça changeait du snobinard sophistiqué dont se piquaient ces petites publications prétendument d'avant-garde. J'ai appris par cœur certains passages, notamment ceux où étaient évoqués des animaux. Puis je me suis souvenue d'avoir lu de ce même Ted Hughes un autre poème, paru quelques semaines auparavant dans un journal étudiant. J'ai fouillé dans mes paperasses et je l'ai déniché. Il s'intitulait "L'accident" – mais non, nul mauvais présage dans ce titre ! Il s'agissait du crash d'un avion. La chute… eh bien, la chute d'Icare, avais-je songé. Brûlé l'aviateur, tombant en flammes. Un faisan et un lièvre assistent au drame. J'aimais beaucoup cette présence. Et je songeais à ce tableau que j'avais vu à la National Gallery, *La Mort de Procris* : ce chien qui veille la jeune défunte, ce chien en deuil, tellement humain. Comme seul un animal peut incarner la détresse muette face à l'irréparable.

Je m'étais soigneusement maquillée, réussissant à masquer mon teint hivernal cadavérique ainsi que la flétrissure sur ma joue droite. La bouche, sanglante. Dès l'adolescence, j'avais élu la violence de ce cramoisi. Sur les ongles, un vernis écarlate, assorti aux lèvres. Une ceinture et des escarpins rouges. Hamish m'a complimentée. Sur le trajet, il a proposé de s'arrêter dans un pub. Durant une bonne heure, discutaillant, nous avons descendu whisky sur whisky – lui plus que moi. La fièvre, la pesanteur dans le bas-ventre et la barre au-dessus des yeux se sont estompées. En repartant du pub, je me suis sentie comme soulevée. J'entendais le sifflement allègre du vent tout en sachant, ironiquement lucide, que c'était une nuit très froide mais très calme. Pas la moindre bise. Bourrasques et galopades prenaient racine à l'intérieur de moi, comme autrefois dans la poitrine paternelle, là-dessus également j'étais lucide. Je pensais à la pièce de Shakespeare, *La Tempête.* A ce déchaînement de vents et de vagues provoqué par un père tout-puissant, secondé par Ariel, à cette folie des éléments qui bientôt permettra à la fille de rencontrer l'homme aimé. Et les fragments animaliers de ce Ted Hughes me revenaient, et j'avais envie de bondir tel un lièvre.

La fête se déroulait au deuxième étage d'un bâtiment ancien, Falcon Yard. Hamish me soutenait par le coude en montant les marches, ça va, tu tiens le coup ? Mais oui, ne t'inquiète pas, je supporte très bien l'alcool ! En fait, je gravissais les escaliers intérieurs du *Queen Elizabeth II*, le navire qui m'avait transportée des Etats-Unis jusqu'en Angleterre : le tangage remontait le long de mes jambes, vibrait au creux de mon ventre, houle et tornades, venues de très loin, me soulevaient beaucoup mieux que le bras prétendument secourable de Hamish. Puis ce fut une grande salle où les vents pénétrèrent en même temps que moi. Buée d'alcool et d'haleines lourdes, spirales de fumée, brouhaha de rires, de discussions, un orchestre qui se croyait jazzy – chez moi ça swinguait avec nettement plus d'entrain ! J'ai pris un punch au bar, dansé avec je ne sais plus qui, en tout cas ce n'était pas Hamish. Plus tard, émergeant du brouillard

– peut-être était-il en moi le brouillard ? –, comme porté par les rafales redoublées, un long type sombre s'est approché. Plus que grand, immense, et j'ai sitôt pensé : Un homme de l'Est, d'Europe centrale. Allemand ? Polonais ?

L'IMMIGRANT AUX ABEILLES

Septembre 1900

A seize ans, Otto Platt découvrit l'Amérique. Elle lui parut minuscule et plate. Se nommait Ellis Island. Bâtiments de briques, clochetons tarabiscotés, portes et fenêtres encadrées de lourdes pierres. Des salles carrelées de faïence blanche, empestant la créosote. L'Amérique désinfectait les prétendants à la terre promise. Soupçonnés d'apporter le mal, les morpions, le malheur, les poux, la maladie, la pourriture ? Otto fut ausculté, mesuré, pesé, palpé, photographié : une petite pancarte épinglée sur sa poitrine indiquait le numéro de son bateau, le *Pretoria*. Des médecins examinèrent avec un soin maniaque ses yeux, sa gorge, son nez et ses oreilles, ses aisselles et ses poils pubiens, le gland. Et pourquoi pas le trou du cul, se demanda-t-il, ne serait-ce pas là que se dissimulerait toute la misère de la vieille Europe, crasse, famine et parasites ? On mangeait à sa faim dans la famille Platt, bien que les parents eussent engendré sept enfants, mais Otto avait désiré quitter Grabow, ce gros bourg non loin de Dantzig. Cette contrée entre-deux, prise en tenaille, malmenée, divisée par les fluctuations de l'Histoire. Dans la famille Platt, on méprisait ces catholiques de Polacks, même si, par une grand-mère, on avait un peu de sang polonais. On se sentait, se voulait allemand. Prussien, et luthérien, avec une rigide fierté. Son père, dont la forge de maréchal-ferrant périclitait, lui avait fourni l'argent de la traversée. Dantzig, la Baltique, la mer du Nord, l'Atlantique, mal de mer et promiscuité de la misère. Le jeune Otto avait serré les dents, s'était juré de tenir bon. A New York il rejoindrait un oncle épicier, l'aiderait dans la journée, suivrait des cours du soir, et tournerait le dos, définitivement, à la stagnation grisâtre de Grabow.

Les médecins d'Ellis Island détectèrent un suintement à l'oreille droite, une rhinite et une sinusite. Otto était furieux, il était parti de Grabow en parfaite santé, c'est à bord du *Pretoria*, ce rafiot puant, qu'il avait attrapé cette saleté ! On le mit à l'isolement durant cinq jours, histoire de surveiller l'évolution de l'infection. Il devina qu'il avait échappé de justesse à l'expulsion immédiate : quelques-uns de ses compagnons de voyage, malades ou estropiés, furent aussitôt renvoyés et repartirent avec ce même *Pretoria* qui les avait amenés. Sa jeunesse, sa belle stature, plus l'adresse de l'oncle à New York, avaient sans doute plaidé en sa faveur. Dans sa cellule sanitaire, il eut tout le temps de ruminer, se souvenir. Aux odeurs de crottin et de corne brûlée dans la forge paternelle il préférait celle du miel. Il partait, seul, dans la campagne, observait patiemment le trajet des abeilles, repérait où elles gîtaient. Un ancien terrier, parfois. Il rampait, prudemment, visage protégé. A plat ventre, une longue tige creuse entre les lèvres, il réussissait à aspirer un peu de leur miel. Il avait tellement besoin de sucré, sa mère ne lui confectionnait pas assez de desserts. Otto raffolait de ce sucre sauvage, parfumé. Il aimait les langues également. Parler “platt”, avait-il très vite compris, c'était user du dialecte vulgaire, populaire, le bas allemand. En classe, il avait rapidement assimilé la langue littéraire, le haut allemand. Ernestine priait le Seigneur pour que son aîné, si brillant, poursuive ses études et devienne pasteur. Non ! De cette mère geignarde, épuisée par sept grossesses rapprochées, traînant une jambe chroniquement ulcéreuse, il avait hérité d'étonnants yeux bleus, à l'éclat métallique. Mais non l'amour du Seigneur, auquel elle aurait tellement souhaité le consacrer. Otto cracha des humeurs verdâtres, jaunâtres, il expectora Grabow, son ennui et son hiver interminables, la pesanteur luthérienne, la mélancolie maternelle. Au cinquième jour, il estima avoir accompli en son for intérieur le travail de séparation, était-ce là l'épreuve imposée par les gardiens de la porte ouvrant sur la terre promise : évacuer ses souvenirs comme ses microbes ? L'infection s'était résorbée, il fut autorisé à pénétrer sur le territoire américain. L'employé chargé de rédiger les papiers – négligent ? pressé ? – transforma Platt en Plath. Otto Plath, né le 13 avril 1885 à Grabow, Prusse.

Le jeune Otto respira. Il s'en était fallu de peu… Il ne parlerait plus "platt", fini le bas allemand ! Son seul regret : la saveur du miel sauvage. Mais la terre promise regorgeait certainement d'abeilles nourricières.

LA PETITE AMIE DU MOMENT

Cambridge, 26 février 1956

Cette fille titubant sur ses escarpins vermillon – ces Américaines se prennent pour Marilyn Monroe –, cette fille avait ses règles. Je les renifle infailliblement chez les autres. Elle saignait, elle a fait saigner Ted. L'a mordu à la joue gauche. Sauvagement. L'écarlate de son rouge à lèvres, le brunâtre du sang coagulé. Répugnant, ce mélange… Sous son œil droit, une cicatrice. Ancienne mais bien visible. Droite, gauche, eh bien ces deux-là font la paire à présent, elle et Ted – c'est cela qu'elle cherchait ? En plus, elle traînait un rhume, en partie masqué par l'alcool, j'ai bien repéré cependant qu'elle avait le nez morveux, et rougeoyant. Déjà qu'elle l'a un peu fort… Et ce serre-tête rouge dans sa chevelure châtain blondasse, pas très heureuse cette alliance de couleurs ! Bref, ça faisait beaucoup de rouge lors de cette beuverie dansante consacrée à la poésie. Punch, sherry, whisky, fumée des pipes et des cigarettes, relents de transpirations, gin, brandy, vacarme et vociférations éméchées, un orchestre de jazz amateur, la batterie écrasait le saxo… J'étais venue pour Ted, bien sûr. La fille bourrée est repartie avec son chevalier servant, Ted avec moi. De sa poche pendouillait le bandeau rouge (Ted a toujours ses poches remplies de victuailles et trouvailles diverses, d'ailleurs il lui arrive de ne pas sentir très bon, outre qu'il n'aime guère se laver, mon homme des bois). J'ai ironisé à propos de ce serre-tête : cadeau ou larcin ? talisman, gage de fidélité ? dépouilles opimes ? Il n'a pas répondu, il pressait un mouchoir dégueulasse sur sa joue blessée. Salaud ! S'il s'infecte, il ne l'aura pas volé. Je l'ai soigné, quand même… Une peste, cette fille, et elle apporte la peste. Ted avait sondé les astres afin de savoir si cette date du 25 février était favorable pour le lancement de leur revue (ces histoires de conjonctions astrales ne m'intéressent guère mais, lui, il y croit ferme). Bien que la date fût, paraît-il, néfaste, ils avaient décidé de maintenir. Eh bien, ils auraient mieux fait d'annuler ! De toute façon – maigre consolation –, Ted, qui vivote de petits boulots à Londres, doit bientôt rejoindre son frère aîné en Australie, il paraît que c'est fabuleux pour la chasse et la pêche, l'Australie. Il était même question que je parte avec lui, son projet était d'élever des visons, je sens que c'est fichu. Ted Hughes le ténébreux n'est ni pour moi ni pour l'Américaine éméchée. Pourtant, à l'automne dernier, il m'avait emmenée chez ses parents, dans le Yorkshire. Sa mère, chaleureuse ; son père, taciturne, démoli par la guerre de 1914. J'avais cru que c'était sérieux, qu'on envisagerait un mariage, même si ce n'est pas important aux yeux de Ted et même si j'avais bien senti que sa sœur Olwyn ne m'appréciait guère. C'est elle qui a initié Ted à l'astrologie, une de ses passions avec la pêche, la poésie et l'anthropologie. Eh bien, qu'il le lui concocte, son signe astral, à la fausse blonde ! Sous quels auspices leur collusion, en cette nuit du 25 au 26 février ? Une rencontre sous le signe du sang, menstruel ou pas, c'est l'échec assuré, je parie. Ted le chasseur, le prédateur, s'est fait attaquer par une sale bête, venimeuse. Mais qu'il parte, qu'il parte donc aux antipodes chasser et pêcher avec son grand frère chéri ! Loin de moi, loin d'elle, l'allumeuse ivre. Je la connais, nous suivons le même cours sur la tragédie, elle m'exaspère avec son aisance à lire Racine dans le texte – *Phèdre* avec cet atroce accent de Boston ! –, plus ses airs d'Américaine bien nourrie, sportive et cultivée à la fois, parfait produit de Smith College, côte est des Etats-Unis, ce qu'on fait de mieux dans le genre, top niveau, top model, elle a posé, paraît-il, pour des magazines genre *Mademoiselle*. De belles jambes, je suis obligée de le reconnaître, de longues jambes fuselées. Et qu'est-ce qui m'a pris, ces derniers temps, de parler si souvent d'elle à Ted, elle m'obsède, me fascine ? Cette fille est folle. Folle dangereuse, ça crève les yeux. Et prétentieuse (ses poèmes aussi, m'a confié un collaborateur de la nouvelle revue, beaucoup trop formels). Exubérante, exhibitionniste, et cette façon affolée d'affoler les mecs, de se jeter à leur tête ! En plus, elle trouve la bouffe anglaise dégueulasse. Evidemment les Américains, entre 1940 et 1945, ils n'ont pas souffert comme nous ! Plath ? Un nom d'origine allemande, je parie. Depuis la guerre et les bombardements sur Londres, je hais les Allemands.

MORDRE

Saoul comme un Polonais, mon supposé Germano-Polonais… J'avais bu moi aussi, juste assez pour être traversée par ces intuitions qui surgissent dans l'acuité lucide de l'ébriété : bien sûr, c'était lui, l'auteur des poèmes que j'avais dévorés avec délectation ! Je continuais à tanguer, bousculée par la houle et les bourrasques, mais je sentais que la traversée touchait à son terme. Comme si le destin de cet énorme paquebot parti d'Amérique, guidé par je ne sais quel sagace nautonier, était de venir échouer contre le récif granitique qu'était ce type immense. Enfin un homme assez grand pour moi, un homme qui m'allait ! Ce colosse que j'avais reconnu, surgi des confins de ma tourmente intérieure, porté par le grand vent de l'ivresse, du désir. Rocailleuse, sombre elle aussi, sa voix résonnait dans mon ventre, mon sexe, je trépignais d'impatience : qu'attendait-il donc pour m'embrasser, cet imbécile ? Il m'a entraînée dans une petite salle contiguë, a rempli deux verres de brandy et m'en a tendu un. Il a avalé le sien cul sec, je l'ai imité, et j'ai commencé à brailler dans la tempête des lambeaux de ces vers que l'homme rugueux, s'il n'était pas trop bourré, ou assourdi par les rafales, était censé reconnaître pour siens – ah, vous avez lu, vous aimez ? Oui oui, beaucoup ! Les pulsations du jazz nous parvenaient, amorties, dérisoires comparées aux vagues qui nous soulevaient l'un vers l'autre. Toujours déclamant – incroyable comme l'alcool aiguise la mémoire –, j'ai largué dans cette petite pièce les bêtes peuplant ses poèmes (ceux que j'avais appris du moins) : le lièvre et le faisan, le jaguar, les poissons et les chats indolents, sans oublier les insectes. Certains s'accouplaient en se tuant l'un l'autre, avait-il écrit, et j'avais frémi, me demandant : Comment dès lors peuvent-ils se reproduire ? Sa faune nous encerclait et nous reliait, sauvage et domestiquée par le langage. Au point où j'en étais, pourquoi ne pas lâcher au beau milieu de ce zoo le galop démentiel de Sam, mon bel étalon ? Je n'en ai pas eu le temps. Avide de retrouver sa grouillante ménagerie, le colosse granitique s'est voûté vers mon visage et s'est emparé de mes mots sur ma langue. Ses mots, ses animaux. Puis ses lèvres, chaudes, malignes, sont descendues dans mon cou et, à mon tour, je l'ai embrassé, euh… mordu à la joue. Sauvagement. Je ne relâchais pas ma prise. Le goût du sang s'est mêlé à celui du brandy, c'était savoureux. J'avais harponné, ferré ma proie. Elle saignait, déflorée. La tempête s'est soudain calmée.

AURELIA

Wellesley (Massachusetts), février 1956

Pas de lettre de Sylvia depuis cinq jours. Je m'inquiète – telle est la fonction des mères… Au ton de ses derniers courriers, je l'ai sentie sinon dépressive (j'aimerais tellement pouvoir oublier ce terme), du moins grignotée par le mal du pays. Lorsqu'elle était enfant, je l'ai presque toujours vue dynamique, souvent explosive, avide de réussir dans tous les domaines. Elle ne m'a pardonné, je pense, ni la naissance de Warren, ni la mort de son père. C'est après l'arrivée de son petit frère qu'ont débuté les phases d'agressivité. Qui sont revenues durant plusieurs années. Je me souviens de la voisine, écarlate, échevelée, faisant irruption dans ma cuisine : Sylvia a mordu William jusqu'au sang ! J'ai reconstitué l'incident en discutant posément avec ma fille, elle devait avoir six ou sept ans. Elle s'amusait avec William et sa petite sœur, le jeu avait tourné à la bataille, Sylvia s'était retrouvée coincée à plat dos : assis sur son ventre, William la maintenait au sol tandis que sa sœur chatouillait sadiquement leur victime – or Sylvia ne supportait pas les chatouilles. Relevant tête et buste avec vigueur, elle n'avait eu d'autre solution que de planter ses dents dans ce qui s'offrait à elle : le mollet de son agresseur. Hurlements du garçon, piaillements de sa petite sœur, irruption de leur mère, scandale… Une fois les excuses présentées (bien qu'Otto fût contre, estimant sa fille innocente) et la voisine calmée, j'ai pu constater que les empreintes des canines sur la jambe de William avaient disparu au bout de deux jours et j'ai douté qu'il y ait eu effusion de sang. Il n'empêche, comme il advient fréquemment dans nos banlieues résidentielles, la rumeur s'est aigrement amplifiée, Sylvia a été désignée dans le quartier comme "la gamine qui mord". Il faut dire qu'elle a hérité de son père une mâchoire bien dessinée et des dents solidement implantées – de quoi aggraver son cas.

Celle qui mord ? Elle mordait dans la vie à belles dents, là était l'essentiel, le deuil me semblait conjuré. Elle était adolescente lorsque nous avons évoqué cet incident ancien et nous en avons plaisanté. Tout de même, il avait dû la marquer car elle m'a déclaré : Un jour, j'écrirai une nouvelle sur cette histoire stupide et tu sais comment je prénommerai mon héroïne de sept ans ? Sadie ! J'ai souri. Sylvia est le prénom voulu par son père, il l'associait à Salvia, la sauge, celle qui sauve – eh bien, Sylvia-Salvia n'aura pas sauvé son père. Sivvy est le petit nom tendre que je donne à ma fille. "Ta Sivvy", signe-t-elle à la fin de ses lettres. Sylvia-Salvia, Sivvy-Sadie ?

LA PANTHÈRE

Lendemain de cuite, gueule de bois, dégoût de soi. Et par-dessus le marché, c'était un dimanche anglais... Du retour dans la nuit me restait un souvenir étrange. Les trottoirs étaient perfidement verglacés, il m'arrivait de me raccrocher à un réverbère que, au fond de moi, là où ça grouillait, désirait, palpitait, je nommais "Ted", tout en prononçant "Hamish" à haute voix (je ne voulais pas le blesser, ce brave type encore plus imbibé que moi). La séquence "film comique américain" s'est brusquement interrompue, et j'ai dû affronter la série "épreuves initiatiques". Dangereuses, douloureuses. Pour franchir des douves, gueules d'ombre, il me fallut escalader une grille aux pointes acérées. Périlleux avec ma jupe étroite ! Je me suis méchamment meurtri les doigts. Puis il s'est agi de traverser une rivière gelée. Je n'étais pas certaine que la glace résisterait, je serrais les dents et les fesses. Entre ces deux épisodes, un intermède dans la turne de Hamish, nous avons baisé sur le plancher, non non ce n'était pas la troisième épreuve initiatique mais une parenthèse sans importance, un rite obligé... La grille et la rivière ? Des biais, des chemins de traverse afin d'échapper aux éventuels surveillants de Cambridge : à cette heure, nous aurions dû être chacun dans notre chambre, sagement endormis, je ne tenais pas à me faire pincer et à risquer de perdre ma bourse.

Comme j'aurais aimé que ces épreuves, victorieusement surmontées, me permettent de mériter et retrouver le colosse poète ! Réveil pâteux, nauséeux, je me doutais que Ted Hughes était reparti à Londres avec sa pâle sylphide grêlée de taches de rousseur. Cette blondeur anglaise, douce et cendrée, si belle, bien obligée de le reconnaître… Autrefois, aux Etats-Unis, je m'étais fait décolorer en platine, genre Marilyn Monroe. Juste après ma dépression et mon hospitalisation en psychiatrie. Une tentative pour renaître, revêtir un autre personnage ? Essayer, du moins. Toutes les blondeurs du monde n'effaceraient pas la noirceur d'une descente aux enfers. Et soudain, lors de cette morne journée dominicale, l'idée a surgi. J'allais écrire un roman où je raconterai cet atroce été 1953, les insomnies, les électrochocs – le grésillement bleuté, l'arrachement à soi-même –, et j'ai décidé par quel épisode je commencerai : par l'électrocution des Rosenberg… En attendant, il a bien fallu m'atteler à cette dissertation sur *Phèdre*, je devais la rendre le lendemain. Me revenait, obsédant, le leitmotiv de la "cape rouge du destin", au fait où était donc passé mon serre-tête rouge ? J'étais furieuse de l'avoir perdu, j'y tenais beaucoup.

Puis je suis tombée sur ce vers de Racine : "Dans le fond des forêts votre image me suit." La figure du colosse a resurgi. J'ai abandonné *Phèdre* et j'ai rédigé le premier jet d'un poème. Une panthère s'y promenait, rôdait autour de moi, montait les escaliers en me poursuivant. D'elle j'avais peur et désir. Une bête dévorante : "Pour étancher sa soif, je lui prodigue du sang" – décidément, le sang, je n'en sortais pas… Ce soir-là, au réfectoire – ces sinistres repas anglais (j'aurais tellement aimé mordre à belles dents dans un steak saignant, oui parfaitement, rouge, saignant !), légumes chlorotiques flottant dans une sauce blanche anémique, pour dessert une gelée tremblotante, sénile, on l'aurait crue atteinte d'une maladie de Parkinson, et me venait la nostalgie des tartes aux abricots et des biscuits à la cannelle de ma grand-mère autrichienne –, bref, mine de rien, j'ai lancé la conversation, d'un air détaché, sur ce Ted Hughes. Le chœur féminin a mordu à l'hameçon. Oui, il avait laissé ici quelques traces : l'année précédente, il était étudiant à Cambridge, en littérature et en anthropologie. Attention, Sylvia, c'est un prédateur ! Tu plaisantes, je suppose ? Mais non, une réputation de grand séducteur – sa taille, le magnétisme de sa voix… Après être passée par Falcon Yard, la rumeur le concernant avait couru le long de Trinity Lane, avait transité de Christ's College à Pembroke, puis avait traversé les pelouses avant de parvenir à Whitstead, mon lieu de résidence. Un chasseur, ou un braconnier ? Sur la Cam, les cygnes s'enfuyaient à son approche en battant des ailes et les canards cancanaient furieusement. J'ai éclaté de rire : Je ne vous crois pas, vous fabulez, vous enjolivez ! Nullement ! Helen l'avait dit à May qui l'avait confié à Virginia qui me l'a répété, en insistant : Il paraît même qu'il hypnotise ses proies… Allons donc, la bonne blague ! Non non, et en plus il interroge les astres, il s'intéresse à l'occultisme, au chamanisme, au spiritisme… Il serait un peu mage, ou magicien, je ne sais quel terme convient, ça ne m'étonnerait pas. Ou peut-être il y joue ? En tout cas, prudence !

Un braconnier ? Dans mon poème, encore pataud et mal léché (il me fallait le travailler, aiguiser ses griffes), je désignais ce fauve qui me traquait par les termes de noir maraudeur. Chasseur animal ? Chasseur humain ? Je les mettais dans le même sac, ils m'angoissaient et m'attiraient. Mais je ne voulais pas être un trophée supplémentaire dans le tableau de chasse de ce Ted Hughes. Si nous devions nous rejoindre, je souhaitais que ce fût par la poésie.

LE MORDU

Brusquement, Ted n'eut plus la moindre envie de participer à cette revue. Les autres rédacteurs non plus. Ils décidèrent d'arrêter. Au bout du compte, cette feuille de chou n'avait eu qu'un numéro, comme si sa seule fonction avait été de provoquer la rencontre entre lui et la fille éméchée. Une revue entremetteuse, la maquerelle d'une nuit ébrieuse ? Elle l'obsédait, cette Américaine aux longues jambes, aux lèvres et au nez épais, aux longs doigts volubiles, aux longs cheveux balayant son visage, comme s'il lui fallait tour à tour masquer et dévoiler ce bizarre stigmate sur sa pommette. Pourtant, en général, il se méfiait des femmes en mal d'écrire… Oui, elle l'obsédait, l'étrangère au regard étincelant : dans ses yeux d'ambre brillait la joie de celle qui venait de toucher au port après une navigation houleuse, enfin elle avait trouvé l'objet de sa quête, l'objet à jamais disparu, elle éprouvait une telle peur de le perdre qu'elle l'avait agrippé, férocement. Ainsi avait-il ressenti le baiser-morsure, profondément imprimé, et pas seulement sur sa peau.

Il enfouit dans sa poche le serre-tête rouge, sous le tome de Shakespeare contenant *La Tempête*, et il soigna sa plaie, presque à regret : il aurait préféré conserver la trace de cette collision imprégnée de dinguerie, tel le prince gardant la pantoufle de vair. L'amour avec sa pâle sylphide lui parut de plus en plus fade. Elle se décolora, insensiblement, et finit par glisser, en douceur, en silence, hors de sa vie.

Le natif du Yorkshire – une terre de landes et de moutons, la contrée des Hauts de Hurlevent – repassait souvent le film tressautant, incohérent, de cette soirée à Cambridge et songeait qu'avait soufflé sur eux un vent étrange, porteur de désir, de folie et de mort. Comme dans le roman de ce nom. Il aurait voulu faire renaître ce vent, rejoindre et cette fille et cette folie.

LE PETIT AMI DU MOMENT

Paris, 15 mars 1956

Elle me fait peur, je crois. Au point de me dire : Un beau jour, avec elle je ne parviendrai plus à bander. Trop belle, trop grande, resplendissante de santé. A ses côtés, je me sens fragile. Et trop intelligente, pétillante d'humour – lorsqu'elle n'est pas déprimée... Cultivée, pas de ce joli vernis que certaines Américaines attrapent au vol dans nos universités de la côte est. Un appétit intense, où je peux me reconnaître, qui l'incite à absorber et travailler les textes à l'intérieur de soi, les métaboliser, leur donner sens. Plus, comme moi, la passion d'écrire. Eclatante, et poète. La conjonction des deux me trouble. Deux poètes ne peuvent pas s'aimer. Encore moins vivre ensemble. Dangereux, je pense. Un risque de déflagration. Oui, j'ai peur, tout bêtement. Je ne me sens pas la force de créer à ses côtés. Trop juteuse de désir, de vitalité. Trop affamée. En elle s'affrontent des animaux multiples, un nœud grouillant de pulsions. Comme si je craignais que, un beau jour, elle ne les lâche sur moi ? Me troublent tout autant sa rigueur et son exigence. Puritaines, presque. Son côté Nouvelle-Angleterre ? Surprenant, alors qu'elle peut être tellement submergée par la sensualité.

Deux ans que notre liaison se poursuit, avec des éclipses. Elle était ravie d'obtenir cette bourse pour Cambridge au moment où je devenais étudiant à la Sorbonne : nous pourrions nous rejoindre aisément sur le continent. Depuis son arrivée en Angleterre, à l'automne dernier, elle m'a adressé des lettres bizarres. Frôlant parfois le délire mystique. Ou morbide, je ne sais trop. Elle évoquait une tombe où dormait un géant. Sa mythologie secrète ? Elle semblait même attendre de moi que je l'aide à retrouver, à réveiller ce colosse endormi. J'ignore de qui il s'agit, et préfère ne pas avoir à me colleter à lui. Non, on ne partage pas les mythes de l'autre. Pas moi, du moins.

Et pourtant, nos vacances de Noël dernier sur la Côte d'Azur furent une réussite. En scooter sur les petites routes de la corniche, un régal ! A travers son regard, tout se métamorphosait en merveilles. Les couleurs de l'Esterel, la chapelle peinte par Matisse, le vin et l'aube rosés, les dorades grillées, les apparitions de la mer à travers les pins, Sylvia dévorait tout. Il m'est arrivé de ne pas me sentir au diapason de sa voracité, de son exaltation. Elle se disait quasiment morte et prétendait que, grâce à moi, elle ressuscitait. Je tiens à elle mais je ne tiens pas à endosser cette fonction salvatrice – rédemptrice ?

Disparaître, je ne vois pas d'autre solution. Elle annonce sa venue à Paris pour les vacances de Pâques, affirme qu'elle m'aime toujours aussi intensément. Je pars. N'importe où. En Espagne peut-être ? Pas très fier. Tant pis. Queue basse, je choisis la fuite.

AURELIA

Wellesley (Massachusetts), 19 mars 1956

Une lettre de Sylvia, datée du 13 de ce mois. Je souris de son libellé introductif :

"Très chère, adorable, belle et sainte maman !!!"

Voilà qui est bien dans la manière parodique-emphatique de ma fille... Ravie, elle m'annonce que sa bourse est reconduite. Je me réjouis qu'elle passe une deuxième année à Cambridge, délestée de tout problème financier. Mais cela signifie encore une année de séparation. Ma mère gravement malade. Ma fille absente. Seul Warren est proche, étudiant à Harvard. Cet été il part pour l'Europe, en Autriche et en Allemagne notamment, grâce à une bourse lui aussi. Une consolation : en juin, je m'offre enfin ma première tournée européenne, la récompense après ces seize années éprouvantes. Et je les verrai tous deux, ma fille à Londres, mon fils à Vienne, la ville d'origine de mes parents.

"Belle et sainte maman..." Humoristique, je sais. Sainte, il a bien fallu, pas le choix. La sainte veuve, travaillant d'arrache-pied, se consacrant à ses deux enfants. Belle, n'en parlons plus. J'étais jolie à vingt-deux ans, lorsque Otto m'a remarquée parmi ses étudiants. Je suivais ses cours de haut allemand. Moi qui parlais avec mes parents un dialecte autrichien, je me délectais de cet enseignement dans une langue littéraire. Mais aussi de sa voix, de ses yeux d'un bleu étonnant, quasi métallique. Il assurait également des cours d'entomologie, sa principale spécialité. Otto, l'amoureux des bourdons, des abeilles, du miel. De moi.

Dans cette lettre, Sylvia précise ses projets concernant ses deux amis américains, Gordon et Richard. Pour les vacances de Pâques, elle compte bien loger chez Richard à Paris, puis partir avec Gordon en Allemagne, Autriche, Italie. Je comprends sa soif de découvertes, cependant je suis un peu effrayée, moi qui suis arrivée vierge au mariage, par son appétit… euh… affectif, érotique, je ne sais trop de quel terme user. A Cambridge, elle a sa cour de "chevaliers servants". Gordon, affirme-t-elle, est un *ex* avec lequel elle est simplement restée camarade et, comme il parle allemand – langue à laquelle ma fille s'attaque périodiquement sans parvenir à l'assimiler –, il sera parfait comme compagnon de voyage. Admettons… De Richard, elle se déclare amoureuse (bien que s'interrogeant sur un possible avenir avec lui), et c'est réciproque, souligne-t-elle. Je l'espère. Mais je crois deviner pourquoi ma Sylvia-Sivvy s'arrange pour avoir plusieurs hommes disponibles sous la main : il lui est insupportable d'être abandonnée. Depuis le 5 novembre 1940 ?

La semaine dernière, j'avais reçu un courrier contenant un poème, "Poursuite". Elle le considérait comme son meilleur et me recommandait de le lire à haute voix : ma fille et moi avons toujours partagé la poésie, dès son plus jeune âge. A six ans elle aimait que je lui récite Emily Dickinson, ma préférée. A haute voix donc, ce dernier poème, afin, soulignait-elle, d'en savourer l'effet hypnotique – qui veut-elle donc fasciner avec ces rythmes et ces assonances ? Non, je n'ai pas cédé au sommeil et j'ai flairé une scansion différente, une étrange intensité. Le fauve du poème, bel animal du désir, est en même temps menaçant, assoiffé de sang. Le texte a été rédigé, me dit-elle (puisqu'elle me raconte tout, enfin l'essentiel je suppose), après une rencontre bizarre avec un jeune écrivain anglais, lors d'une bringue estudiantine. Sylvia avait joint un autre poème, évoquant une traversée tumultueuse de la Manche, où elle parlait de mer affamée. Un fauve affamé, une mer affamée, de quoi a-t-elle faim, ma fille ma Sivvy ? De quoi ne l'ai-je pas nourrie, comblée ? Quel est ce manque, qu'est-ce qui la dévore ?

Un jour, écrit-elle, ce fauve m'offrira la mort. Ah, je n'aime pas ces termes ! Même si, bien évidemment, il s'agit d'une métaphore. La peur resurgit, impossible d'annuler le cauchemar de l'été 1953, la cave, la culpabilité, l'hôpital…

Je relis à nouveau, troublée par cette panthère. Plutôt rares, les animaux, dans ses précédents poèmes. Ah mais non, me revient cette villanelle – plus jeune, Sylvia chérissait ces formes anciennes, très codées –, cette villanelle où bourdonnait en leitmotiv : “Le dard des abeilles a emporté mon père.” Si seulement ! Si seulement Otto avait succombé à l'assaut d'un essaim, et non de cette façon stupide. Il vaut mieux être tué par l'objet de sa passion que par sa propre obstination. Cet entêtement rigide, prussien…

Je viens de retrouver cette villanelle – j'archive toutes les productions de Sylvia depuis son plus jeune âge, poèmes, nouvelles, lettres, articles, ainsi que ses dessins, souvent éclaboussés de vermillon. Elle l'avait écrite vers dix-huit ou dix-neuf ans. Je la relis. Stupeur, j'avais oublié. Il est également question de la mort de la mère. La sainte, l'adorable, la très chère.

LA FEMME OISEAU

Londres, 23 mars 1956

Aux vacances de Pâques, se rendant à Paris, elle avait prévu de passer une nuit à Londres avant de prendre le train tôt le matin. Un ami de Ted, étudiant, américain, poète (à l'époque, semble-t-il, cette espèce proliférait à Cambridge), lui communiqua l'adresse de Ted, dans le quartier de Bloomsbury. Et Ted, ébloui, comblé, vit débarquer dans son minuscule studio un grand oiseau volubile, pépiant, battant des ailes. Plus tard, il comprendrait : elle déployait tous ces ramages et rémiges dans sa terreur de n'être pas aimée, admirée, reconnue. Une angoisse effervescente qu'elle nommait son oiseau de panique.

Un verre ou deux, et l'oiseau femelle se mit à chanter un poème de son cru. Une panthère la poursuivait, insatiable :

Dure est la morsure de ses dents
Et douce l'ardente brûlure de sa fourrure.

Ce texte avait jailli, précisa-t-elle, au lendemain de leur rencontre à Cambridge. Ted savoura ce rythme à la fois haletant et maîtrisé. Il repensait au jaguar du zoo. A une panthère noire qui, dans son enfance, l'avait captivé. A un de ses propres poèmes intitulé “Le jaguar”. Un jour, il emmènerait la femme-oiseau contempler son vieil ami le fauve à Regent's Park. Une panthère et un jaguar peuvent-ils s'accoupler ? La question l'effleura vaguement, il la balaya, soupçonna que cette panthère était un démon persécutant depuis longtemps la femme-oiseau et qu'elle implorait d'en être délivrée. Dans le chamanisme, qui le passionnait, on croisait souvent ce genre d'histoire.

Fasciné par les mains voletantes, par la scansion des vers et par le regard ambré, scintillant, il se sentit la force d'être l'amant et le chaman, le *medicine man* tout puissant de la femme-oiseau poète. De ses doigts dansants, elle caressa sur la joue gauche de Ted les traces de la morsure, déjà bien estompées. Et lui, avec une douceur féline, lécha la flétrissure sous l'œil droit : la salive du guérisseur improvisé détiendrait-elle des vertus thérapeutiques ? Il perçut le fléchissement, l'abandon – tant de tendresse chez cette carnassière, non, elle ne mordrait plus, le monstre avait reculé dans les défilés obscurs du labyrinthe. Assoiffés, avides, ils se précipitèrent dans la chambre d'hôtel qu'elle avait réservée non loin de la gare.

La femme oiseau se dépouilla des atours devenus vains de la parade nuptiale. Merveilleusement nue, et silencieuse, belle simplement, elle devint à ses yeux, entre ses mains, tel un poisson, lisse, mais à sang chaud. Durant cette nuit au long cours, ils nagèrent l'un en l'autre, saumons revenant au lieu du frai. Au matin, l'oiseau-poisson femelle partit pour la France accomplissant, supposa-t-il, une migration obligée, ces traditionnelles tournées européennes dont les Américains sont tellement friands.

LA CONCIERGE DU 4, RUE DUVIVIER

Paris, 26 mars 1956

Cette belle fille est une grande amoureuse. Elle se débrouille assez bien en français, zézayant de façon comique. Anglaise ? Américaine ? Désolée, mademoiselle, M. Sassoon est absent pour un certain temps… Non, je ne sais pas quand il reviendra. Non non, il ne m'a pas laissé d'adresse où faire suivre son courrier. Elle s'est décomposée, a paru flotter à la dérive quelques instants, puis s'est ressaisie : pouvait-elle laisser un message pour lui ? Je l'ai fait entrer dans la loge, Mimile l'a reniflée, gentiment. Elle a gribouillé sur un coin de table, tout en larmoyant. Mimile a posé une patte amicale sur sa cuisse, sans doute voulait-il la consoler.

— C'est quelle race ?

— Un caniche.

Ça se voit, il me semble ! Elle devait être très perturbée. Ses pleurs ont redoublé lorsqu'elle a repéré les lettres en souffrance dans le casier de M. Richard Sassoon. Ses lettres à elle, je suppose. Des enveloppes bleues, non décachetées. Cette demoiselle doit être une grande écrivassière. Elle n'en finissait pas de rédiger sa missive, de temps en temps elle regardait vers la porte. Un regard brun, humide, comme celui de Mimile. Elle ne s'attendait tout de même pas que cette porte s'ouvre pour laisser entrer son bien-aimé ? La vie n'est pas un film américain.

Elle m'a remerciée. Mimile l'a aimablement raccompagnée jusqu'à la rue. Elle l'a caressé, quand même… Pour moi, même pas une pièce !

M. Richard Sassoon est très poli, très mignon. C'est clair qu'il est de bonne famille, et riche. Des yeux de velours, et toujours de gros pourboires. Un joli jeune homme, cet Américain. Juif bien sûr, ceux-là je les renifle à tout coup… C'est bête que sa belle ait eu autant de chagrin mais, à mon avis, c'est mieux comme ça. Ces deux-là, ils n'étaient pas trop bien assortis.

LA CHARMEUSE DE SERPENTS

Il contemple une nouvelle fois la carte postale expédiée de Rome par Sylvia. Ni le Colisée, ni le Forum, ni la villa Borghèse. *La Charmeuse de serpents* du Douanier Rousseau. Une sombre musicienne parée d'un collier de reptiles : Orphée femelle ensorcelant les animaux ? Eve en compagnie du serpent, mais sans Adam ?

Ted Adam lui avait écrit à Paris, lui redisant combien son corps, si doux, si lisse, avait infusé en lui, tel du brandy se répandant jusque dans son cerveau, fécondant celui-ci – à propos de brandy, pouvait-elle en rapporter deux bouteilles en essayant de les soustraire à la douane ?

Elle est revenue, se précipite chez lui. Non, pas de brandy dans ses bagages, mais pour tous deux l'irruption de l'ivresse. Elle ne dit rien de sa tournée sur le continent, ne déclame aucun poème de son cru. Il effleure la courbe de la joue, pose ses lèvres sur la cicatrice, ne s'attarde pas, caresse les seins, la toison, pénètre. Leurs corps se reconnaissent, terre natale l'un pour l'autre, ancrage. Il leur faut répéter, aviver, la soûlerie festive de la première rencontre.

La charmeuse de serpents, et de son homme, meurt de faim. Il n'a à lui proposer que du pain et des œufs. Elle dévore. Et raconte, calmement. Evoque la disparition prématurée de son père. Sa mère, admirable – presque trop ? Leur alliance à toutes deux. Plus tard les insomnies, la dépression. Le suicide manqué de peu. Les succès universitaires et littéraires, les fées protectrices – une mécène généreuse, une enseignante bonne conseillère – comme l'Amérique sait en fabriquer afin d'aider les petits génies issus des classes moyennes, les bourses prestigieuses pour Smith puis pour Cambridge. Le parcours universitaire n'intéresse guère Ted. A nouveau il songe au voyage chamanique par lequel un *medicine man* délivre le malade d'un être persécuteur venu du "monde autre". Ted n'est pas certain de savoir accomplir semblable voyage, il flaire la présence de ce père mort comme il a appris autrefois à renifler les traces d'un renard, mais il ne le craint pas et veut s'allier à la femme meurtrie :

— Je quitte Londres, je me débrouillerai pour vivoter à Cambridge, je ne peux supporter que nous soyons séparés.

— Moi non plus ! Et ton boulot ?

— La lecture de scénarios pour la compagnie Arthur Rank ? Ça m'ennuie, et en plus ça me perturbe pour rédiger mes poèmes. Je préfère être veilleur de nuit.

— Ah non, c'est toi maintenant, mon veilleur de nuit. A vie !

Ils rient. Les lèvres de Sylvia sont imprégnées de jaune d'œuf. Ted lèche, goulûment.

— Eh bien, n'importe quoi d'autre ! Manutentionnaire, livreur... J'ai toujours réussi à dénicher des petits boulots, j'ai même travaillé dans un zoo.

— Alors je serai la femme du gardien du zoo.

— Et nous libérerons toutes les bêtes afin qu'elles se faufilent, galopent, couinent et copulent dans nos textes.

Sylvia éclate de rire :

— Tu as remarqué la date ? Le 13 avril !

— Et un vendredi !

— Un vendredi 13 : on ne pouvait imaginer de meilleurs auspices pour que s'engagent l'un à l'autre une charmeuse de serpents et un gardien de zoo.

— Merveilleux ! Je n'ai même plus besoin d'étudier nos conjonctions astrales.

AURELIA

Wellesley, 18 avril 1956

Me voici abasourdie par les dernières lettres de Sylvia. Le film se déroule beaucoup trop vite pour moi ! A Paris, elle n'avait pas retrouvé Richard Sassoon mais s'était consolée (prétendait-elle) en allant voir un ballet à l'Opéra, un spectacle merveilleux car il s'agissait de *Phèdre* et l'interprète portait une cape écarlate. Ma fille et sa passion pour Racine. Et pour le rouge… Puis un autre courrier, de Rome cette fois : en Allemagne et en Autriche, elle n'avait cessé de se disputer avec Gordon, hargneusement. De surcroît il s'était révélé minable en allemand, bref elle l'avait largué ! Et j'apprends aujourd'hui qu'elle se considère comme la femme du nommé Ted Hughes, ce poète rencontré à Cambridge en février. Tout récemment, le vendredi 13 avril précise-t-elle, ils ont décidé de ne plus se quitter.

Abasourdie, assommée… Ma mère est très affaiblie par son cancer, je ne quitte plus son chevet. Impossible de me situer entre les amours de ma fille et la disparition probable de ma mère, je voudrais protéger l'une de sa quasi-folie, arracher l'autre à la mort, et je sais que j'échouerai.

Quant à ce 13 avril ! Il est clair que Sylvia, happée par son exaltation amoureuse, a oublié l'essentiel : le 13 avril, la date de naissance de son père.

L'ARCHE D'ALLIANCE

Cambridge, 24 avril 1956

En fin de matinée, l'étudiante en toge noire sort de son cours sur la tragédie (depuis la fin février, on est passé de Racine à Cocteau). Elle fonce sur sa bicyclette, l'enfourche, fonce, épaules et cou arcboutés vers l'avant, pédalant non avec aisance mais avec une énergie joyeuse, hargneuse, comme elle a toujours foncé, dès l'enfance, dans les jeux, les études ou à travers les vagues de l'Atlantique, plus tard sur une piste de ski, plus tard encore agrippée à Sam le pommelé, aujourd'hui vers l'homme aimé. Qui l'attend dans sa chambre, où il s'est discrètement glissé. Il la dépouille de sa sombre chrysalide, ôterait volontiers les autres enveloppes. Elle a très envie de lui mais il fait si beau et ils veulent se balader longuement dans la campagne. Vite, sur un petit réchaud Butagaz, faire rissoler de la laitance de hareng : il y a deux jours, Ted lui a enseigné cette recette savoureuse, elle présente pour eux l'avantage d'être très bon marché. Croquer deux pommes, en remplir les poches de Ted pour le goûter, les poches déformées de son éternelle veste en velours côtelé, et filer.

Tous deux sont d'excellents marcheurs. Ils avalent les miles à grandes enjambées, quittent la route de Grantchester pour prendre à travers prés. S'arrêtent afin d'écouter leur respiration spongieuse. Traversent une haie d'aubépines, lumineuse. Ted aide Sylvia à se dégager des ronces. Tout l'émerveille : les fleurs fragiles, la chute des pétales, les traces d'insectes qu'il lui signale. Tiens, ici, un passage de renard. Comment le sais-tu ? L'odeur, et cette minuscule touffe rousse accrochée aux épines. Magicien, il lui désigne un univers inconnu, là, juste à côté. Par la naïveté de son regard, elle le lui renvoie, plus frais, plus vrai. Il le savoure d'autant plus.

Plus loin, un troupeau de vaches. Elles relèvent le mufle en les voyant passer. Sylvia s'arrête, se plante devant elles et se met à proférer du Chaucer : l'histoire qu'elle préfère, celle de la commère de Bath. Médusées, les vaches cessent de brouter, avalant les mots de leurs vastes yeux liquides. Captif, le troupeau s'avance vers la conteuse. S'arrête à quelques pas. Sylvia poursuit sa déclamation. Elle se sent toute-puissante. Au tour de Ted d'être sous le charme. Ils repartent, secoués de fous rires, laissant les bêtes ruminer Chaucer à leur rythme placide. Tu crois qu'elles auraient été aussi attentives si je leur avais récité du Racine ? Non, non, ce sont d'authentiques vaches anglaises, de belle et bonne race, des Shorthorn ! Nouvelle crise de rires, partage d'une pomme, assis sur un talus, adossés à la lisière de la forêt couveuse de mystères. Ils s'embrassent, se laissent glisser dans un creux derrière le talus, font l'amour, en émergent heureux, dilatés, plus poreux à ce qui les entoure. Tout proche, le peuple des bois. Ted raconte comment son frère Gerald, de douze ans son aîné, initia le Ted de six ans à la pêche et à la chasse, il y a vingt ans de cela, dans le Yorkshire : les empreintes, les affûts, savoir devenir réceptif au silence, un silence bientôt bruissant de sens. Ce qu'il ne dit pas, Ted, à l'aimée fascinée, c'est que, très jeune, il servait de rabatteur à Gerald. Puis sitôt le coup parti, il fonçait, chien bien dressé, fouinait dans les fossés, près des souches, à l'orée des terriers, afin de rapporter la proie, l'achevant parfois, doigts maculés de sang et d'excréments, tremblant de plaisir. De cette jouissance-là, il ne parle pas à Sylvia. Ni qu'il connut sa première érection en étouffant un merle : l'œil qui se ternit, l'agonie, la bête flasque, détumescence de la mort, et ce sexe durci, animal étrange, étranger presque, et sa stupeur de jeune garçon. Mais il lui révèle le réseau des pistes à décrypter, quelques fragments du moins. Composer des poèmes c'est, à ses yeux, s'efforcer de donner corps à cet univers pour une part invisible, le monde autre, dit-il, tellement habité de présences et si peu odorant pour l'homme, cet infirme de naissance. La poésie lui est advenue à travers la chasse et la pêche, grâce à Gerald. Pas à pas, il montre à Sylvia ces chemins de senteurs et de signes. Par sa ferveur éblouie, elle lui restitue des fragments de cette enfance à demi disparue. Quelqu'un vient, dévoile une part de moi – moi pour l'essentiel oublié, occulté. Et réciproquement, et joie partagée de cette révélation. Tu es Orphée, murmure-t-elle, tu sais charmer les bêtes, et tu m'as admise dans ce troupeau. Non, non, rétorque Ted, on ne charme pas les animaux, ce serait plutôt l'inverse. De toute façon, à mes yeux, Orphée est celui qui tente d'arracher l'aimée au monde souterrain. Tu viendrais me chercher aux enfers ? murmure-t-elle. Bien sûr. Ils s'étreignent, il est plaisant de jouer avec la mort par une journée aussi radieuse.

Ils pénètrent plus avant dans la futaie, recueillis, se laissent imprégner. Lors de leurs précédentes balades, il lui a appris à demeurer lisse et calme, tel un tronc. Elle souhaite que des oiseaux se perchent sur leurs épaules, que des lézards grimpent le long de leurs jambes. Eux nous ont repérés, murmure Ted, ils nous observent, nous décryptent et nous classent : ce sont de bien meilleurs anthropologues que nous, je voudrais tellement apprendre ce savoir qu'ils ont accumulé sur notre espèce, je voudrais pouvoir mieux lire ces écritures animales – parcours et gîtes minuscules, sons ténus, parfums et fientes –, si mal déchiffrées par l'homme, et qui dessinent un territoire différent, là, si près de nous. Aux aisselles des branches, aux cicatrices des écorces, dans la lenteur des racines et la douceur des mousses, sous le croupissement brunâtre des flaques. Ted observe, traduit quand il peut. Ici, un lièvre a gîté. Dans ce creux, un renard a dévoré des mulots.

La lumière commence à décliner. Ils s'enfoncent plus avant à travers les taillis, là où se perdent les layons. Et soudain l'animal est là, non loin, entre les hêtres. Un cerf, miraculeuse épiphanie. Le vent leur est favorable, il ne les a pas flairés. Ils s'arrêtent, saisis, comblés. Ce pelage et cet œil veloutés. Cet être parfait, surgi de quel ailleurs ? Le monde autre leur accorde ce cadeau – pour les récompenser d'avoir si pleinement fait l'amour ? Ils demeurent longuement immobiles, main dans la main, respirations alenties, orants contemplatifs unis dans la même ferveur. On ne franchit pas la frontière, ils le savent. Sinon pour salir, abîmer, meurtrir. Le cerf s'éloigne sans les avoir reniflés. Saurait-il les guider vers l'animal mythique, originel, la divinité première ? Ils le laissent aller.

Ils marchent, sans repères, saouls d'eux-mêmes, de senteurs, de vent léger. Sylvia est radieuse, Ted l'a embarquée dans son arche de Noé, en compagnie de ses bêtes d'enfance bien-aimées. Il proclame qu'elle est la plus belle des bêtes en question, la plus désirable, et l'entraîne dans une bauge de sanglier – désertée, affirme-t-il. Tu en es certain, il ne risque pas de revenir, le solitaire, le monstre ?

Non non, j'en suis sûr, ni empreinte ni déjection, pas de basses branches brisées. Elle lui fait confiance, plus tard peut-être d'autres monstres surgiront, pour l'heure ils les ont exorcisés. Il la saillit, elle feule. Ils somnolent longuement, mussés l'un en l'autre. Sursautent. L'obscurité lange les feuillages, il leur faut se hâter de rentrer à Cambridge, sinon l'étudiante boursière sera en infraction. Le temps codifié impose à nouveau sa loi. Plus tard, un couple de hérissons passant par là reniflera des relents bizarres : quelle est donc cette espèce déréglée, dévoyée, cette espèce assez folle pour abandonner ainsi sa semence à la terre et aux brindilles écrasées au lieu de se reproduire ?

Nuit noire, Ted et Sylvia ont fini par retrouver la route. Ils avancent d'un pas vif. Une interrogation traverse Ted : puisque le peuple animal nous a accueillis, intronisés, est-il véritablement nécessaire de s'unir devant les humains ? Il hésite à en parler à Sylvia, renonce, il se doute qu'un mariage officiel la rassure. Et rassurera également sa mère…

Ils interrompent un instant leur marche pour partager leur dernière pomme. Ils s'embrassent, croquent. Soudain, Ted fait signe à Sylvia de ne plus émettre aucun bruit. Elle devine, il a repéré une présence qui lui échappe. Il humecte ses doigts de salive, les écarte légèrement, souffle à travers eux par à-coups. Attend, aux aguets, recommence à plusieurs reprises. Une chouette hulotte descend d'une branche – ailes d'ouate et de silence –, se pose un instant sur son épaule, puis repart fusionner avec les ombres. Eblouie, Eve-Sylvia, son Adam poète débusque l'invisible, attire les nocturnes. Ils repartent à vive allure, il lui explique : il imitait les menus cris apeurés d'un lapereau traqué.

AURELIA

Wellesley, 26 avril 1956

Aujourd'hui, j'ai quarante-neuf ans. Ma mère vient de sombrer dans le coma, les médecins lui accordent au mieux deux ou trois jours. Mais qu'est-ce qui se joue dans notre famille, côté maternel ou côté paternel, en sorte que les dates de naissance et de mort coïncident ? Ou peu s'en faut. Le 27 octobre 1940, nous avions fêté les huit ans de Sylvia. Une semaine après, Otto décédait. A l'hôpital, d'une embolie.

Les dernières lettres de ma fille exultent d'une joie sans mesure et je m'en veux de ne pouvoir la partager pleinement. Ses joutes linguistiques avec ce Ted Hughes : il lui récite un fragment de Shakespeare, de Keats ou de Yeats, elle enchaîne aussitôt en déclamant la suite. Et inversement. Ce Ted solide, viril. Leurs autres ébats et joutes, bien sûr… Leurs rires, leurs jeux, leurs promenades à travers bois et champs. Je n'en reviens pas de voir ma Sylvia-Sivvy à ce point fascinée par les bêtes. Et ces nombreux poèmes qu'elle m'adresse (dont ce Ted l'a engrossée, semble-t-elle dire), me suggérant de les lire à haute voix le jour de mon anniversaire. Touchant cadeau… Notamment une "Ode à Ted", le maître du monde animal, végétal, minéral : sous ses pas, des pousses vertes jaillissent, des lièvres surgissent, des oiseaux édifient leurs nids. Ted le démiurgique ?

Au chevet de ma mère, je relis ce poème. Il ne l'arrachera pas au coma. Troublée, pas seulement à cause de l'approche de la fin, là sous mes yeux : ce souffle déjà lointain, cette bave d'escargot à la commissure des lèvres... Comme si Sylvia me constituait en voyeur de son couple tout neuf ? Elle m'a toujours communiqué ses textes, sitôt écrits. J'aurais mauvaise grâce à me plaindre qu'elle continue, elle pourrait les réserver à son bien-aimé. Dont elle ne me cache pas qu'il est maintenant son premier lecteur et critique. Me voici destituée de ma position. Et qu'est-ce qu'elle me signifie avec cette "Ode à Ted", qu'est-ce qu'elle m'envoie à la figure, inconsciemment ? Moi, je me suis trouvé un homme grand, robuste (son père le fut), et jeune, à peine plus âgé que moi. J'entends, j'entends : m'a-t-elle assez reproché, lors de ses crises à la fois rageuses et dépressives, d'avoir épousé un homme de vingt-deux ans mon aîné, un homme qui avait l'âge de ma mère (ces râles à l'instant, cette peau bleuâtre), exposant ainsi ma fille et mon fils au manque du père... Mais c'est absurde, Otto n'est pas mort de vieillesse, il aurait pu vivre encore des années ! Et cet autre poème où elle évoque l'amour en pleine nature, mon homme est beau, et fort, il baise comme un dieu, j'ai compris même si ce n'est pas dit, j'ai compris et pourtant c'est tellement peu dans mon langage, mon éducation, d'employer ce terme, baiser, moi la puritaine de la Nouvelle-Angleterre – même si mes parents étaient à l'origine des catholiques autrichiens. Voici que je dis "étaient"... Ma mère agonisante. Mon père menacé de devenir aveugle. Qu'est-ce qu'elle croit, Sylvia ? Qu'Otto et moi nous ne nous sommes pas aimés avec passion dans un lit ? Sans doute les enfants ne peuvent-ils imaginer cette scène. Veuve à trente-trois ans, je n'ai plus jamais eu de relation sexuelle.

Je déraille, affolée par l'imminence de la disparition. Et comment aurais-je pu élever seule ma fille et mon fils si mes parents ne s'étaient pas entièrement dévoués, abandonnant leur maison pour tenir la mienne, s'occupant de Warren et de Sylvia tandis que je partais toute la journée pour enseigner ? Ma mère respire faiblement, j'essuie la salive sur son menton. Ma mère qui confectionnait tant de plats merveilleux, les strudels viennois comme le homard à l'américaine… Sylvia me demande de lui expédier ce bouquin familial, *Le Bonheur de cuisiner*, que, très jeune, elle feuilletait avec délectation. Gentiment, maternelle presque, elle me suggère de m'acheter de beaux bagages pour ma venue en Europe, qu'elle prépare avec soin. Elle me fera visiter Londres et Paris, elle me dorlotera, dit-elle, soulignant que je l'ai bien mérité après tant d'épreuves. Ah, je n'aime pas cette notion de mérite ! En ce moment, je suis incapable de me projeter dans un avenir proche, cependant je vais lui envoyer ce livre au plus vite. Si je repense à l'été et à l'automne 1953, à l'horreur de ces longs mois d'hospitalisation, aux électrochocs, à la détérioration de ma santé sitôt après, il est plutôt rassurant de savoir ma fille préoccupée à présent de nourrir solidement son homme.

LE Dr DAVY AU Dr RUTH BEUSCHER

Cambridge, 15 mai 1956

Un mot à propos de cette jeune fille – jeune femme plutôt – à laquelle, avant son départ des Etats-Unis, vous aviez conseillé de me consulter. Hier, rayonnante, elle est venue m'annoncer son prochain mariage et m'a remercié, très gentiment, pour les entretiens que nous eûmes ensemble depuis la fin février. Peu au total, compte tenu de l'interruption des vacances pascales. Elle affirme qu'ils l'ont aidée, ce dont je doute, à prendre sa décision. Radieuse, oui, éclatante (un peu trop ?), alors que, il y a deux mois, elle flirtait sérieusement avec la dépression, elle m'a confié avoir rencontré l'homme qu'elle cherchait depuis longtemps. Digne d'elle, m'a-t-elle déclaré. Avec assurance, sans forfanterie cependant. Pour elle, il a renoncé à un projet d'émigrer en Australie. Elle est assez lucide pour percevoir qu'elle attend de lui qu'il tienne les rôles contradictoires de père et d'époux : non, elle ne l'a pas formulé de la sorte mais elle approchait... De toute façon, on ne saurait prédire comment l'homme en question tiendra le coup face à cette double injonction. Nous savons que les ratés de la relation amoureuse peuvent naître de ce que je me risquerai à dénommer des "erreurs de casting" (je m'amuse à utiliser cette expression plus américaine qu'anglaise, vous n'ignorez pas combien, ici, nous sommes traditionnels). Non, elle ne souhaitait pas poursuivre ces entretiens, elle se sentait tonique, euphorique. Avec son futur mari, ils envisagent, une fois ses études à elle terminées, de voyager et d'enseigner dans divers pays d'Europe. Et bien entendu, ils engendreront plein de poèmes, et plein d'enfants...

Vous la connaissez mieux que moi pour l'avoir suivie lors de ce grave épisode psychiatrique, il y a trois ans. Elle déborde d'énergie et d'intelligence, c'est évident. Néanmoins, quelle intrication des pulsions de vie et de mort... Après son départ, ruminant dans mon fauteuil, j'ai repensé à notre brave Freud et à son interrogation perplexe sur la femme : Mais, enfin, qu'est-ce qu'elle veut ? Tout, bien sûr...

Croyez, chère amie...

NOCES

Londres, 16 juin 1956

16 juin – Bloomsday, fraîcheur et pluie dense sur Londres –, le marié est en noir (une veste râpée maintes fois teinte), la mariée en rose (une robe offerte par sa mère, bien que le rose ne soit pas sa couleur), la cérémonie se déroule à Saint-Georges-le-Martyr, l'église des ramoneurs – suie grisâtre sur le visage de ces petits ramoneurs, mais aujourd'hui nous sommes presque en été, jour de gloire et de félicité, oubliées la détresse et la suie de la cave. Radieuse, la jeune épouse sanglote. Venue d'Amérique, belle-maman endosse les rôles de la demoiselle d'honneur, des invités (remarque son gendre avec humour), voire de la famille anglaise, les Hughes, qui ne sont même pas informés. Comme dans une pièce de Shakespeare, il s'agit d'une union secrète. Plus prosaïquement, la mariée craint que sa bourse ne lui soit supprimée si on apprenait ce mariage.

Belle-maman est en deuil de sa mère mais, pour la circonstance, ou pour ne pas paraître assortie au marié, elle n'a pas voulu se vêtir de noir et porte un tailleur gris souris. Les larmes ruissellent sur les joues de l'épouse, l'averse sur le toit de l'église. Le sacristain qui s'apprêtait à emmener au zoo les enfants de la paroisse est réquisitionné à la dernière minute pour servir de témoin : le marié avait pensé aux alliances mais non pas au témoin. A l'extérieur, sous les ondées de plus en plus serrées, mères et enfants attendent avec cette exemplaire, stoïque patience anglaise.

Bloomsday… Il faut être des fanatiques de James Joyce, ou prétendre défier les dieux, pour choisir de convoler le jour où on commémore un roman judéo-gréco-irlandais mettant en scène, entre autres aventures picaresques, le désastre grassement vaudevillesque, tragicomique, d'un couple usé. Mais ces deux-là, en rose et noir, qui sortent sur le parvis en souriant à la pluie sont beaux, jeunes – cinquante ans à eux deux –, poètes et amoureux, ils n'ont pas peur, les divinités leur sont favorables. Trop jeunes pour savoir que, un jour ou l'autre, tout un chacun est amené à ramoner les conduits encrassés par la suie de la mémoire, à gratter, recueillir, trier débris, poussière et cendres. D'ailleurs, ce n'est pas aux petits ramoneurs qu'ils songent, bien plutôt à la célèbre maison d'édition Faber and Faber qui, par un autre bienfait des dieux, se trouve située juste en face de l'église Saint-Georges-le-Martyr. Dommage qu'ils n'aient pas chacun dans leur poche ou leur sac un manuscrit de poèmes, ils traverseraient hardiment la rue et le présenteraient, sans vergogne.

LUNE DE MIEL

Tu es folle, m'avait dit une amie étudiante, partir avec ta mère en voyage de noces à Paris, de quoi tout faire capoter ! Eh bien non ! Ma mère s'est très bien entendue avec Ted. Il portait ses bagages, lui servait d'interprète, et l'estimait. Elle semblait renaître en douceur de son deuil. Puis elle a rejoint mon frère Warren en Autriche, elle voulait retrouver avec lui ses origines, c'était tellement important pour elle, Aurelia Plath née Schober. Et nous deux, en route pour l'Espagne ! Avec peu d'argent mais on se débrouillait. Bientôt saouls de lumière, de baise, de *vino tinto*. Et de poésie. Dans des cars surchauffés, cahotant sur des nids-de-poule, je trimballais ma machine à écrire, plus un dictionnaire, mon *Thesaurus* si bien nommé, le trésor dont je ne me séparais jamais, plus mon gros livre de cuisine et quantité de vêtements. Ted, qui se limitait à deux tomes de son précieux Shakespeare, un slip et un tee-shirt de rechange, râlait à cause du poids.

Nous avons fini par nous poser à Benidorm, un village de pêcheurs au nord d'Alicante. Emerveillée par les fruits et les poissons du marché, je les dessinais avec ferveur. Nous avons déniché une chambre chez l'habitant, minuscule, prolongée par une terrasse où j'ai pu installer ma machine à écrire. Nous y prenions nos repas. A midi, un pique-nique à l'espagnole, pain imprégné d'huile, olives, œufs durs et tomates. Le soir, j'utilisais la cuisine de cette grande demeure tenue, fort mal, par une veuve. Une emmerdeuse, ronchonnant sans cesse !

Ted travaillait à des histoires pour enfants dans lesquelles se baguenaudaient différentes espèces. Je nageais et j'écrivais des poèmes avec la même allégresse. A Benidorm, nous avons inauguré le rite de rédiger au verso d'une feuille déjà remplie par l'autre : par souci d'économie, et pour tisser des fils entre nous. Mon poème sur les melons s'est retrouvé au dos d'une fable de Ted où se faufilaient des lézards. Le contraste entre mes melons-ballons de rugby et ces minces, agiles bestioles m'amusait.

J'aimais regarder Ted se mettre en écriture, se rassembler, musculeux, animal sur le point de saillir, ou de tuer. Par moments, sur notre terrasse, je voyais ses yeux errer vers l'horizon marin mais je savais qu'ils ne repéraient rien de réel. Il était aux aguets – passage d'une image, d'un troupeau de mots, lequel capturer ? Cette densité vibrante, comme au lit. Nous nous lisions à haute voix les premiers jets de nos textes respectifs – critiques enjouées, ou féroces, engueulades parfois. Partage du langage, don des corps, et au matin don des rêves : cette nuit j'ai retrouvé Mowgli, le chat de mon enfance, il se promenait d'arbre en arbre, miaulant dans les aigus. Tu me le prêtes pour mon prochain récit ? Prends, prends à pleines mains, tout ce que tu veux, et Ted s'emparait de mon rêve, et de mes lèvres, et je m'ouvrais à nouveau. Encore poisseux de sueur, de sperme, de plaisir, nous reprenions notre labeur. Nous étions en écriture comme on est en prière. Exaltés, et concentrés. Songes, poèmes, dessins proliféraient grâce à la présence poreuse de l'autre. Ted, son grand corps violent et rassurant, dans la clarté de cette mer, dans l'excitation de la création.

La pénombre moite de ces demeures méditerranéennes, leur silence mat à l'heure méridienne… Mais le plus souvent je préférais entrebâiller les persiennes, laisser pénétrer un rai de lumière et faire l'amour dans le roucoulement des vagues et la stridence des mouettes, douceur et rage.

LA *SEÑORA* MANGADA

Benidorm, juillet 1956

Je leur ai loué ma plus petite chambre. Elle a l'avantage d'ouvrir sur une vaste terrasse avec vue sur la mer. Ils ont sitôt opiné : Cette terrasse, ce sera parfait pour travailler et prendre nos repas ! Lorsque j'ai senti combien ils étaient émerveillés par cette terrasse, par le jardin avec ses palmiers et ses bougainvillées, j'ai monté mon prix. Je suis brave, quand même : sans supplément, j'ai mis ma cuisine à leur disposition, avec deux étagères d'un placard bien frais pour leurs provisions. Non, *señora*, pas de réfrigérateur, nous sommes en Espagne, pas en Amérique…

Elle descend très tôt le matin, fourgonne et bougonne. Parce que l'eau ne vient pas assez rapidement, ou en mince filet, ou jaunâtre. Parce qu'elle n'arrive pas à allumer le réchaud à essence. Elle m'a déjà bousillé une mèche. Me voilà obligée de me lever tôt, elle a le culot de venir cogner à ma porte avant huit heures, ce n'est pas le rythme espagnol ! Madame est pressée de faire le café. Pour son mari, prétend-elle. C'est elle qui a besoin de son café sitôt sortie du lit, j'ai bien compris ! Avant, elle est hébétée. Elle ne sait pas attendre, cette jeune mariée, elle veut tout, tout de suite, elle n'est pas satisfaite. Ses haricots verts ne cuisaient pas assez vite à son gré, j'ai flanqué dedans une bonne pincée de bicarbonate. Elle s'est vivement inquiétée, c'était quoi cette poudre ? Pour un peu elle croyait à un poison. Le bicarbonate, ce bon vieux truc ! Il a fallu que son mari lui explique. Il est calme, il fait tampon. Très beau, en dépit de son menton en galoche. Bien entendu, comme tous les Anglais, il ne sait pas bronzer. Rouge brique, sa peau commence à peler. Ce qui ne les empêche pas de forniquer comme des sauvages, la nuit je les entends. Et à l'heure de la sieste, notre sieste sacrée, impossible de m'assoupir à cause du cliquetis de la machine à écrire. C'est elle qui tape, rageusement. Elle me persécute, cette Américaine !

Hier, claquements de porte, pas précipités dans le couloir du premier étage, la chasse d'eau tirée tous les quarts d'heure, j'ai sitôt compris : la *turista*... Trop de melons, à mon avis. Pareil dans la nuit et ce matin. Plus des sanglots spasmodiques entre deux passages aux toilettes. Je l'ai vu partir au marché, revenir avec un plein cabas de légumes et s'installer dans la cuisine pour les éplucher : oignons, carottes et courgettes, tomates, aubergines et poivrons. Il les a mélangés dans une grande marmite avec de l'ail et du thym. J'ai essayé de lui en remontrer : on ne mettait pas de poivrons et d'aubergines dans une soupe ! Il ne voulait rien entendre, répétant : vitamine C, vitamine C ! A sa guise... Il lui a monté un grand bol de son potage. J'ai encore entendu des pleurs, des gémissements, puis le calme est revenu. Sans doute a-t-il réussi à lui faire avaler. Silence, enfin elle dort, je vais pouvoir faire la sieste. Je me demande si elle se rend compte de sa chance : en pleine lune de miel, un mari capable de se métamorphoser en mère, cuisinière, infirmière ! Si elle fait tout un mélodrame d'une diarrhée estivale, je ne sais pas si elle va durer longtemps, leur lune de miel.

LA CICATRICE

En touristes stupides et consciencieux, nous nous sommes crus obligés de sacrifier au cérémonial de la corrida. Grotesque ! Un petit bonhomme prétentieux, gigotant de façon ridicule dans un costume qui lui bridait les fesses et les couilles – l'habit de lumière, la bonne blague ! Et ce pseudo-Minotaure, râblé, ahuri, donnant des coups de corne dans le vide… Je ne comprenais rien à ce rituel, je voyais seulement ce leurre, la muleta rouge, et surtout cette trouée d'où la bête avait jailli, j'imaginais trop bien, en amont, un corridor étroit, les dédales du labyrinthe, je connaissais, là avait été mon lieu trois ans auparavant, défilés sombres, portes closes, s'ouvrant parfois – manipulées par qui ? –, débouchant sur un autre couloir aussi obscur, oui obscur, même s'il était recouvert d'un blanc ripoliné comme le sont les couloirs d'hôpitaux, et ces chicanes, et les grilles aux fenêtres, et ces chambres barricadées de partout, oui je connaissais ce parcours à travers les crépitements des électrochocs et les marécages mouvants du coma insulinique, les phases de prostration alternant avec les pics de terreur, certes j'en étais sortie mais si c'était pour courir après un leurre écarlate, foncer dedans à l'aveugle, affolée ou pétrifiée sous un ciel de plomb… La veille au soir, Ted m'avait lu un poème de Lorca sur un torero blessé et décédé, j'avais seulement retenu ce fragment : "Le sang je ne veux pas le voir." J'ai fermé les yeux, entendu des clameurs. Naïve, j'avais associé la tauromachie au culte crétois du dieu taureau, aux mythes grecs, à la Pasiphaé de *Phèdre*. Quelle dérision ! Je me retrouvais au beau milieu d'une populace romaine, obscène, excitée, braillant lors des jeux du cirque. Ted a senti ma panique, il a posé sa large patte d'ours, rassurante, sur ma cuisse. Le lendemain, j'ai deviné l'approche de mes règles, elles étaient très en avance, je ne comprenais pas, m'inquiétais. La chaleur, le changement de climat, peut-être ? Mais l'angoisse vrombissait et je me répétais : "Le sang, je ne veux pas le voir", je ne veux pas !

Deux nuits plus tard, l'insomnie, sœur crayeuse de la mort. C'était la première depuis que j'avais rencontré, élu Ted. Lui aurais-je attribué le pouvoir de l'exorciser, définitivement ? Il avait échoué, je ne pouvais pas le lui reprocher. J'étais seule dans l'arène de l'insomnie. Saignés à mort, les rêves et les chevaux. L'allègre galop de Sam ne reviendrait pas. Seule avec l'image de ce malheureux cheval de picador, hérissé de terreur, l'œil exorbité, lorsque le taureau l'avait chargé. Je me suis levée, habillée à tâtons, et suis sortie à pas feutrés. Ted a perçu mon absence, à toute allure il a enfilé ses vêtements et m'a rejointe à la sortie du village. A pas rapides, je gravissais la colline derrière Benidorm. En haut je me suis assise sur un affleurement calcaire. Le monde m'a paru pétrifié par la clarté lunaire dans une blancheur stérile. Qu'est-ce qui se passe ? a murmuré Ted. Que lui répondre, je ne savais pas. Comme si je n'avais pu envisager que, lors de mon voyage de noces, mes vieilles compagnes, l'anxiété, l'insomnie, pourraient resurgir, insidieuses, ricanantes : Nous sommes là, nous sommes là, suivantes fidèles ! Tu ne nous as pas larguées, ni en traversant l'Atlantique, ni en te mariant avec un homme beau, fort, créateur. Lequel m'a pris la main. Silencieux, nous sommes descendus vers la demeure de la *señora* Mangada. Parque vigilante, la vieille sorcière nous guettait à travers les fentes de ses persiennes.

Les jours suivants s'est installée la *calina*, cette brume de chaleur qui, loin de me câliner, m'oppressait. Disparue, la vivacité de la brise, de ces vagues où je m'ébattais avec allégresse depuis notre arrivée à Benidorm – même si, bien sûr, ces vagues ne pouvaient remplacer celles de mon enfance au bord de l'Atlantique. L'écriture s'était tarie. Dessiner devenait ma bouée de sauvetage. J'ai tapé à la machine quelques poèmes de Ted ainsi que ses fables pour enfants. J'admirais, j'enviais sa tranquille, féconde régularité. A mes yeux le monde avait "tourné", comme on le dit du lait. Tourné, caillé. De petits nuages grumeleux altéraient le ciel. Boudeuse, la mer s'était aplatie. Je buvais de plus en plus de *vino tinto*, Ted m'accompagnait.

Un matin – Ted somnolait encore, je n'avais pas réussi à faire du café, l'eau de la *señora* Mangada était trop limoneuse, comme encrassée par mes humeurs passées, présentes –, je me suis regardée dans la glace. Stupeur : la cicatrice sur la pommette droite s'était agrandie. Bronzage et jubilation ne recouvraient plus le stigmate ancien. Bien sûr, antérieurement, j'avais remarqué que cette tache détenait la faculté de se modifier. Pas nécessairement en s'estompant, comme est censée procéder toute bonne et brave cicatrice. Cette étrange bestiole avait ses humeurs. Elle pouvait s'étendre, insidieusement, devenir grisâtre, schisteuse presque, se rétracter ou quasiment disparaître durant plusieurs mois – terrée dans quelles couches profondes du derme ? Je parvenais à l'oublier. Sans prévenir, elle resurgissait. Lorsque l'oiseau de panique battait des ailes avec fureur, m'interdisant d'écrire. Parfois en fonction de mes cycles. Ou lorsque dans mes rêves processionnaient des formes blanchâtres, figées – femmes de craie, de cire, de plâtre ou de marbre, de lune givrée.

Ce matin-là, sous le beau brun doré de l'été, affleurait le bistre terreux de cette putain de cicatrice – l'empreinte de la cave, du labyrinthe ? Ted s'était levé. Il s'est collé doucement contre mon dos, m'a contemplée dans le miroir puis a pressé délicatement ses doigts sur mes tempes. Là où, il le savait, avaient été apposées les électrodes. Pas de traces visibles, mais en dedans ? Peu après nous sommes retournés en Angleterre en repassant par Paris.

WARREN

Paris, août 1956

Enfin, j'ai fait la connaissance de mon beau-frère ! Maman m'avait parlé de lui durant notre pèlerinage en Autriche. Sylvia, lui et moi, nous avions rendez-vous au *Dôme*, un café de Montparnasse. Tous deux bronzés, rayonnant, ravis de leur séjour en Espagne. Ma sœur, volubile comme à l'ordinaire, racontant avec drôlerie ses démêlés avec leur logeuse espagnole, une veuve qu'elle métamorphosait en vieille sorcière à la fois cocasse et inquiétante – d'ailleurs elle a l'intention d'en faire le personnage d'une nouvelle. Ted m'a frappé par sa densité. Je ne saurais la qualifier – ligneuse ? pierreuse ? Un grand tronc, plutôt. Une voix étonnante, émanant de quelles cavernes ? Peut-être n'est-ce tout bêtement qu'un accent de terroir. De l'Ouest du Yorkshire, m'a-t-il dit. Très cordial, me questionnant sur mes études en mathématiques et en linguistique. Je lui ai expliqué que, après l'université, j'envisageais d'orienter mes recherches sur les liens entre les langues et l'intelligence artificielle. Ted, lui, est passionné par les langues archaïques et plus encore par le langage animal, il aimerait le capter et le transcrire dans ses poèmes. Je n'ai pas commenté (jolie chimère, ai-je pensé) et me suis dit : Tiens, et papa qui travaillait sur le langage des abeilles.

Papa. J'ai si peu souvenir de lui, j'avais cinq ans lorsqu'il est mort – je revois vaguement un colosse alité, souvent grognon. Le drame de Sylvia, je suppose, c'est qu'elle l'adorait, et réciproquement. Selon ma mère, papa ne s'intéressait guère à moi : tout petit, j'étais très fragile, fréquemment malade, des allergies, asthme et bronchites à répétition, alors que Sylvia, robuste, vive et précoce dans tous les domaines, comblait son père. Et elle avait l'art d'occuper le terrain, ne me laissant guère, précisément, d'espace pour respirer ! Je ne sais si sa dépression de l'été 1953 provient de ce deuil impossible, le lien entre mon père et ma sœur était tellement fort. C'est moi qui l'ai trouvée dans son terrier. Coincée dans un renfoncement de notre cave, à Wellesley. Depuis trois jours elle avait disparu. Des battues à la ronde, des chiens policiers, des avis dans les journaux. Les amis, les voisins, mes grands-parents, ma mère et moi explorions les recoins alentour, hurlant son prénom. Depuis plusieurs semaines, Sylvia ne pouvait ni lire ni écrire, ni dessiner, et encore moins dormir. Elle avait subi une première série d'électrochocs, dans une clinique locale. Par la suite, maman a atrocement culpabilisé d'avoir accordé l'autorisation pour ce traitement. Puis Sylvia est revenue à la maison. Maman a mis sous clef tous les couteaux et instruments contondants. Elle lui administrait, selon prescription, les somnifères qu'elle cachait dans un placard. Un jour où nous étions absents, ma sœur a réussi à les dénicher. Ce 23 août – une date impossible à oublier –, elle a avalé un grand flacon avant de s'enfouir dans cette tanière, laissant un mot sur la table de la cuisine : Je suis partie me balader. Pourquoi, l'après-midi du troisième jour, ai-je eu l'idée de descendre une nouvelle fois à la cave ? Dans l'obscurité, ce râle de bête agonisante et l'odeur du dégueulis. Vomir une partie des cachets avait sauvé Sylvia. Nous l'avons extirpée, elle s'était méchamment cogné l'arcade sourcilière et la joue : l'œil et le dessous de l'œil étaient tout mâchurés, une bouillie sanguinolente. L'ambulance, les urgences, lavage d'estomac. Les médecins ont d'abord pronostiqué la perte de la vision à droite. Sylvia borgne, se lamentait maman. Mais vivante ! rétorquait ma grand-mère. Finalement, l'œil a été préservé. Tandis que nous sirotions nos bières au *Dôme*, j'ai observé, discrètement : le bronzage estompait la cicatrice. Enfin, presque. Très gaie, Sylvia évoquait les auteurs américains qui avaient fréquenté ce café-brasserie. Hemingway ; le couple Fitzgerald, Scott et Zelda ; plus tard, le couple de Reeves et Carson McCullers. Et les fabuleuses quantités d'alcool que les uns et les autres avaient ingurgitées, à Montparnasse, à Saint-Germain-des-Prés ou ailleurs. Du coup, nous avons commandé des gin-fizz. Ted ne semblait guère intéressé par les écrivains en question. J'ai fugitivement pensé : Hemingway s'est tué ; Fitzgerald s'est méthodiquement détruit à l'alcool ; Reeves McCullers a mis fin à ses jours, à Paris, il y a trois ans (tiens, la même année que Sylvia, mais lui ne s'est pas loupé). Les gin-fizz étaient parfaits. Leur fraîcheur embuée, tonique, contrastait avec cette chaleur grise et sale de grande ville. Au total, notre rencontre fut très plaisante. Ils repartent demain pour Londres et passeront le mois de septembre chez les parents de Ted, dans le Yorkshire.

Je suis rassuré d'avoir vu ma sœur épanouie, bourdonnant de projets : devenir, elle et Ted, de grands poètes, voyager, enseigner à l'étranger, élever des enfants. Il lui faut d'abord accomplir sa dernière année à Cambridge. Maman estime Ted assez solide pour faire rempart aux angoisses de Sylvia, l'aider à les métamorphoser par la création. Je l'espère, ce drame de l'été 1953 m'a tellement marqué, j'avais dix-neuf ans. Après son suicide manqué, Sylvia a passé trois mois dans un service psychiatrique, heureusement dans un autre hôpital, plus compétent. Une nouvelle série d'électrochocs mais cette fois elle était accompagnée, soutenue, par une psychiatre compréhensive. Cette Ruth Beuscher fut importante pour ma sœur. Peu après, ma mère, épuisée par l'anxiété et la culpabilité, est tombée malade. Lorsque Sylvia, guérie – mais que signifie "guérir" dans ces cas-là ? –, a pu reprendre son cursus universitaire à Smith College, maman a été hospitalisée pour un ulcère gastrique hémorragique et finalement opérée, une gastrectomie. Le contre-coup, bien sûr. Tous ces soins ont coûté très cher. Heureusement Sylvia avait une "marraine", Mrs Olive Prouty, qui a payé les frais énormes des trois mois en psychiatrie, électrochocs, traitement à l'insuline, séances de psychothérapie. Cette Mrs Prouty, grosse fortune, romancière à succès, a également financé en partie les études de Sylvia – ma mère, en dépit d'une bourse, n'aurait jamais pu offrir à ma sœur cette institution chic et de haut niveau qu'est Smith College. Une très brave femme, cette Mrs Prouty, elle-même était passée par une phase dépressive, elle pouvait comprendre et elle désirait que sa brillante protégée s'en sorte au mieux. C'est appréciable pour ça, les Etats-Unis, pour les riches et gentilles marraines. La vieille Europe, semble-t-il, ne fabrique pas ce genre de fées.

J'ai marché dans Paris, seul, pour rejoindre mon hôtel près du Panthéon. Dans quelques jours, je retournerai à Boston pour ma dernière année à Harvard. En traversant le jardin du Luxembourg, je ne pouvais m'empêcher de songer à cette cave : Pourquoi donc étais-je retourné en bas ? C'est l'odeur, je crois, qui m'a alerté, cet écœurant relent de vomi. Si j'avais eu une de ces rhinites ou bronchites dont je suis coutumier, peut-être n'aurais-je rien reniflé. Oui, un suicide raté de peu, de très peu. Et ma sœur n'a jamais pu supporter l'échec.

TRAVERSÉE

Ce même été 1956, tandis que sur leur rivage méditerranéen Ted et Sylvia s'apprenaient et s'apprivoisaient (pour autant qu'un homme et une femme habités par tant de furieuses bêtes se puissent apprivoiser), le *Queen Elizabeth* traversait l'Atlantique en direction de l'Angleterre. Dans la salle à manger des deuxièmes classes, peu après le départ de New York, les dîneurs regardaient à la dérobée l'étrange table que le maître d'hôtel, discret instrument du destin en queue-de-pie noire, venait de constituer : un homme très jeune, racé, d'un blond pâle, et un couple autour de la trentaine. La plupart des convives masculins furent médusés par la beauté de la femme, très brune. Certains avancèrent que ce contraste pouvait avoir guidé, consciemment ou non, le choix du maître d'hôtel. Le mari, très à l'aise, animait la conversation. Il parlait avec force, autorité, on ne put ignorer qu'il retournait à Cambridge pour soutenir sa thèse en économie, d'ailleurs il comptait bien mettre à profit la vacance de cette traversée pour relire et peaufiner cette fameuse thèse. La brune énigmatique se taisait. A la fin du repas, elle sortit des cigarettes de son sac, bien qu'il fût interdit de fumer. Le maître d'hôtel n'intervint pas, au grand étonnement des habitués de la ligne. Comme si la trop belle femme était de naissance autorisée, ou vouée, à transgresser ? D'aucuns avancèrent qu'elle créait ce rideau de fumée pour savourer à son aise le charme de leur jeune convive. Lorsqu'elle se leva et sortit, certaines épouses ne manquèrent pas de remarquer, voix aigrement feutrée, que ses jambes et sa silhouette n'étaient pas à la hauteur de son visage. Leurs compagnons ne relevèrent pas, ou soulignèrent que le raffinement très personnel des vêtements et du maquillage estompait des défauts somme toute mineurs. Et une vieille dame murmura que la beauté du jeune homme blond éclipsait celle de la brune orientale.

David Wevill dormit très peu. Lui aussi, avait-il précisé à l'époux en fin de thèse, se rendait à Cambridge, plus modestement pour accomplir sa dernière année en littérature anglaise. Le couple arrivait de Vancouver. Lui de Toronto, il avait passé les vacances d'été chez ses parents. Canadiens, donc, tous les trois. Non, pas elle, rumina-t-il une partie de la nuit, pas elle ! D'où pouvait-elle bien venir, de quel Moyen-Orient fabuleux ? Ce teint de datte ambrée. Ces yeux, verts ? gris ? Et cette chevelure aile de corbeau, bleutée presque. Une étrangeté à la fois sombre et lumineuse. David décréta que cette femme arrivait de Sumer ou d'Assur. Ou, peut-être, d'une des douze tribus d'Israël ?

Le mari se cloîtra dans la bibliothèque avec sa thèse, les passagers guettèrent le prévisible rapprochement du jeune homme timide et de la femme de trente ans. Une mer calme, un vent léger, tous deux purent s'installer sur le pont. Elle lisait beaucoup, il parlait peu. Un chapeau à larges bords protégeait la peau mate de la jeune femme, tamisant l'intensité de son regard. David naviguait entre l'horizon marin et la transparence de ces yeux immenses. Le troisième jour, il osa la questionner. Evasive, elle laissa entendre ne pas très bien savoir quel était son lieu. Elle avait commencé des études en arts plastiques, ne les avait jamais terminées. Non, pas de profession définie, elle s'adaptait suivant les opportunités, du porte-à-porte, des interviews dans la rue… Essentiellement du secrétariat, grâce à sa connaissance des langues. David fut capté par cette intelligence souvent caustique. S'amusa d'un trait d'humour vachard décoché sur telle passagère ou tel officier de marine. Emu en même temps par une fragilité affleurant en sourdine sous la sophistication.

Son prénom, Assia, l'intriguait :

— Un diminutif d'Anastasia, tout simplement. Mon père s'appelle Lonya Gutmann. Juif russe, médecin. Avec lui, j'adore discuter en russe. J'ai une sœur cadette : Celia est mariée, habite Vancouver. Une sœur plus classique…

David hésita, relança timidement :

— Euh… vous voulez dire ?

— Mère de famille, elle a accouché récemment de son premier bébé.

— Et vous ?

— Non, pas d'enfant.

Elle marqua un temps.

— Pas après l'Holocauste.

David battit en retraite, se cantonna à la littérature. Grande lectrice, Assia connaissait parfaitement les romanciers russes et les confrontait avec subtilité. Au cinquième jour, David découvrit qu'elle pouvait, de son étonnante voix grave, réciter plusieurs poèmes anglais de l'époque romantique.

— Petite fille, je les apprenais par cœur – à l'époque j'étais à Tel-Aviv. Je ne les ai pas oubliés, je me les répète la nuit lorsque je ne dors pas.

Le lendemain, David osa lui faire lire quelques-uns de ses propres poèmes. Elle apprécia, émit quelques réserves – pertinentes, reconnut-il –, avoua qu'elle aussi en écrivait, non non, elle ne voulait pas les lui montrer, préféra parler de ses dessins et peintures. Devenir décoratrice lui aurait plu, mais elle n'avait jamais pu mener un projet jusqu'à son terme. Depuis l'enfance, elle avait le sentiment de n'avoir pas d'ancrage. Etre en mer, flottant dans cet entre-deux où rien ne la contraignait, lui convenait parfaitement, elle aurait aimé y demeurer. David songea que la traversée tirait à sa fin, allait-il perdre la belle étrangère ? Etrange, étrangère oui, même si tous deux détenaient la même nationalité. Avec brusquerie, accentuant la raucité de sa voix, Assia reprit :

— Mon père a épousé une Allemande, farouchement protestante. Nous vivions à Berlin, où je suis née. Puis, bien sûr, la montée du nazisme, les pressions et menaces, la fuite. En Italie. De là, en Palestine. A Tel-Aviv, j'ai appris l'hébreu et l'anglais.

Toujours plus fasciné, David. Assia eut un petit rire tremblé :

— C'est utile, les persécutions, la guerre : elles m'auront permis de découvrir d'autres langues, d'autres littératures. Mon oncle paternel et tous les siens ont disparu. Gazés, très certainement. Après diverses péripéties, mes parents ont fini par émigrer, une fois de plus, et se sont installés à Vancouver. Où j'ai rencontré mon mari. Nous nous entendons très bien.

David sentit qu'elle n'en dirait pas plus et qu'il convenait d'évoquer son parcours : il était né au Japon, l'avait quitté jeune, cependant, pensait-il, des impressions d'enfance avaient dû l'imprégner et s'infiltrer dans sa poésie. Assia confirma :

— Oui, j'ai remarqué, vous maniez remarquablement les formes brèves. Des haïkus, quasiment.

Le chœur désœuvré des passagers n'avait cessé de commenter les toilettes de la brune énigmatique.

Les supputations allaient bon train : l'adultère serait-il consommé avant l'arrivée à Southampton ? Le mari n'avait d'yeux que pour sa thèse. Le dernier matin, accoudés au bastingage, David et Assia contemplèrent les côtes de Cornouailles émergeant de la brume. Assia pouvait parler russe, allemand, hébreu, voire un peu d'italien, mais c'est en anglais qu'elle murmura :

— J'aime tes poèmes. Et je t'aime.

PRINTEMPS À CAMBRIDGE

Mai 1957

Durant cette année universitaire, David et Sylvia ne furent pas inscrits dans les mêmes cours et ne se croisèrent pas. Un jour de mai, David flânait avec un condisciple le long d'une sinuosité de la Cam. Sur une pelouse, il aperçut une longue jeune femme discutant au milieu d'un groupe. Il remarqua les gestes vifs, l'éclat des cheveux sur la toge noire. L'ami lui expliqua qu'il s'agissait de Sylvia Plath, une Américaine boursière, mariée à Ted Hughes, tous deux publiaient des poèmes dans des revues. David, qui commençait à faire paraître ses textes dans ces mêmes revues, admirait vivement le peu qu'il avait lu de Ted Hughes. Il ne prêta guère attention à la belle Américaine, il avait rendez-vous avec Assia dans une auberge de campagne proche de Cambridge. Toujours mariée, Assia, mais David n'était pas jaloux. Ni le mari. Personne ne parlait de divorcer.

Dans l'auberge pour couples clandestins, enfouie sous les saules au bord de la Cam, Assia caressait la peau si blanche de David : J'entends *evil* – le mal – dans ce nom de Wevill et pourtant tu es pétri de clarté et de blondeur cendrée, et c'est moi la noiraude, la métèque, qui suis du côté du mal. David protesta, tendrement. Elle nuança : Je me sens juive même si ma mère ne l'est pas, j'ai tout pris du côté de mon père, rien du côté de ma mère, la Germanique aux yeux bleus et aux principes luthériens, Allemagne mère blafarde, murmura-t-elle, blottie contre le corps pâle et délié de David. Il la câlina, la rassura – mon apatride, ma Juive errante, ma fille de Sion, j'aime ce que tu appelles ta noirceur, si lumineuse. Elle se détendit, pourquoi m'a-t-il fallu devenir amoureuse d'un homme aussi blond, porteur d'un prénom juif ? Il sourit, la pénétra, regards absorbés l'un en l'autre. Les yeux gris-vert devinrent puits sans fond, s'assombrirent, se refermèrent sur la montée dense, violente, de la jouissance. Dans la torpeur régressive qui s'ensuivit, Assia écouta le bruissement de la rivière proche, souhaita vaguement qu'elle les emportât très loin, jusqu'à la mer, mais elle savait que chacun reprendrait son chemin, elle vers le cottage conjugal, David vers sa chambre d'étudiant.

Ted pêchait dans la Cam, non loin de l'auberge discrète. Lui aussi se faisait discret – il n'avait pas pris de permis –, après avoir élu un emplacement dans une courbe en contrebas, au milieu de ronces et de branches mortes entremêlées. Il prenait plaisir tout à la fois à dériver et à demeurer vigilant. Se laisser capter par les reflets et les ombres, par les présences mouvantes sous la surface, puis tenter de s'en emparer, devenir tour à tour proie et prédateur. Un temps autre, tel celui des songes et, comme dans les songes, finissaient par surgir les bêtes invisibles. Un éclair pâle sous la surface moirée, un ventre nacré se dérobant, revenant. Guetter sans guetter, comme lors de la gestation d'un poème, laisser affleurer… A demi dissous, vigilant cependant, immergé dans une rêverie aquatique et toujours sur la rive.

Il convenait de revenir vers le réel. Ted rapporta des perches goujonnières pour le dîner et l'amorce d'un poème sur le brochet – bien qu'il n'y eût pas de brochet dans la Cam, peu importait ! Il trouva Sylvia très excitée :

— J'ai reçu la réponse de Smith College ! Ça y est, je suis engagée pour la prochaine année universitaire. Un poste d'assistant, bien rémunéré, ce qui résoudra nos problèmes financiers pour un an. Maman sera tellement heureuse de me voir revenir. Et tu pourras certainement donner quelques cours, tout en préservant ton temps pour écrire. On mettra de l'argent de côté, et ensuite à nous la poésie !

— Rien que la poésie.

— Puis un bébé ! En attendant, il faut que je passe mes examens.

— Je n'ai aucune inquiétude.

Sylvia en regorgeait, bien entendu. Elle résorba ses angoisses en alternant révisions et confection de desserts riches en crème et en sucre, dont elle puisait les recettes dans *Le Bonheur de cuisiner*. Ted prit cinq livres ce qui, compte tenu de sa taille, n'était pas bien grave. Les gâteaux au chocolat furent réussis, les épreuves finales également.

Ils décidèrent de fêter ce succès par un pèlerinage dans *leur* bois, non loin de la route de Grantchester. Là où le cerf velouté, surgi d'ailleurs, leur était apparu. Après avoir longuement erré, ils finirent par repérer les sentiers secrets, le taillis mystérieux. L'animal mythique ne fut pas au rendez-vous. Mais ils retrouvèrent leur bauge de sanglier. Désaffectée, toujours hospitalière. Et le corps, le sexe de Sylvia furent pour Ted humus odorant.

— Aux Etats-Unis, affirma-t-elle en se rhabillant, tu découvriras d'autres espèces.

— Tu me suffis, ma toison ma foison.

Ils réservèrent les billets de la traversée, sur le *Queen Elizabeth*. Préparèrent leurs bagages, trièrent leurs livres, furent contraints à des choix douloureux. Bien entendu, Ted emporta son Shakespeare. Dans sa valise, il glissa également les épreuves de son premier recueil de poésie. Sylvia rayonnait : il lui était dédié et il devait paraître à la fois aux Etats-Unis et en Angleterre, chez le célèbre éditeur Faber and Faber.

— Tu te rends compte, jubilait-elle, Faber and Faber a son siège juste en face de l'église où nous nous sommes mariés il y a bientôt un an ! Un présage de bonheur conjugal et de gloire littéraire indissociables, tu ne crois pas ?

— Je me permets de te rappeler que, si cette église est celle des ramoneurs, elle s'appelle également Saint-Georges-le-Martyr.

— Eh bien, nous serons hérauts et martyrs de Dame Poésie !

BESTIAIRE AMÉRICAIN

En cadeau de mariage, différé d'un an, la mère aimante et généreuse leur offrit la location d'une superbe villa, proche de l'Atlantique. Appréciables, ces six semaines de vacances, seuls, en pleine nature. Sous les pins du Cape Cod, Ted vit son premier aborigène – puisqu'il paraissait assez peu probable de croiser un authentique Indien dans le Massachusetts... Un tamia, cet écureuil d'Amérique capable à la fois de grimper sur les troncs et de creuser des terriers, une bestiole à l'air placide, aux joues gonflées dans lesquelles il conserve ses provisions. Sylvia faisait la sieste à l'intérieur, Ted bouquinait à l'ombre légère, balsamique, des conifères. Avec sa large queue, faisant bruisser les aiguilles de pin, le tamia lui adressa un message de connivence, et Ted leva les yeux de son Shakespeare. Immobile, attentif, le tamia posait sur lui le regard ambré de Sylvia. Ainsi, en dépit de ses origines germaniques, la femme aimée était une autochtone de cette contrée ? Oui, le même regard, et ce modelé un peu plein des joues, et presque le même pelage châtain doré que cet animal, familier des hautes branches comme des galeries souterraines. Cette dualité enchanta Ted : Ariel et Hadès ? Depuis l'enfance, Sylvia chérissait dans *La Tempête* l'elfe aérien qu'était Ariel. Et par ailleurs, tous deux le savaient, même si dans l'amour ou la création ils réussissaient à l'oublier, elle avait brièvement séjourné aux enfers. "Dame Lazare", s'amusait-elle parfois à se dénommer, "Dame Lazare", ressuscitée. Par périodes, il percevait la chape d'une ombre mortifère sur celle qui pouvait être si vivante, si amoureuse de la bouffe comme de la baise. Mais qu'elle ne fût vivante que par accident n'était-il pas aussi ce qui l'avait attiré vers elle ?

Ted savoura de retrouver un peu de la femme aimée dans ce tamia si gentiment proche. Le séjour en solitaires au Cape Cod était bienvenu après les inévitables présentations aux amis et à la famille, dans la maison de Wellesley (une famille exclusivement du côté d'Aurelia, avait-il remarqué). Une moiteur estivale imprégnait pelouses et visages, érodant les angles et les différences dans une torpeur aimable. Il avait fallu en passer par la grande réception en l'honneur du jeune couple de retour – non non, songeait-il, je ne reviens pas, je passe... Si charmants, ces indigènes aux superbes dents blanches ! Ted se souvint que, à Londres, un Londres pas encore sorti de ce sinistre après-guerre, Sylvia avait été déprimée par le grisâtre des façades, des peaux, des vêtements, des dentitions. A voir celles d'ici, et les coquettes, proprettes lattes des cottages parsemant la Nouvelle-Angleterre, Ted comprenait mieux sa réaction consternée. Des autochtones bronzés, aux chemises bariolées, aux canines impeccables, éclatantes réclames pour dentifrices, leur répétaient avec une touchante cordialité : Ainsi vous vous installez dans notre beau pays, si accueillant ? Avec vos diplômes de Cambridge vous obtiendrez tous deux des postes intéressants dans nos universités et, très rapidement, une demeure confortable dans une banlieue résidentielle, ne tardez pas à prévoir la voiture, indispensable ! Bien sûr, votre désir est d'écrire de la poésie, mais vous en aurez largement le temps durant les intersemestres et les vacances d'été…

Le discours de ces bipèdes faisait sourire Ted et Sylvia. Celle-ci, constata-t-il, avait très vite repris cette volubilité expansive et nasillarde que ses deux années à Cambridge avait atténuée, et qui revenait lorsque l'angoisse battait des ailes, oiseau captif, affolé, l'angoisse précisément de ne pas parvenir à écrire et d'être partagée, durant ces six semaines de vacances, entre ses poèmes et la préparation de ses cours pour la rentrée à Smith College.

C'étaient les vacances cependant. Des bourrasques avaient chassé l'humidité. Sur ce rivage du Cape Cod, l'air était tonique, cristallin. Nourricier, disait Sylvia. De fait, elle semblait le dévorer. Et dévorait. Quantité de fruits et de céréales. Des steaks quasiment crus – aux yeux de Ted le paysan, la viande devait être longuement cuite, mais il finit par s'habituer. Des coquillages, pétoncles, palourdes, savoureux et iodés. Comme le vent. Pour fouetter le sang, la jubilation rieuse de l'écume, et cette intensité des teintes aquatiques ! Un monde miroitant et violent – bleu sombre, gris moiré ou d'un vert virant au noir, un vert de sapinière.

Ted, le terrien du Yorkshire, suivait sa femme tant bien que mal lorsqu'elle partait vers le large et plongeait avec une rageuse allégresse dans la muraille liquide de chaque vague. Il commençait à comprendre que ni les ternes rivages de l'Angleterre, ni même la lumineuse mère Méditerranée n'avaient pu restituer à Sylvia sa terre natale, l'océan Atlantique. Au retour, elle aimait se laisser flotter, mollement, dans une anse sableuse, déserte, où stagnait une eau tiède, laissant ses cheveux se mêler à de longues algues brunâtres. Ted plaisantait : Et si je les tressais ensemble, algues et chevelure, filet pour pêche miraculeuse ? Elle riait, l'embrassait, racontait comment son père, très tôt, lui avait appris à nager et à s'ébattre avec cette aisance souveraine au cœur de la houle. Silencieux, Ted s'interrogeait : Un père chtonien ou un père dieu marin ? Ou les deux, comme le tamia aérien et souterrain ? Mythique, supposait-il, et Ted, pour avoir étudié l'anthropologie, connaissait la toute-puissance des mythes.

AURELIA

Wellesley, juin 1958

Je ne vois guère ma fille et mon gendre. Boston n'est pourtant pas bien loin... A présent, j'ai compris qu'ils ne s'installeront pas aux Etats-Unis mais, très certainement, en Angleterre. Otto venu d'Europe, Sylvia retournant en Europe : parfois je me demande ce qui se trame et se délie, est conquis ou perdu, au rythme de ces aller et retour, à l'épreuve de l'exil et de l'intégration ? Il est probable que je ne verrai pas naître sur le sol américain mon premier petit-enfant. Qui n'est pas encore programmé. Je suppose du moins, Sylvia reste très discrète à ce sujet... J'ai de quoi me faire du souci : je les avais tous deux imaginés menant ici une double et brillante carrière. Universitaire, littéraire. Eh bien non, au bout d'un an, ma fille n'a pas voulu renouveler son poste à Smith College ! Pas question, l'enseignement épuise, dessèche, m'a-t-elle répété sur un ton péremptoire, semblant avoir oublié la profession de père et mère... L'essentiel est ailleurs, a-t-elle ajouté. J'en conviens – n'avais-je pas rêvé, autrefois, que ma fille et moi puissions écrire et publier ensemble ? Pour l'heure, elle s'emploie à solliciter des bourses et des résidences pour artistes, à tenter de placer des poèmes, les siens et ceux de Ted, dans des revues ou dans le prestigieux *New Yorker*. Dans ce registre, elle est très méthodique, efficace. Il faut dire que, avec moi, elle a été à bonne école, Ted en bénéficie. Grâce également aux cours que Ted a donnés à l'université d'Amherst, tous deux ont mis de l'argent de côté. Sur le modèle du tamia se constituant des réserves, a-t-elle affirmé pour me rassurer. Je suis obligée de reconnaître que, pour des poètes, ils s'organisent plutôt bien.

Ted, m'a-t-elle dit dans une lettre récente, réussit parfois à calmer cet océan qui écume, bouillonne en elle. L'océan ? Ce fut la toile de fond de ses premières années, à Winthrop, notre maison donnait sur la plage. Dans sa mémoire profonde, je crois, la rumeur des vagues est plus paternelle que maternelle. Le père heureux et fort de la petite enfance, le dieu océan : les aurait-elle confondus ? D'ailleurs, je l'ai remarqué, Sylvia est persuadée d'avoir appris à nager avec mon mari, alors que ce fut avec son grand-père maternel. Ce dernier l'emmenait vers le large, accrochée à ses épaules. J'ai essayé de le lui expliquer, maintes fois. Ma bourrique chérie n'a pas voulu en démordre !

Récemment, au téléphone – tout de même, elle m'appelle chaque jour, ou presque –, elle m'a parlé de ses multiples lectures. Entre autres, *De l'origine des espèces*, de Darwin. Très surprise, je me suis bien gardée de commenter. Depuis ce coup de fil, je rumine : sans Darwin, sans son ouvrage ainsi intitulé, Warren et Sylvia n'existeraient pas. Je rumine, oui, je songe à l'itinéraire de mon mari. Très jeune, il arrive de Prusse, travaille chez son oncle épicier à Manhattan, suit des cours du soir, parcourt à toute allure les étapes de la scolarité en anglais. Ses grands-parents, émigrés eux aussi, s'étaient implantés dans le Wisconsin. Ils proposent de lui payer des études supérieures dans un collège germanique du Wisconsin, à condition que leur petit-fils entre ensuite au séminaire. Dans ce collège de Watertown, où l'enseignement des humanités se fait en allemand, Otto déniche à la bibliothèque *De l'origine des espèces*. L'évidence, fulgurante. Dieu n'a pas créé le monde. Pour une excellente raison : Dieu n'existe pas. Non, Otto ne sera pas pasteur, mais enseignant, en langues et en sciences. Les grands-parents sont scandalisés. Les parents également qui, entre-temps, ont émigré avec leurs autres enfants. Ils lui coupent aussitôt les vivres. Pis, ils effacent son nom de la bible familiale, la très belle, très ancienne bible luthérienne transportée de Prusse aux Etats-Unis. Et le renient, définitivement. Otto, le traître, le maudit.

Il a assumé son choix, acceptant des boulots ingrats afin de pouvoir poursuivre avec acharnement ses études universitaires. Jamais je ne l'ai entendu évoquer le traumatisme qu'avait dû constituer cette rupture radicale. Seule sa sœur Frieda a maintenu des relations avec lui – d'ailleurs, son mari, un médecin, m'a utilement conseillée lorsque, devenue veuve, il m'a fallu créer et organiser un cursus universitaire de secrétariat médical. Frieda la fidèle vit à présent en Californie, nous correspondons.

Le mutisme d'Otto sur ces années-là... Je n'ai pas connu mes beaux-parents. Cette cassure dans la filiation, ce silence auraient-ils, obscurément, pesé sur Sylvia ? Otto a eu le sentiment d'une possible renaissance lorsqu'il m'a épousée, à quarante-sept ans. Il serait père, il transmettrait ce nom qui avait été modifié en passant de l'Allemagne à l'Amérique, puis avait été rayé du livre sacré et de la mémoire par les siens. Changer de nom, changer de langue. Bien sûr, à l'époque, je ne pouvais mesurer ce que signifie fonder une famille lorsqu'on n'a plus de famille. Nous nous aimions, nous avions les mêmes conceptions sur l'éducation : exigeante mais ouverte, l'étude et les livres certes, sans exclure le contact avec la nature, les animaux, l'océan. Mon mari voulait deux enfants, une fille puis un garçon, à deux ans et demi d'intervalle. J'ai scrupuleusement respecté ce programme, aux dates prévues (il était préférable de se conformer aux désirs d'Otto), tout en lui servant de collaboratrice et secrétaire pour ses publications scientifiques, alors que j'étais plutôt littéraire par goût et par formation. Il m'a fait quitter mon poste d'enseignante. Ses recherches sur les sociétés d'insectes occupaient en permanence la table du living-room – envahissantes bestioles... Nous ne recevions pour ainsi dire personne, ce que je déplorais. Otto, l'homme en rupture de ban, avait conservé des valeurs très germaniques, dont la maxime des trois K pour les femmes : *Kinder, Küche, Kirche* – enfants, cuisine, église. Sauf, évidemment, sur ce dernier point : il ne mettait jamais les pieds dans un lieu de culte. Mais il m'a laissée fréquenter l'église unitarienne de Winthrop, d'esprit très ouvert, très souple, où je trouvais un minimum de vie sociale et de respiration, réconfortantes !

Otto et sa passion pour le sucre... C'est en quête de miel, sur sa terre natale, qu'il avait commencé à observer les trajets des abeilles, m'avait-il raconté. Je n'avais guère le temps de confectionner des desserts, ma mère nous en apportait régulièrement. Otto raffolait de sa tarte de Linz, de ses strudels et surtout de cette recette berlinoise qu'elle avait dénichée pour lui : un gâteau au miel fondant et aux amandes effilées, baptisé de ce si joli nom, “piqûre d'abeille”... Cette pléthore de sucre aurait-elle à la longue attaqué les cellules de son pancréas ? Sylvia avait six ans lorsque son père a commencé à s'affaiblir. Persuadé d'être atteint d'un cancer, et condamné, mon mari a opiniâtrement refusé de consulter. Une attitude quasi suicidaire ? Je l'ai supplié. Mes parents, des collègues, également. Peu à peu, exténué, il a renoncé à assurer ses cours. Il restait souvent allongé sur un divan dans la salle de séjour, Sylvia tentait de le distraire en composant des saynètes mi-chantées mi-dansées. Je la revois, papillonnant, revêtue de costumes bariolés que sa grand-mère l'aidait à confectionner. Un théâtre tragicomique, un mini-opéra bouffe avant la chute du rideau ? L'humeur d'Otto s'altérait sensiblement, sa rigidité devenait un carcan oppressant. Il m'est arrivé de plaisanter sur ses impératifs catégoriques – kantiens ? prussiens ? glissais-je en essayant d'ironiser tendrement. Mais non je divague, en 1940, non bien sûr, je n'osais même plus plaisanter ! Je le sentais trop détérioré. Plus l'approche de la guerre… Peut-être est-il épuisant de masquer une maladie par une autre, imaginaire ? D'avancer vers la mort en déniant ses causes ? Plusieurs de ses collègues ont été stupéfaits, consternés, qu'un scientifique de son envergure se soit enfermé aussi opiniâtrement dans le carcan d'une telle erreur. A la faveur, si je puis dire, d'une blessure au pied, rapidement infectée, le diagnostic a enfin été établi. Un diabète, qui aurait pu être aisément traité s'il avait été repéré plus tôt. Trop tard, menace de gangrène, amputation de la jambe gauche. Et l'embolie. A présent, je ressasse : se pourrait-il qu'on meure d'avoir été effacé de la carte par les siens ? Même après avoir réussi ce qu'on désirait, devenir à la force du poignet chercheur et enseignant à l'université.

Sylvia n'a pas vu son père amputé. Treize ans plus tard, au ski, elle s'est fracturé le tibia. A gauche, du même côté que la jambe paternelle coupée. J'ai conservé son humoristique télégramme m'informant de cet accident. Signé : “ta fugace fragile friable Sivvy”.

Elle n'est plus *ma Sivvy.*

L'OISILLON

Le cauchemar de ne pas écrire ! Naïve, j'avais cru que, une fois débarrassée des cours à préparer et des copies à corriger, poèmes et nouvelles, refoulés depuis des mois, jailliraient. Plus ce roman dans lequel je voulais mettre en scène ma rencontre et mon existence avec Ted. Etait-ce folie de prétendre vivre et raconter en même temps notre histoire commune ? S'ajoutait le cauchemar de ne pas dormir. Ou si peu : je me réveillais malaxée, concassée par les rêves. La sensation d'avoir été lapidée par une grêle de météorites oniriques. Peut-être n'avais-je pas droit à un sommeil réparateur puisque je n'avais rien produit ? Ou mal. Ou pas assez. La perfection ou rien ! Cette exigence puritaine, très Nouvelle-Angleterre, inculquée par mon Autrichienne de mère ? Sans doute aussi la régularité tranquille avec laquelle Ted travaillait m'impressionnait-elle. Il suffisait, affirmait-il, de demeurer vigilant, poreux à ce qui se mouvait et se tissait à l'intérieur de soi. De quoi m'angoisser encore plus ! Certes, il essayait de m'aider. Il régulait l'organisation de la journée : alterner lecture, méditation, création, par tranches horaires strictes. Lui-même pratiquait des exercices de relaxation avant de rédiger. Et il me suggérait des thèmes, parfois même par l'hypnose. Un jeu entre nous, de même que nous interrogions l'avenir et faisions parler les "esprits".

Un jeu sérieux, néanmoins : Yeats et sa femme avaient eu des pratiques spirites et nous révérions la poésie de Yeats…

Cependant, à Boston, j'ai commencé à comprendre que ce compagnonnage d'écriture, si merveilleux à mes yeux deux ans auparavant, pouvait devenir carcéral. Pour créer, il me fallait me dégager de l'emprise de Ted, échapper à sa rigueur quasi fanatique. Peut-être prendre un travail à temps partiel ? Mais pas dans l'enseignement ! Je me suis remise à l'allemand, laborieusement. Et surtout, sans en parler à Ted, ni à ma mère, je suis retournée consulter le Dr Ruth Beuscher, cette psychiatre et psychanalyste qui m'avait accompagnée lors de ma grande dépression, en 1953. J'avais pris conscience que vivre en ma compagnie devait, parfois, être une épreuve. Ted ne me laissait pas respirer, avais-je le sentiment, et cependant il pouvait être attentif, tendre, capable de prendre en charge une tâche domestique lorsque, accablée de moi-même, je baissais les bras. Me faisant l'amour lorsque je ne parvenais pas à m'assoupir. M'apportant au lit le café du matin, fort et brûlant, pour m'aider à m'extirper de la glu des cauchemars… J'ai pressenti que si je ne transvasais pas mes rages et mes angoisses dans l'écriture, eh bien il me fallait les porter ailleurs. Sinon, elles risquaient de nous empoisonner.

Au cours de cet été poisseux de moiteur survint cette histoire d'oiseau. Ted et moi nous fumes tellement unis dans nos tentatives pour le sauver ! Un oisillon tombé du ciel, du nid plutôt, dans une rue de Boston. Une de ses pattes était blessée, il ne pouvait plus l'étirer. Nous l'avons transporté chez nous. Avec des bouts de chiffons et du papier absorbant, nous lui avons confectionné une sorte de nid dans une boîte à chaussures – mais quelle pauvre idée un humain se fait-il d'un nid ? L'oiseau ne réagissait guère. Son tremblement, son œil halluciné et son bec grand ouvert m'angoissaient. Nous avons réussi à l'alimenter avec de minuscules boulettes de viande hachée mélangée à de la mie de pain trempée dans du lait. La nuit, je me relevais toutes les trois heures pour le nourrir, me rendormais très bien ensuite et je m'imaginais sans peine allaitant un bébé. L'oisillon s'affaiblissait, sa patte semblait brisée, ou atrophiée, il ne pourrait pas survivre. Nous nous sommes résignés à l'euthanasier. J'ai cru que Ted allait l'étouffer, très vite, de ses grandes mains si puissantes. Non, il l'a gazé. Il a soigneusement scotché les jointures de la boîte en carton, a dévissé le tuyau de la douche, l'a branché sur l'arrivée du gaz et l'a introduit dans la boîte. Je pleurais, lui aussi. Peut-être l'a-t-il sorti trop tôt ? L'oisillon tressautait encore, faiblement. Nous étions désespérés. Il a fini par s'abandonner à la sérénité de la mort. Il était devenu beau, et je l'ai envié. Nous l'avons enterré dans le parc voisin, sous une pierre, une décoration de fougères par-dessus. Tous deux atrocement malheureux. Le premier enfant que nous perdons, ai-je songé. Comme si ceux à venir devaient subir le même sort ? J'étais terrifiée d'avoir pu penser cela. Et il me paraissait étrange qu'une bestiole aussi minuscule ait en partie résisté à l'épreuve de la chambre à gaz. Ce n'était donc pas si aisé… Au bout de combien de temps les déportés enfournés dans les "douches" succombaient-ils ? Me remontaient l'horreur des camps d'extermination, et la honte de mon origine allemande, même si j'étais née près de Boston, et ma résistance à assimiler cette langue en dépit de mes efforts réitérés. Je ne parvenais pas à maîtriser le langage du père mais la sinusite paternelle, revenante cyclique, ne me quittait pas, ou plutôt je me refusais à la larguer. Il était décédé au bon moment, mon père l'Allemand (je n'osais tout de même pas formuler : mon père le nazi), en novembre 1940, avant le pire, et pourtant, murée dans la logique féroce et absurde de l'inconscient, je lui en voulais de cette horreur. Comme je ne pouvais lui pardonner de m'avoir si précocement lâchée.

Brusquement, contre la noirceur nazie, contre la mort pétrifiante, a surgi la blancheur de Sam, cet étalon que j'avais monté – si on peut dire ! – à Cambridge. La blancheur en mouvement. En quelques heures, j'ai ébauché un poème : "De la blancheur je me souviens." Cet oisillon, si léger à nos paumes, si lourd à nos cœurs, avait, par sa disparition, convoqué, mis en branle la masse énorme de Sam, la pulsation si vivante du galop, cette alliance de staccato crépitant et de houle fluide, puissante – badaboum, badaboum, cascade de triolets. Cette houle revenante irriguait mes muscles, mes neurones, les mots que je traçais. Sam, le premier cheval que j'enfourchais, et j'avais bien failli être précipitée à terre. J'avais tenu bon, à ma façon, quasiment folle, mais j'avais tenu. Ce 9 juillet 1958, nous avons achevé l'oiseau et j'ai mis en place ce poème. Me fallait-il l'atrocité de la perte pour écrire ? Bien sûr, ce n'était pas le premier poème que je rédigeais depuis notre installation à Boston, mais quel étrange jaillissement au beau milieu des larmes... Et avec ce retour de Sam, enfin une blancheur dynamique ! Si souvent j'associais le blanc à la pétrification ou à la glaciation, marbre des statues, ivoire des os, pâleur stérile ou cancéreuse de la lune, plâtres chirurgicaux, blouses et draps d'hôpital... Le blanc pommelé de mon brave étalon dansait, j'entendais le martèlement allègre de ses sabots, je maîtrisais les décasyllabes du poème tout en me laissant emporter. Puis m'est revenu le souvenir de ma première, et dernière, descente à ski, c'était à Saranac : je n'avais pris aucune leçon, on m'avait seulement montré les rudiments du chasse-neige. Arrivée en haut du remonte-pente, je m'étais lancée, seule, sur la première piste venue. Droit dans le vide, ravie d'être ainsi embarquée, criant de plaisir. Le défi ! L'alliance du bonheur et de la terreur, comme avec Sam. Un imbécile m'était rentré dedans. Bilan, une jambe cassée – la mienne, la jambe gauche… Peu importe, le galop et le ski à toute vitesse étaient du même ordre, une jouissance étrange, à ras du danger, de la limite. Une drogue, plus excitante que l'alcool.

Dr RUTH BEUSCHER

Boston, mars 1959

Durant nos séances de février, je lui avais suggéré de se rendre sur la tombe paternelle, qu'elle n'a jamais vue. Ce n'est pas loin, à Winthrop, au bord de l'Atlantique. Avec mes patients, je m'autorise rarement ce genre d'intervention dans la réalité. Dans le cas de Sylvia Plath, elle m'a paru nécessaire : elle avait huit ans au moment du décès et sa mère n'avait pas jugé bon d'emmener ses enfants à l'enterrement – lourde erreur.

Elle a visité son père en compagnie de son mari, m'a-t-elle dit. Aussitôt après, elle a ébauché un poème : "Electre sur le chemin des azalées." Puis, envahie par des nausées, Electre, la fille farouchement fidèle au père, s'est demandé si elle n'était pas enceinte. Ce n'est pas la première fois que ce doute surgit depuis son séjour aux Etats-Unis mais, tout de même, voilà un père bigrement efficace… J'imagine l'époux discrètement en retrait, long cyprès sombre tenant à son insu le rôle de l'arbre symbole du deuil ? Le physique de l'emploi, avec sa haute taille et ses vêtements noirs. Bien entendu, je n'ai rien livré de mes propres associations. Ni énoncé qu'Electre ne saurait véritablement aimer un homme tant qu'elle n'a pas avancé sur le chemin, plus semé d'épines que d'azalées, au terme duquel le père ne serait plus le seul élu – pour autant qu'il y ait un terme… Depuis bientôt vingt ans, elle se sent enfermée dans la clôture de cette disparition, hibernant, précise-t-elle dans ce poème qu'elle m'a récité, à l'intérieur de la tombe-ruche paternelle. Cloîtrée, coincée : à la fois, il l'a trahie en disparaissant et elle est coupable de ce décès – aussi banal qu'inextricable... Par moments, durant les séances, il me semble entendre bourdonner ces abeilles inséparables du père, sécrétant leur miel – de vie ? de mort ?

Chez cette jeune femme alternent, étonnamment proches, la glaciation – tout se fige, paysage lunaire, gel mortifère – et l'éruption volcanique. Comme si la lave de l'inconscient était là, très proche, prête à crever la croûte de surface, à se répandre, brûlant et ravageant sur son passage. Dans ses cauchemars des dernières semaines, des hommes s'effondraient, massacrés, amputés d'une jambe. Elle ne semble pas avoir établi le lien avec le membre coupé d'Otto Plath, atteint de gangrène au terme de sa vie. Cette gangrène qui a rongé le père menacerait-elle cette fille éclatante de vitalité ?

Non, aux dernières nouvelles elle n'est pas enceinte, souhaite le devenir sans trop tarder. A condition d'avoir publié auparavant un premier recueil de poèmes ! Il n'est pas facile de travailler avec elle : avant même qu'elle ne débarque dans mon cabinet, chaque mercredi, la plupart des événements quotidiens, les sensations et les réflexions ont été aussitôt notés dans son journal. Les nouvelles ébauchées sont, soit liées à des épisodes de son enfance et de son adolescence, soit à des expériences récentes. Notamment son emploi de secrétaire, dans le service psychiatrique où lui avaient été administrés les électrochocs – eh oui, il a fallu qu'elle revienne dans cet hôpital, comme sur les lieux du crime, non plus patiente mais agissante… Tout en vivant avec Ted Hughes, elle veut raconter dans un roman leur rencontre et leur itinéraire en commun, je doute que ce soit tenable. Le plus souvent, antérieurement à notre rendez-vous hebdomadaire, elle a déjà relaté ses rêves dans son journal. De ce fait, le matériau qu'elle m'apporte ne sort plus tout chaud du four onirique. Elle l'a filtré, élaboré à sa façon. Et par-dessus le marché, il arrive que le mari ait livré avant moi son interprétation personnelle des songes de son épouse. Ce monsieur me brûle la politesse ! Des interprétations d'inspiration jungienne car il est fasciné par les mythologies primitives et le chamanisme, par le thème d'une âme "archaïque" ou d'un moi "profond", par les cavernes maternelles – notions à mes yeux passablement fumeuses… Ses interventions me compliquent encore la tâche, mais attention à ne pas se laisser piéger dans une rivalité psychanalyste-époux. Doublée d'un conflit Freud-Jung !

Je repense au derniers vers du poème intitulé "Electre sur le chemin des azalées" : "C'est mon amour qui nous a tous deux menés à la mort." L'inceste accompli dans le partage de la mort ? Non, ma patiente n'est pas tirée d'affaire. Et moi non plus avec elle. Le problème, c'est que, très probablement, elle repartira en Angleterre, le temps nous est compté. Je lui ai donné l'autorisation de haïr sa mère. Sur le moment elle a ri, puis a paru soulagée. S'est aperçue à l'usage que rien n'était moins aisé… Cette mère si dévouée, trop parfaite ? Avec son mari, Sylvia tend à rétablir la fusion dont elle essaie de se déprendre d'avec sa mère.

Et puis, soyons lucide : il n'est pas aisé d'avoir en analyse une patiente qu'on a traitée par électrochocs. Même si ce fut en l'accompagnant avec toute la douceur compréhensive dont j'espère être capable…

UNE CHATTE NOMMÉE SAPPHO

A la manière insistante, insinuante, des petits félins, elle s'était glissée dans le logement de Boston où les deux humains étaient logés à l'étroit. Et, parfois, ne se supportaient plus. Pas seulement à cause de l'exiguïté des lieux. Par moments, tels des siamois, ils ne détenaient plus qu'une seule peau et il leur fallait la déchirer. Aussi leur arrivait-il de se cracher dessus et de se griffer. Ma mégère inapprivoisable, disait ensuite, souriant, le mâle à la femelle. Laquelle, dans sa rage, cassait de temps à autre des objets, voire des meubles. De plus, désireuse de porter, elle avait appris que ses ovulations posaient problème et elle était désespérée à l'idée d'être la femme stérile – elle qui déjà peinait tellement sur ses poèmes et ses nouvelles...

Vint alors, intelligemment discrète et tenace, la chatte aux yeux bleus. Comme ceux des siamois, bien qu'elle ne fût pas de cette race. Elle sut tenir son rôle avec élégance. Se glissa en ronronnant dans la chaleur du lit, entre les deux corps, et distendit, voire déchira, la membrane des siamois. Apprécia les miettes de thon en boîte, et le fit impérieusement savoir. S'étala, innocente, sereine, sur le bureau de Ted où grouillaient les brochets dévorateurs d'un poème en gestation. Avec panache, elle joua à la grande vedette, occupant non sans désinvolture tout le terrain. Intrigua ses maîtres par les frémissements parcourant son pelage lorsqu'elle dormait, ils auraient voulu décrypter ce passage du songe. Se blottit sur l'épaule de Sylvia. Lécha ses cheveux. Mieux encore, se lova en position fœtale dans son giron.

A l'approche de l'été, après de nouveaux examens médicaux, Sylvia fut rassurée : ses cycles étaient normaux, en théorie rien ne s'opposait à ce qu'elle devînt mère, tôt ou tard. Ayant accompli sa tâche, la chatte Sappho fut déposée chez Aurelia Plath pour les vacances.

BESTIAIRE AMÉRICAIN (suite)

La mère aimante et généreuse, la mère qu'on avait le droit de haïr (sans y parvenir), voulut bien garder la chatte et prêter sa voiture au jeune couple : en route pour un vaste périple à travers les Etats-Unis ! Sylvia et Ted pouvaient s'offrir deux mois de camping, tout en économisant pour le voyage de retour et l'installation en Angleterre : Ted venait d'obtenir une bourse confortable, attribuée par la fondation Guggenheim. Sylvia avait annoncé la nouvelle à sa mère avec des trémolos de triomphe dans la voix – leur refus d'être prisonniers d'une profession avait été payant !

En dehors de New York, de Saranac, de Boston et ses environs, Sylvia ne connaissait rien de son pays natal. Poursuivant leur exploration de soi, de l'autre, jamais achevée, ils partirent à la découverte de l'Amérique, roulant interminablement – Sylvia suppliant sans cesse Ted de respecter les limitations de vitesse –, croisant dans la nuit d'énormes lièvres ou des ombres soudain happées par les phares, aussitôt digérées : bêtes jaillies de leur propre obscurité ? bêtes de la forêt ? Le plus souvent, ils plantaient leur tente près d'un lac ou d'une rivière. Ted apprit à Sylvia à pêcher. Comme à son habitude, elle se révéla bonne élève. Apprit même la patience. Bronza, en bikini, guettant le poisson. Ted retrouva, et savoura, la jeune mariée rayonnante de

Benidorm. Son hâle velouté estompa la cicatrice, ses cheveux virèrent au blond. Et grâce à la fatigue de la route, au grand air, grâce aux plaisirs de la découverte et de la pêche, école de calme, les insomnies semblèrent exorcisées.

Ils roulèrent, interminablement. Parvinrent en Californie, à Pasadena. La tante Frieda les attendait dans son jardin foisonnant de plantes exotiques. Sylvia la rencontrait pour la première fois. Ted fut impressionné par ce regard bleu d'acier, étincelant. Les yeux Platt, précisa la tante Frieda. Ted fut heureux que la femme aimée ait emprunté les siens au tamia nord-américain plutôt qu'à son père le Prussien. Une teinte tellement plus chaude. Alors ce bébé, c'est pour bientôt ? s'enquit la tante Frieda. Sylvia demeura évasive. A la fin du dîner, elle la questionna sur son enfance, sur celle d'Otto. La tante prétendit avoir oublié – ou avoir préféré oublier ? Grabow ? Une grosse bourgade, morose, une vie tellement étriquée... Non non, à l'époque, ce n'était pas le couloir de Dantzig, pas encore. Sylvia songea combien le lieu d'origine paternel demeurait pour elle une nébuleuse, géographique et historique, une marche mouvante entre monde germanique et monde slave. La tante Frieda fit état d'une possible ascendance polonaise chez les Platt, puis évoqua leur mère, Ernestine, qui traînait la patte et se plaignait d'ulcères variqueux à la jambe gauche, un lourd handicap. Et célébra ce frère aîné, si bon élève, si tenace, qui avait mené avec courage une belle carrière, quel malheur ce diabète...

Ted se serait passé de ce retour d'Otto dans un voyage qui avait pris des allures de seconde lune de miel. Le père, imaginait-il, était resté du côté de l'Atlantique – un gros phoque noirâtre échoué sur une grève sableuse à Winthrop, non loin du cimetière aux azalées – et voilà qu'il resurgissait sur les rives ensoleillées du Pacifique ! Il proposa de repartir vers les montagnes, et au-delà, vers le parc de Yellowstone. Ils roulèrent, longuement. C'est la première fois que j'entends parler de ma grand-mère paternelle, murmura Sylvia, et moi qui me suis cassé la jambe gauche… Au fait, je n'ai jamais su de quel côté mon père avait été amputé avant de mourir, il faudra que je demande à maman. Ted ne commenta pas. Au crépuscule, un wapiti traversa la route, juste devant eux, heurta leur pare-chocs gauche. Sylvia hurla, Ted freina sec. Nul dommage pour eux – pour lui non plus, espérèrent-ils –, sinon de sérieuses balafres sur la carrosserie : fallait-il croire à un mauvais présage, à un coup de semonce du destin ?

Ils parvinrent dans le parc de Yellowstone, s'installèrent pour une semaine dans un camping bon marché, accomplirent les devoirs du touriste consciencieux. Visiter des sources chaudes et sulfureuses, puant les œufs pourris. Admirer les geysers aux rythmes cycliques et les aigles effectuant leurs numéros bien rodés de planeurs, très haut, très loin au-dessus des canyons. Apprendre à côtoyer les ours, familiers, urbains : Sylvia venait d'arrêter leur voiture devant un café, Ted ouvrit la portière, un ours la referma négligemment, au passage, d'un coup d'épaule et poursuivit son chemin, vaquant à ses affaires tel un brave toutou. Ted ne savait plus si ces plantigrades étaient d'authentiques bêtes sauvages ou de bonasses nounours voués à se faire photographier par des vacanciers inconscients collant leurs mômes contre les supposés nounours – ah les beaux souvenirs de vacances à montrer au retour…

Très vite, les mœurs de l'espèce dégénérée dénommée "touristes" agacèrent Ted. Une enclave archaïque, cet immense parc de Yellowstone, ou un pseudo-paradis, envahi par des bêtes artificielles extraites d'un film de Walt Disney ? Les ours ressemblaient à d'énormes gadgets en caoutchouc, ils se faufilaient avec agilité et rebondissaient, véloces, au milieu des tentes, des caravanes, des boutiques et des installations sanitaires. Comme s'ils se savaient filmés par des caméras, ils avaient peaufiné les camaïeux de leurs fourrures : brun foncé, ambre soutenu, marron glacé, cannelle, miel de montagne. Peu à peu, Ted eut le sentiment de s'éloigner de l'univers essentiel, du terreau dont il s'était nourri dans les bois et landes du Yorkshire, en compagnie de Gerald, le grand frère, l'initiateur. Il s'exaspérait de voir le monde animal contaminé par la bêtise humaine. Il valait mieux être armé d'un fusil que d'un appareil photographique, au moins c'était plus clair, plus honnête. A ses yeux, l'humain le plus proche de l'animal demeurait le chasseur. Ou l'éleveur. “Et si à notre retour en Angleterre on s'installait dans une ferme, avec des bœufs et des moutons ? Gerald m'a dit que le Devon était une région idéale pour l'élevage et que le climat était très agréable.” Sylvia le regarda, interloquée : “Ah non, pas question, ce serait encore plus astreignant que l'enseignement, j'imagine !”

Ce soir-là, ils rentrèrent épuisés d'une longue virée en voiture. Ted avait très mal supporté que Sylvia donnât à manger des chips à un cerf broutant en contrebas de la route. Les chips lui paraissaient une caricature grotesque de la pomme de terre, nourriture essentielle des paysans du Yorkshire, et surtout c'était dénier le caractère sacré de la bête sauvage – où avait donc disparu le cerf surnaturel de leurs taillis secrets non loin de Cambridge ? Ils s'étaient engueulés, vigoureusement, puis réconciliés. A l'entrée du camping, ils contournèrent les boîtes à ordures autour desquelles rôdaient quelques ours futés, regagnèrent leur tente. Ted mit à cuire des épis de maïs tandis que Sylvia partait prendre une douche. Elle revint un quart d'heure après, affolée. A quelques miles d'ici, lui avait raconté une femme, un autre camping avait été dévasté par une irruption d'ours en quête de nourriture, on parlait de nombreux blessés, et même d'un homme tué ! Ted s'efforça de la rassurer : les bipèdes ont l'art de fabriquer et répandre des rumeurs, seules les autres espèces savent correctement informer leurs congénères des dangers encourus. A demi rassérénée, Sylvia mit à frire les truites qu'ils avaient pêchées. Ils se régalèrent, firent la vaisselle très soigneusement, ne laissèrent traîner aucun détritus ainsi que le recommandaient les pancartes. Emballèrent le reste de leurs poissons avec du papier paraffiné et du plastique, les rangèrent sur la banquette arrière de la voiture, vérifièrent que toutes les vitres étaient bien remontées, se glissèrent dans la tente, puis Ted en Sylvia.

L'AMATEUR DE MIEL

Chaque nuit, l'ours brun descendait des contreforts voisins pour explorer les campings alentour. Il avait appris à déterrer les poubelles, pourtant soigneusement enfouies dans le sol. A ouvrir les coffres des véhicules. Il savait repérer les parfums du miel, de la marmelade, de la mélasse et des confitures. D'un coup de patte, il pouvait briser une vitre afin d'extirper les provisions, puis dépiauter les paquetages les mieux ficelés.

La nuit précédente, dans un camping proche, il avait tué un homme qui prétendait défendre ses vivres. L'ours brun n'aimait ni le sang ni le meurtre mais s'énervait dès qu'on s'opposait à sa quête de nourriture. Dans cette voiture-ci, beaucoup de miel, il en était certain. Plus du poisson frit. Les deux odeurs rivalisaient en émoustillant ses narines. De ses griffes puissantes, il parvint à faire voler en éclats la vitre arrière. Introduisant le haut de son corps à l'intérieur, il dévora une demi-douzaine de truites. Se régala. Poursuivit le festin avec des biscuits, puis des oranges – délicieux, ce jus. Le miel à présent, sa passion.

Il entendit des murmures, puis le miaulement d'une fermeture Eclair, se retourna. Un être tout en longueur, d'abord rampant, puis à quatre pattes, s'extirpait d'une tanière en toile. Il marqua un temps puis se redressa, lent, prudent. A la manière d'un ours, il passa de la quadrupédie à la verticalité. L'ours brun n'en revenait pas : ce bipède n'en finissait pas de se déployer. Aussi haut que lui. Et très large d'épaules. Tous deux se regardaient, s'estimaient. Immobile, concentré, le bipède semblait savoir quelle distance il convenait de maintenir.

De la tanière émergea un museau, embroussaillé par une longue crinière. Une femelle, poussant de menus cris apeurés qui semblaient s'adresser au mâle. L'ours brun huma : elle dégageait des effluves de femelle grosse. Une senteur qu'il savait repérer. Dans le code d'honneur des ours, on ne s'attaque ni aux petits ni aux bêtes gravides.

L'immense bipède ne bougeait pas. Sa compagne piaulait de plus en plus faiblement, l'obscurité alentour grognassait. A regret, le colosse amateur de miel fit demi-tour et s'éloigna vers les sous-bois, adoptant l'allure débonnaire seyant à un ours pour touristes du parc de Yellowstone.

MIEL ET SANG

Toujours parfaite, ma mère ! Elle n'a même pas râlé lorsque nous lui avons rendu sa voiture en piteux état. Des éraflures consécutives à des rencontres avec un wapiti, puis avec un ours sauvagement prédateur. Et la suspension déglinguée : nous avions parcouru une énorme quantité de miles ! Non, elle n'a pas protesté, trop heureuse d'apprendre qu'un bébé était en route. Un gynécologue m'a affirmé que tout allait bien, selon lui j'étais bâtie pour avoir quantité d'enfants. C'était mon intention ! En septembre, nous nous sommes installés à Yaddo, un lieu de résidence pour artistes dans l'Etat de New York, où nous étions invités durant une bonne partie de l'automne. Plus aucun souci financier, pas de cuisine à faire, écrire au calme, et un bureau rien que pour moi ! Une belle pièce au dernier étage du manoir, donnant sur des mélèzes. J'aimais leur odeur, leurs peuplades d'oiseaux. Ted avait préféré une cabane très bien aménagée, à l'écart dans le parc. Nous nous retrouvions pour canoter et pêcher : nous fîmes des prises miraculeuses, des perches énormes, que nous avons rejetées dans le lac. D'autant que, dans ce manoir de Yaddo, les repas étaient abondants, succulents. Je mangeais comme quatre, à croire que j'attendais des triplés. Plus aucune nausée, et enfin dispensée de règles ! La présence de l'enfant, si intense déjà, m'aidait à m'isoler, me ressaisir, comme si j'habitais la chambre qu'il creusait en moi, lentement, mais avec une impérieuse détermination.

Pourtant, j'appréhendais les cauchemars. Des animaux blessés, ou massacrés, grouillaient dans mes rêves. Je me réveillais en sueur, j'avais peur pour le bébé, et s'il allait se faire dévorer ? Lorsque je me sentais trop mal, je me remettais à dessiner : les magnifiques boiseries de la bibliothèque, les meubles et bibelots anciens, les statues de marbre jalonnant le parc – parfois, j'avais l'impression d'une procession de femmes qui se seraient peu à peu figées au cours de leurs déambulations… Je craignais que leur pétrification ne nous contamine, le fœtus et moi. Ted me soutenait, me faisait pratiquer ces exercices de respiration et de relaxation qui lui servaient de préparation avant de se mettre à son bureau. Excellent pour la création comme pour le fœtus, affirmait-il. Je le raillais, tendrement : Ted le thérapeute, le thaumaturge, le grand chaman de Yaddo…

J'ai cependant tiré parti de mes angoisses, et de ma grossesse, puisque j'ai rédigé une bonne douzaine de poèmes. Dont un où j'évoquais mon état : ronde comme une chouette, mettant bas des chiots ou un poulain ? Ted aimait beaucoup ce texte. J'ai épousé une chouette qui pouline, plaisantait-il, les croisements entre espèces n'étaient pas pour lui déplaire. Puis je me suis lancée dans une nouvelle assez longue, inspirée de notre récent séjour à Yellowstone. Avec Ted, durant nos balades dans ce parc, nous jouions à compter les ours que nous apercevions, de près ou de loin. J'avais parié que nous parviendrions à soixante avant la fin du séjour. Le trapu couleur de chocolat noir qui avait esquinté la voiture maternelle et dévoré nos truites était le cinquante-neuvième. Dans ma nouvelle, intitulée “Le cinquante-neuvième ours”, le plantigrade en question s’attaquait aux provisions à l’intérieur du véhicule, le mari tentait de s’interposer, l’ours le tuait, ainsi s’achevait la lune de miel de ce couple. Par un meurtre, en fait, car c’était la femme qui provoquait l’accident fatal : elle enjoignait à son mari de sortir de la tente avec une torche pour effrayer la bête et la faire déguerpir – en réalité, terrifiée, j’avais supplié Ted de ne surtout pas s’avancer ! Je me suis bien amusée en prénommant Sadie l’épouse meurtrière. Sadie la carnassière, comme dans une autre de mes nouvelles où une fillette porteuse de ce prénom mord un camarade de jeux. Dans “Le cinquante-neuvième ours”, au moment où le mari s’effondrait sous les battoirs acérés de la bête, le sang coulant dans sa gorge avait goût de miel. Miel et sang, savoureux cocktail… J’écrivais cette histoire de tuerie avec délectation, tout en caressant le renflement rassurant de mon ventre, comme si c’était un nounours. En somme, lorsque je devenais porteuse de vie, je n’y allais pas de main morte !

Je ne suis pas certaine que Ted ait apprécié ce récit… De toute façon, il préférait mes poèmes à ma prose. Il avait récupéré des poils du cinquante-neuvième ours restés sur la carrosserie et sur la banquette arrière, puis les avait collés dans sa sacro-sainte édition de Shakespeare. Bien entendu aux pages de *La Tempête*, là où apparaît Caliban, ce monstre émouvant qui semble intermédiaire entre l’homme et la bête. Moi, par contre, j’avais une prédilection pour Ariel, l’elfe qui vole, danse, chante, et butine là où l’abeille butine… Ted était ravi d’avoir pu associer des poils animaux à son poète préféré. Il relisait *La Tempête* en reniflant goulûment. L’odeur du cinquante-neuvième ours a persisté jusqu’à notre retour en Angleterre.

TRAVERSÉE

Le *United States* vient de quitter New York. Gros temps, ça chahute ferme. Dans la bibliothèque, Ted écrit, un coup de roulis fait parfois déraper son stylo. Sylvia arpente bravement le pont supérieur, souriant aux embruns. Elle aime porter, elle aime être transportée, fière d'arborer ce ventre aux courbes dodues. Nulle nausée, et pas le moindre mal de mer. Ni de mère. Aurelia aurait souhaité que la naissance ait lieu à Wellesley ou à Boston, arguant que les services d'obstétrique sont tout de même beaucoup plus modernes aux Etats-Unis qu'en Angleterre. Sylvia n'a rien voulu savoir. Non, mère, je ne deviendrai pas mère dans ton giron, je grossis, grandis. Sans toi, hors de toi. Je deviens une autre et je t'échappe. Bientôt métamorphosée en femme-montagne. Une montagne portée, soulevée par les vagues, n'est-ce pas étrange, et merveilleux ? Lourde, mais délivrée de toi. Entre la mort et la naissance, je déploie la houle d'un océan. La mort, je la laisse pourrir dans le cimetière aux azalées de Winthrop, dans la cave de ta maison, à Wellesley. Non, je ne retournerai pas dans ce ventre noir comme un four ! Mon ventre à moi, je l'espère à la fois moelleux et lumineux pour celui ou celle blotti là. Et je dors, enfin, je dors comme si j'étais à l'intérieur de moi-même. Je dors d'un sommeil de bébé, puisqu'il suffit d'en porter un pour accéder à cette plénitude, nuit après nuit.

Sylvia estime avoir tranché le vieux cordon mère-fille, Ted en coupera un tout neuf dans un peu plus de trois mois : elle a décrété que l'accouchement aurait lieu le 1er avril, et à la maison. Bien que le couple n'ait pas la moindre idée de ce que sera cette maison… Aurelia s'est inquiétée. A domicile ? Et s'il y a un problème ? S'il faut une anesthésie ou une césarienne ? Il n'y aura pas de problème, maman. Confiante, Sylvia, son ventre rebondi niché dans le gros ventre du *United States*, beau navire gravide. Si bien délestée de l'angoisse qu'elle commence à rédiger un poème sur la "crevette voyageuse", comme elle la nomme, la crevette s'ébattant, là, en dedans. Et tant qu'à être ballottée par l'Atlantique, eh bien allons-y gaiement avec les métaphores marines ! La crevette en question a des ouïes de poisson et frétille comme une anguille. Des vers de neuf pieds et neuf vers pour chaque strophe : ainsi convient-il de scander les neuf mois d'une grossesse.

AURELIA

Wellesley, 1er avril 1960

La chatte Sappho s'alourdit et s'alanguit. Elle commence à chercher dans quel recoin, ou fond de placard, elle pourra mettre bas. Puisque ma fille et ma chatte sont grosses en même temps... Pour Sylvia, c'est imminent. Et dire que cette chatte porte le nom d'une femme poète ! Et j'attends moi aussi, j'attends le coup de fil annonciateur. Ce sera Ted probablement, Sylvia sera trop épuisée. L'accouchement, m'a-t-elle affirmé avec une assurance souveraine, aura lieu le 1er avril. Une bonne farce, en somme... Avril, il est vrai, est le mois des anniversaires dans la famille Plath – son père, son frère, moi-même. Il me faut bien me consoler de ne pas être auprès de ma fille pour cette naissance : au moins ce bébé aura-t-il été conçu sur le sol américain, et sa mère semble vouloir l'inscrire dans la lignée Plath en le mettant au monde en avril. Nous y voici. Impossible de dormir. J'attends, dans l'angoisse. Une heure du matin, six heures à Londres. Dans son dernier courrier, elle m'annonce, triomphante, que ses poèmes ont été acceptés par un éditeur londonien. Elle estimait essentiel d'être certaine de publier son premier recueil avant de mettre au monde son premier enfant. Préférable pour celui-ci, avait-elle souligné. Je crois comprendre : il ne fallait surtout pas que le bébé advienne en substitut du livre. Préférable également, j'imagine, pour équilibrer sa relation avec Ted… Elle se dit très contente de leur appartement, un deux-pièces dans un quartier calme. Ils ont eu le temps de le rafraîchir et de l'aménager. Ted a appris autrefois le bricolage et un peu de menuiserie avec son père. Il a installé une bibliothèque, tous leurs livres sont casés, c'était l'essentiel ! Une cuisine minuscule, ils ont peint un mur en rouge vermillon, histoire d'égayer. Leur lit occupe quasiment toute la chambre. Comment parviennent-ils à s'organiser dans cet espace réduit, Ted si grand, Sylvia énorme ? Les autres me semblent tellement plats, bêtement plats, m'a-t-elle écrit dans un récent courrier, la grossesse est sans aucun doute l'état dans lequel je me sens le mieux, accomplie. Pourvu que la dépression ne resurgisse pas lorsqu'elle s'aplatira… Dire que je ne l'aurais pas vue dans cette plénitude ! Oui, Sappho, oui tu es belle, et pleine toi aussi, et sereine. Sylvia et Sappho, ma fille et ma chatte, mettront bas à quelques jours d'intervalle. Ce deux-pièces ne deviendra-t-il pas encore plus étriqué avec la présence du bébé, où caseront-ils le berceau ? Au moins la situation leur plaît-elle beaucoup, non loin du zoo de Regent's Park. Ils ont emmené l'enfant s'y promener. La nuit, lorsque "il-elle" la réveille avec de furieux coups de pied, il arrive à Sylvia d'entendre le hurlement des loups. Nullement terrifiant, contrairement à ce qu'on raconte, précise-t-elle : une longue plainte fluide, qui les berce et les incite à se rendormir, elle et le bébé. Fantasme de femme enceinte ? De femme poète ? Ah, je n'aime pas cette berceuse née de la gorge des loups ! Le deuxième recueil de Ted s'intitule *Lupercal.* Je reconnais à mon gendre une force d'écriture certaine, cependant sa poésie me trouble par sa densité sauvage (oui maman, m'objecte Sylvia, les textes de Ted sont souvent violents, mais si drôles parfois – l'amour doit rendre sensible à un humour qui m'échappe), qu'est-ce qui grouille là-dedans, le menace, le dévore peut-être ? Plainte nocturne des loups, *Lupercal*, Sappho la féline tu attends avec moi, ton ventre pèse, depuis quelque temps je glisse des vitamines dans ta pâtée et j'en ai expédié à ma fille, pas les mêmes bien sûr, oui tu as besoin de câlineries, moi aussi… Je devrais avaler un somnifère. Cette histoire de 1er avril n'est qu'une mauvaise plaisanterie, sans doute va-t-il falloir encore cinq ou six jours. Pourquoi donc l'approche de la naissance me renvoie-t-elle ainsi à la mort ? Au suicide de Sylvia. Au décès d'Otto : je suis rentrée de l'hôpital, déjà le corps avait été descendu à la morgue. J'ai annoncé à ma fille, le plus calmement possible, que son père avait succombé, dans son sommeil, sans souffrir. Un regard meurtrier, un silence, puis : “Je ne parlerai plus jamais à Dieu.” Figée, froide. J'aurais préféré un effondrement, des hurlements. Ou qu'elle me tape dessus. Ou verse des larmes. Moi-même j'aurais eu besoin de pleurer, de me laisser aller. Non, nulle effusion, blotties l'une en l'autre telles Sappho et moi en ce moment. Le lendemain, elle s'est rendue en classe comme si de rien n'était. Bien entendu, les gentilles petites camarades ont laissé entendre que, très probablement, sa jeune et jolie maman trouverait très vite un autre papa. Aussitôt Sylvia a paré le coup. Elle a préparé une feuille sur laquelle elle a inscrit : Je jure de ne jamais me remarier. A son retour de l'école, sans un mot, regard planté dans le mien, elle me l'a tendue. J'ai signé. Que m'importait, j'étais tellement sonnée… En moins de vingt-quatre heures, cette gamine de huit ans avait annulé Dieu, plus un éventuel époux pour sa mère.

Béate, Sappho ronronne et me capte lentement dans son assoupissement – le chat, le plus doux et le plus efficace des somnifères. Bondit, affolée, moi aussi, le téléphone ! La voix de Sylvia, jubilante, même pas altérée : une fille. Obéissante, cette petite s'est exécutée le 1er avril. L'accouchement n'a duré que quatre heures et demie – remarquable pour une première naissance ! A la maison donc, avec l'aide d'une sage-femme et de Ted. Il a hypnotisé sa femme en douceur au début du travail puis lui a massé le dos entre les phases de contractions. Il a été formidable, insistait Sylvia. Oui, le bébé est superbe. Bien sûr, elle va nourrir, en voilà une question ! Ma fugace fragile friable Sivvy semble bâtie pour engendrer quantité d'enfants.

Ils l'ont nommée Frieda : je vais appeler tout de suite ma belle-sœur du même nom, en Californie. Et pourquoi ce deuxième prénom, Rebecca ? Un prénom juif ? Oui oui, je sais, ma fille est hantée par les chambres à gaz nazies, par l'extermination des juifs d'Europe, mais quand même…

TRAVERSÉE

Peu après la naissance de Frieda Hughes, le *Ville de Rangoon*, parti de Birmanie, traversait l'océan Indien, direction l'Angleterre. A bord, David et Assia Wevill, fraîchement mariés. Après s'être enfin décidée à divorcer, Assia avait rejoint David à Mandalay, où il enseignait la littérature, à l'université. Son contrat était terminé et le couple avait décidé de revenir en Angleterre. Lors de l'escale à Ceylan, Assia commença à se sentir étrange. Une torpeur, pas déplaisante, s'ajoutant à un léger retard de règles. Rien de probant, ses cycles avaient toujours été irréguliers, et encore plus depuis ce séjour dans les pays chauds… Elle ne put cependant éluder la question : enceinte ? Ce ne serait pas la première fois. Assia préférait ne pas récapituler le nombre de fœtus évacués de son ventre. Les bébés ne l'avaient jamais attirée, leur aspect larvaire lui répugnait, elle avait peur de l'accouchement, elle trouvait grotesque d'être métamorphosée en vache laitière. Et la dernière fois, elle avait eu un doute – l'enfant était-il de David ? De son mari ?

Le navire quitta Ceylan, Assia restait perplexe : comment distinguer ce vague état nauséeux d'un banal mal de mer ? Pourtant, lorsqu'elle avait rencontré David sur le *Queen Elizabeth* – quatre ans de cela, bientôt –, elle n'avait pas été sujette au mal de mer. Ce qui ne prouvait rien… Quelques jours plus tard, le *Ville de Rangoon* abordait le canal de Suez. Bientôt les eaux méditerranéennes, la vieille Europe et ses tragédies encore fumantes. Non, jusqu'à présent Assia n'avait pas souhaité être mère, elle n'avait confiance ni en elle ni en son avenir, se savait si peu stable, tant de pays traversés, l'Allemagne, l'Italie, la Palestine, l'Angleterre, le Canada, la Birmanie, où pouvaient bien résider son lieu, sa langue, où inscrire un enfant, une filiation ? Et surtout Assia estimait ne jamais pouvoir oublier la disparition d'une partie de la famille Gutmann dans la gueule du monstre Holocauste. Sa sœur Celia avait métamorphosé le drame en désir de vie – là-bas, à Vancouver, elle attendait son troisième enfant. Assia avait toujours détruit ce qui en elle germait. Comme si, commençait-elle à comprendre tandis que le bateau pénétrait en Méditerranée, ces disparus qu'elle n'avait même pas connus – plus envahissants peut-être d'être restés des ombres – squattaient son corps, sournoisement, interdisant tout accomplissement.

Le détroit de Gibraltar fut bientôt en vue, le soupçon de grossesse devint certitude. A trente-trois ans, dans une stupeur mêlée d'effroi et de joie sourde, Assia découvrit qu'un enfant pourrait devenir cet ancrage qui s'était jusqu'alors dérobé. Elle en avait peur, et le voulait. Il était temps d'en parler à David, avant l'arrivée à Liverpool. Assia craignait sa réaction : le moment était peut-être mal choisi, ils ne savaient pas encore très bien comment ils organiseraient leur vie à Londres et devaient loger, provisoirement, chez des amis. Lors de la dernière nuit en mer, après avoir fait l'amour, Assia murmura : J'attends un bébé, j'aimerais tellement le garder… Comblé d'être le premier homme avec lequel la femme aimée espérait devenir mère, David balaya les problèmes matériels. Ils trouveraient des solutions, au besoin il emprunterait à ses parents, qui seraient tellement heureux...

Lonya Gutmann et sa femme allemande ne le furent pas moins : enfin leur aînée, l'errante la changeante, semblait se stabiliser ! De Vancouver, ils envoyèrent un mandat substantiel et Celia expédia à sa sœur une partie de la layette ayant servi pour ses deux premiers bébés. David et Assia s'installèrent dans un logement près de Holland Park, sans doute ce deux-pièces se révélerait-il trop petit lorsqu'ils seraient trois, peu importait, ils aviseraient plus tard. Tous deux furent embauchés par une agence de publicité. Vive, inventive, Assia détenait le sens des slogans incisifs et devint rapidement très appréciée. Etrange, songeait-elle, tout en même temps je porte un enfant, avec sérénité, j'exerce un travail plus valorisant que mes habituels boulots de secrétariat, un travail où je réussis, que j'ai envie de poursuivre, et j'écris des poèmes, j'ai changé, oui, je change, mes seins également, lourds, tendus, et j'éprouve plus que jamais le bonheur d'aimer David.

Un matin, il entendit la voix d'Assia, affolée, dans la salle de bains. Il se précipita : elle s'agrippait au lavabo, blême, un sang grumeleux dégoulinait sur ses cuisses. David appela un taxi, vite, l'hôpital ! Une fausse couche, à près de trois mois. Assia s'effondra – tant de fœtus éliminés sans le moindre regret et celui-là, le seul désiré, l'avait abandonnée... Dans ses cauchemars, des larves visqueuses, des visages sans bouche et sans regard revenaient, remontaient le long des canalisations, passaient à travers les siphons des W.-C., s'infiltraient dans son sexe. Elle se réveillait, hurlant, secouée de sanglots. David câlinait, tentait de consoler, impuissant.

Assia renvoya à sa sœur la layette, elle servirait pour son troisième qui venait de naître. Décidément, écrivit-elle à sa cadette, dans la famille Gutmann, c'était Celia, et non Assia, qui avait été chargée d'engendrer, ça s'était joué, réparti ainsi, elle n'y pouvait rien : sans doute tout embryon qu'elle concevait était-il déjà inscrit dans la mort – voué à l'holocauste ? Par courrier, Celia la somma de renoncer à ces ruminations morbides, pourquoi ne pas envisager une nouvelle grossesse après avoir consulté un gynécologue ? D'ailleurs, être juive, cela signifiait faire le choix de la vie, contre la destruction. Celia ajoutait qu'on venait de diagnostiquer chez leur mère un cancer du sein. Assia n'eut pas de peine à traduire : offre-lui un bébé avant qu'elle ne disparaisse. Non, non, à son âge c'était joué, définitivement ! Et c'était le disparu, l'informe, l'ébauché riche de tant de possibles, qu'elle avait souhaité – pas un autre, pas un substitut...

Elle s'employa à parfaire la décoration de leur appartement, utilisant des étoffes rapportées de Mandalay. Au mur, quelques-uns de ses fusains. Dans une petite vitrine sa collection de *netsuke*, ces menues sculptures en os ou en ivoire que les Japonais plaçaient par-dessus le kimono, à la ceinture, une collection commencée en Birmanie. David admirait son goût original et sûr, le raffinement de ses trouvailles. Peu à peu, elle se remit à dessiner et à tenir son journal. Esquissa un poème, inachevé, sur le fœtus inachevé – à son image, estimait-elle. David et elle participèrent régulièrement à un groupe de poésie : on y lisait à haute voix des écrivains contemporains. Ted Hughes notamment, le jeune auteur dont la BBC et les chroniqueurs littéraires parlaient de plus en plus. David espérait publier bientôt son premier recueil. Il ne fut plus question d'enfant.

AL ALVAREZ

Mai 1960

J'avais rendez-vous avec Ted Hughes chez lui, pour une interview à paraître dans *The Observer*. Je l'avais déjà croisé à la BBC mais je ne connaissais pas sa femme dont je savais seulement qu'elle était américaine. J'ai sonné au 3, Chalcot Square, non loin de Regent's Park. C'est elle qui m'a ouvert, tenant un bébé dans les bras. Ted venait juste de sortir, pour acheter de la bière, précisa-t-elle, il n'allait pas tarder. Un petit appartement, parfaitement tenu. Un berceau dans un coin du living. Le livreur de couches est passé, elle les a aussitôt rangées dans un tiroir en bas de la bibliothèque. "C'est Ted qui l'a confectionnée, vous voulez voir son bureau ?" Dans le minuscule corridor de l'entrée, une planchette abattante qu'il avait également installée lui-même, a-t-elle ajouté, et je me suis demandé où il parvenait à caser ses immenses abattis lorsqu'il écrivait. Sa femme arborait la lourdeur mi-bovine mi-impériale des femmes qui ont récemment accouché et qui allaitent. Avec ses cheveux relevés sur le haut du crâne en une torsade de nattes épaisses, je lui ai trouvé un air de Gretchen teutonne. Bien sûr je l'ai lancée sur le bébé qui ouvrait des yeux gris métissés d'un bleu indécis.

— A trois semaines, notre fille a participé à sa première manifestation, la grande marche antinucléaire du 21 avril. C'était une marche silencieuse, eh bien on aurait dit qu'elle avait compris : pas un pleur, pas un braillement !

J'ai souri, félicité. Ce qui a déclenché une explosion lacrymale et vocifératrice chez la précoce militante antiatomique. Mrs Hughes s'est efforcée de l'apaiser, tout en s'excusant :

— Je l'emmènerai se promener à Regent's Park dès que Ted sera revenu. Vous serez tranquille pour l'interview.

Les nourrissons provoquent chez moi malaise et fascination. Cet air de vieillard sagace. Ces sons puissants, surgis de quelle archaïque contrée ? Comme s'ils clamaient leur désespoir de l'avoir quittée ? J'en suis triste pour eux, pour moi. Ma passion pour la poésie serait-elle la quête de cet ailleurs perdu ? Il me semble en percevoir un écho dans certaines œuvres de Ted Hughes.

La jeune mère a réussi à calmer le bébé :

— Vous savez, nous l'avons déjà présentée aux bêtes du zoo.

— Ah, la présentation au Temple...

J'avais bien sûr flairé l'intensité de la vie animale dans les écrits de son mari : ça chasse et ça traque, s'étripe, s'éventre et se démembre, ça fout, fouine, fouaille, digère et défèque. Elle a souri, joliment complice – la parfaite épouse du futur grand poète, ai-je pensé.

— Oui, et ça tombait bien, il y avait eu également des naissances chez les lions et chez les girafes. D'ailleurs, lorsque j'ai accouché, ici même, en fin de nuit j'ai entendu les loups hurler. J'ai tellement aimé qu'ils saluent ainsi sa venue au monde.

J'ai soudain pris conscience que je ne m'étais pas enquis du prénom de la minuscule merveille chérie des loups et des dieux.

— Frieda. Ted et moi, nous apprécions vivement D. H. Lawrence, sa poésie comme ses romans, et nous avons donné à notre fille le prénom de sa femme.

Il ne me restait plus qu'à passer aux aveux : j'avais épousé la petite-fille de Frieda Lawrence... Surprise, enthousiasme, quelle merveilleuse coïncidence ! Mrs Hughes m'a parlé avec pertinence des poèmes animaliers de Lawrence. Du coup elle m'a paru moins germanique. Ted est arrivé, chargé de canettes, s'est excusé pour le retard : il n'avait trouvé de bières fraîches qu'à Tottenham Street.

— Ted, s'il te plaît, peux-tu préparer le landau ? J'habille Frieda et je vous laisse.

Il est descendu au rez-de-chaussée. D'une voix retenue, discrète – plus rien de la cordialité débordante à l'américaine –, elle a glissé :

— J'ai été tellement heureuse que vous ayez publié deux de mes poèmes dans *The Observer*.

Je suis resté stupide : la mère-épouse-ménagère était poète ? Elle m'a cité les titres. Je m'en souvenais très bien. Les textes étaient arrivés au journal par la poste (j'ai pour principe de tout lire, j'aime être le critique réputé découvreur de nouveaux talents). J'en avais choisi deux, frappé par leur tension serrée, par une densité de terreur frémissant en sourdine. Le nom m'est revenu :

— Ah, Sylvia Plath !

Et de m'excuser. Mais non, a-t-elle assuré en souriant, l'essentiel était que les poèmes aient été retenus par mes soins, elle m'en remerciait, son premier recueil paraîtrait à l'automne, chez Heinemann.

Ted a câliné Frieda, très tendrement, tandis que sa femme enfilait une veste. Elle m'a salué, s'est sauvée avec le bébé empaqueté dans un grand châle. Tout en buvant ma bière, juste avant d'entamer l'entretien, je me suis interrogé : dans cet espace si resserré, comment ces deux-là, plus l'enfant, plus leurs imaginaires respectifs, plus tôt ou tard, je suppose, l'inéluctable rivalité littéraire, comment *tenaient*-ils ? Ça sentait le bébé – lait et merde –, inévitablement, à l'intérieur de ce living étriqué, si bien rangé et nettoyé fût-il, et ça sentait encore plus le fauve, le fumet des bêtes fantasmatiques convoquées, sinon domestiquées, par la poésie.

MOIRA

Mon premier recueil de poèmes venait enfin de paraître : *Le Colosse*, dédié à Ted. Dans le poème éponyme, je tentais de déboulonner la statue du père, sur un mode cocasse, grotesque. Colossales ou pas, les statues s'effritent mais résistent. L'accueil a été plutôt bon, dont un article favorable d'Al Alvarez dans *The Observer*.

Deux œuvres. Frieda, *Le Colosse*. Je contemplais la première : la perfection des oreilles, des orteils, si joliment modelés, l'arrondi du menton (un peu fort déjà, celui de Ted ?), le ciselé de la minuscule amande fendue du sexe. Puis je relisais mes poèmes imprimés et ils me paraissaient sans vie, des fœtus trop tôt évacués. Bien rangés, bien sages dans leur formol, ils ne parlaient pas de leur mère. Alors que Frieda me narrait mon histoire (cette lente remontée du bleu dans ses yeux encore troubles, un bleu venu de Prusse ?). Bref, je n'ai pas traîné : elle venait d'avoir neuf mois et j'étais à nouveau enceinte. Ravie de l'être, béate. Je me supportais tellement mal en femme redevenue *plate*, labourée par les cycles menstruels – "ces marées de sang noir qui annoncent l'échec" –, cette répétition lunaire, mortifère… Porteuse de vie, je me sentais plus féconde en écriture. Je rêvais d'un placenta commun aux textes en gestation et à l'embryon en train de grossir.

Des amis nous prêtaient un studio, proche de Chalcot Square, où chacun de nous se retirait à tour de rôle pour rédiger. Nous alternions par demi-journée : l'un s'occupait de Frieda, l'autre se consacrait à ses textes. Peu à peu, nos finances se sont améliorées. Nous faisions des recensions de livres pour des journaux, des émissions radiophoniques sur la poésie, des lectures. Ted avait obtenu une nouvelle bourse, plus un prix pour *Lupercal*, nous calculions avec rigueur et mettions de l'argent de côté régulièrement : nous rêvions d'acheter un appartement, ou peut-être une maison à la campagne. Notre couple commençait à être repéré, nous avons été invités à la BBC sur le thème "vivre et créer en commun". Ted m'a donné la réplique en me mettant élégamment en valeur. J'ai révélé que j'attendais un deuxième bébé, de quoi attendrir les âmes sensibles dans les jolis cottages anglais à toit de chaume. L'émission a eu un certain retentissement, nous avons reçu des lettres chaleureuses.

Deux jours plus tard – c'est moi qui avais Frieda en charge –, un coup de fil. Une voix féminine, suave, très "milieu culturel londonien". Dans ces cas-là, j'outrais mon accent nasillard de Boston. Moira Doolan, productrice à la BBC. Elle désirait absolument avoir un entretien avec Ted Hughes (pas avec moi, non !), l'interroger sur ses projets, ses thématiques, sa conception de la poésie et son regard sur les nouveaux courants dans la littérature anglo-américaine contemporaine, et patati et patata. De ces voix puant le parfum coûteux, la manucure mensuelle, les fringues et les bouquins à la mode. Elle m'a hérissée. J'ai transmis. Ted a eu rendez-vous avec elle pour le lendemain – eh bien, elle ne traînait pas, la Moira ! Evidemment j'ai gardé Frieda, bien que ce ne fût pas mon tour. Ted devait revenir en fin d'après-midi. J'attendais, je sentais la tension monter, j'ai changé ma fille. Pour la première fois, les mains dans le caca, je ne lui ai pas trouvé une bonne odeur. Pliage et rangement des langes, bientôt dix-neuf heures, vibrations de rage, épluchage des légumes pour la soupe de la puce. Elle avait faim, ou elle percevait mon énervement, elle s'est mise à brailler, s'épuisant, m'épuisant. Brusquement, je me suis vue dans la glace, les cheveux ternes, nattés à la va-vite, la cicatrice résurgente, rougeoyante, mon gros pull à col roulé (comme souvent en Angleterre, le chauffage était insuffisant), pas maquillée, et je l'imaginais trop bien, l'autre, l'Autre, la femme femme, tailleur bien coupé, bijoux discrets, bien sûr elle avait eu le temps d'aller chez le coiffeur à l'heure du déjeuner, bien sûr elle s'employait à vamper le jeune beau poète bourré de talent et d'avenir... Il aurait dû être rentré depuis plus d'une heure, le poète, il aurait dû penser à moi, coincée ici, alors que j'aurais pu être en train d'écrire dans le studio qu'on nous prêtait, oui, penser à moi, à ma fatigue et à mes nausées en ce deuxième mois de grossesse, à mon inquiétude, salaud ! Brusquement, ça m'est revenu : Moira, la Moire des Grecs, la Parque des Romains, la figure du destin, ça ne puait plus le *Chanel n° 5* mais le désastre. Je ne pouvais pas travailler à mon roman et ma vie devenait un vaudeville. Pourtant, depuis l'âge de huit ans, j'étais censée savoir que les hommes vous lâchent, comment avais-je pu l'oublier, salaud salaud, il aurait dû se précipiter afin de prendre le relais pour le bébé, ou au moins me téléphoner s'il avait été retardé ! C'est moi qui me suis précipitée pour vomir dans l'évier. Se rincer la bouche, recracher, respirer – non, rien ne pouvait m'apaiser ! La nausée passée, la fureur remontait, volcanique. J'ai calé Frieda dans un angle de son parc. Sur la tablette du corridor, je me suis emparée des derniers poèmes rédigés par Ted (je ne les avais pas encore tapés : monsieur ne voulait pas apprendre, arguant qu'une machine interposée entre son génial cerveau et ses écrits ferait maléfiquement écran). Avec de grands ciseaux de cuisine, j'ai découpé les feuillets en menus morceaux. Frieda hurlait, affalée entre son nounours et un crocodile en mousse, eh bien qu'elle hurle ! Sur un rayon de la bibliothèque, j'ai attrapé le dernier volume de Shakespeare, la sacro-sainte édition d'Oxford en beau papier de riz, et j'ai continué à taillader. En pièces *La Tempête*, à la poubelle l'affreux Caliban (Ariel saurait s'échapper, Ariel le très ailé toujours parviendrait à se délivrer), à la poubelle Prospero, le père et mage qui se croit tout-puissant (toujours un colosse à déboulonner), lacérés les Prospero, Otto, Ted et compagnie, les prétendus chamans, les faux mages se flattant de manipuler les hommes et les éléments, les soi-disant maîtres des animaux et du langage ! Et dans la foulée, à la poubelle les poils du cinquante-neuvième ours ! Je gloussais de plaisir en songeant à ma nouvelle porteuse de ce titre. Sadie fait tuer son mari par ce plantigrade amateur de miel, Sadie gamine mord un petit camarade au mollet, j'avais mordu Ted à la joue, salaud salaud, bien fait ! Frieda braillait de plus belle, Sadie la carnassière s'est jetée sur la suite de Shakespeare : en charpie *Le Roi Lear*, ce père inhumain. Déchiquetés tous ces souverains, guerriers, conseillers, hommes de pouvoir – ces fascistes, ai-je décrété. J'en étais à *Othello* lorsque j'ai entendu la clef tourner dans la serrure. Je me suis effondrée sur le tabouret de la cuisine, sanglotant. Ted a dû mesurer l'ampleur du désastre et se demander qui exigeait en priorité des secours d'urgence. Ahuri, il passait de Sylvia à Frieda – laquelle était la plus inconsolable ? Non, Moira Doolan ne l'avait nullement séduit, effectivement elle était très bavarde, l'entretien s'était prolongé, oui oui il aurait dû me téléphoner mais c'était très délicat d'interrompre… Patiemment, il a fait manger sa soupe à Frieda tandis que je me recoiffais et rafraîchissais mes yeux. Puis il a tenté de récupérer les bribes qui pouvaient être sauvées de son manuscrit, de son Shakespeare. Sonnée, je répétais : Pourquoi a-t-il fallu qu'elle s'appelle Moira ? Et reniflant, larmoyant encore, j'essayais d'expliquer le roman que j'avais sécrété autour de ce prénom imprégné de fatalité. Nous avons fini par éclater de rire. Frieda aussi, gavée, rassérénée. J'ai préparé son biberon pour la nuit, Ted l'a déposée dans son berceau, elle s'est endormie aussitôt, sonnée. Nous avons bu du gin en dévorant des sandwichs improvisés – pour une fois je n'avais pas cuisiné – et, goulûment, nous avons fait l'amour. Goulûment, mais aussi comme on se tire un drap par-dessus la tête.

Le plus grave – je l'ai compris en donnant son biberon à Frieda à quatre heures du matin –, c'était de m'être attaquée aux textes que Ted était en train de rédiger. Par cette agression, j'avais rompu notre pacte passionnel et poétique. Le lendemain, j'ai aidé Ted, muré dans le silence, granitique, à reconstituer son manuscrit. Une partie seulement a pu être sauvée, je l'ai aussitôt tapée. Vaguement consciente que ce ravaudage ne réparerait pas l'atteinte fondamentale. Plus tard, me suis-je promis, lorsque je détiendrai une somme suffisante, je rachèterai un Shakespeare complet, la superbe, coûteuse édition d'Oxford… Deux jours après, sous la douche, j'ai senti le sang sourdre de cette blessure, de cette entaille suintante que j'avais transmise à ma fille. J'ai hurlé : “Je vais le perdre, je le perds !” Précipitamment, Ted a déposé Frieda chez la voisine du dessus, appelé un taxi, vite l'hôpital. Trop tard. Une fausse couche, à deux mois. C'était le 6 février 1961. De ces dates qu'on n'oublie pas. Inscrites dans la chair de la mémoire.

Cinq jours après cette fausse couche, j'ai écrit un long poème sur cet infime disparu. Infime, immense. Larguer ce qui n'a ni nom ni visage est si difficile, tous les possibles s'évanouissent. Je lui disais : "Ton cri s'estompe comme le cri d'un moucheron." Une minuscule bestiole, pas encore un humain, cependant je le tutoyais. Lorsque, dans ce poème, je parlais de Frieda au moucheron, je lui disais : "ta sœur". Il faisait partie de la famille. Sa disparition me menaçait. Petit vide deviendra grand. Me dévorera. Vite vite l'annuler, remplir à nouveau ! D'abord payer le prix, la livre de chair : une appendicectomie, à la fin février. De ce menu morceau enflammé je me suis délestée avec allégresse, alors que je ne pouvais renoncer à l'autre fragment, tellement plus intérieur, essentiel, le moucheron évanescent qui m'avait lâchée le 6 février. Je n'ai pas traîné : un mois après le premier anniversaire de Frieda, j'étais enceinte.

AURELIA

Londres, 10 juillet 1961

Sylvia était venue me chercher à l'aéroport d'Heathrow. Elle a soulevé Frieda vers moi. Le clair regard d'Otto m'a transpercée, j'ai failli crier. Ce bleu, ce bleu ! Ma fille a perçu mon vacillement, sans doute a-t-elle pensé : la fatigue du voyage, le décalage horaire, la joie de découvrir ma petite-fille.

Depuis une semaine, elle et Ted voyagent en France. Je suis ravie qu'ils m'aient confié Frieda. Nous nous entendons à merveille, ce qui me console d'avoir laissé Sappho à la garde des voisins. J'emmène Frieda dans sa poussette à Regent's Park. Dès que nous pénétrons dans le zoo, elle veut marcher – à quinze mois elle trottine gentiment – et s'approcher des grillages. Sa main se crispe dans la mienne lorsque le rhinocéros ouvre sa grande gueule mais elle ne recule pas. La chouette harfang la fascine particulièrement. Cette face quasi humaine ? Ces yeux si clairs ? Toutes deux se dévisagent, comme si elles se reconnaissaient. Et la lionne et la bufflonne, et l'ourse et la louve, lorsque Frieda se plante devant leurs enclos en baragouinant, soulèvent lentement des paupières lasses et la contemplent.

J'ai reçu une carte postale du Mont-Saint-Michel, signée Ted et Sylvia. A présent ils se dirigent vers le sud, ils séjourneront chez des amis, dans le Quercy. Décidément, ma fille s'arrange toujours pour accomplir de longs trajets lorsqu'elle est enceinte… Ils ont acheté une voiture, une Morris Traveller, indispensable pour vivre à la campagne. Le projet se précise : tenir à quatre dans ce minuscule appartement est impensable. Leur choix semble se porter sur le Devon. Une contrée que Gerald a recommandée à son “petit” frère pour la beauté des paysages, la douceur du climat et la proximité de la mer. De plus, ma fille et mon gendre souhaitent pouvoir venir à Londres aisément, soit en train soit par la route, en trois ou quatre heures au maximum. Il leur est nécessaire de rester en contact avec des amis, comme eux écrivains. Avec des critiques, avec la BBC : Ted commence à gagner de l'argent avec ses lectures et ses pièces radiophoniques. Bref, ils espèrent trouver, et déménager, dans le courant de l'été – que de tracas, de fatigue et de tension pour ma fille à trois ou quatre mois de grossesse… A mon sens, ce deuxième enfant vient trop tôt. Je sais je sais, Sylvia n'avait pas supporté cette fausse couche de février, vite suturer la blessure, annuler le vide. Vers quoi galope-t-elle ma fille, ventre à terre, ventre bientôt proéminent, vers quoi se précipite-t-elle avec cette rage fervente ? Je me demande si Ted était véritablement consentant. Certes, il s'occupe très bien de sa fille et il m'a parlé avec sensibilité des sons étranges émis par Frieda bébé : ils lui parvenaient d'un monde autre qu'elle aurait eu pour mission de lui révéler. Je fus émue. Peut-être mes doutes sur le désir véritable de Ted sont-ils infondés…

Avant de partir en vacances, Sylvia m'a emmenée faire la connaissance de ses beaux-parents, à Heptonstall. Elle m'avait fait lire un poème de Ted, encore inédit, sur ce lieu familial : “Noir village de pierres tombales”… Effectivement, ce n'est pas très riant, Heptonstall, mais les Hughes m'ont accueillie si chaleureusement ! J'ai tout de même été surprise : une cuisine crasseuse, très mal organisée, et pas de salle de bains ! Heureusement, Edith Hughes m'avait retenu une chambre dans un hôtel confortable. A propos d'hygiène, Sylvia m'a confié que, à Cambridge, c'est elle qui a obligé Ted à prendre son premier bain et à consulter un dentiste, pour la première fois également… J'ai essayé de ne pas m'arrêter à l'absence de netteté et d'ordre dans cette maison, Edith Hughes était tellement attentionnée à mon égard. Brune et boulotte la mère de Ted, petite – comment a-t-elle pu engendrer trois géants ? Les gènes du père, bien sûr, ce père aussi immense que silencieux… Gerald vit toujours en Australie. La sœur, Olwyn, travaille à Paris. J'ai cru sentir qu'Edith reportait sa ferveur maternelle sur son "petit" dernier. Elle m'a raconté que Ted, enfant, modelait sans cesse des figurines animales dans de l'argile. Des jaguars, une panthère noire qu'il avait vue dans un zoo – son premier amour, affirme sa mère. Il posait des pièges, attrapait souris, mulots, belettes, les achevait, les écorchait, grattait longuement les peaux et les mettait à sécher : il en conservait toute une collection. Le modelage, je veux bien, mais les peaux ! J'imagine l'odeur… Bien que très déconcertée, je me suis efforcée de comprendre que s'était conservée dans ces vallées étroites, au fond de ces bois et ces landes, une culture archaïque de paysans chasseurs – chasseurs ou braconniers ? Edith a nourri ses fils et sa fille de légendes locales, d'origine celtique selon elle. Elle croit aux prémonitions et aux fantômes, aux défunts qui "reviennent" vous avertir, ou vous chercher… Je saisis un peu mieux comment Ted a métamorphosé cet héritage dans ses convictions chamaniques et dans sa poésie. Ainsi que dans ces pratiques spirites qui me laissent très perplexe (j'ai l'impression que, depuis leur retour en Angleterre, Sylvia et lui les ont quelque peu délaissées). Ces histoires, à mes yeux fumeuses, ne nous ont pas empêchées, Edith et moi, d'aborder cordialement les questions financières : quelle somme, eux de leur côté, moi du mien, pouvions-nous envisager de prêter au jeune couple pour l'acquisition de leur demeure ? Nous avons trouvé un accord et nous sommes quittées très amies, nous promettant de correspondre.

Durant le trajet de Heptonstall à Londres, Sylvia a évoqué ses projets littéraires. Avec un jeune et talentueux critique, un nommé Al Alvarez, elle veut faire mieux connaître les poètes américains contemporains. Al Alvarez, à l'inverse de ses confrères, plutôt constipés, est un passionné, très fin en même temps dans ses jugements. Comme Ted et Sylvia, il est fatigué d'une certaine poésie anglaise, traditionnelle et guindée, et il souhaite faire circuler du sang neuf. Il prépare une anthologie novatrice, associant poètes anglais et américains. Sylvia doit y contribuer, par ses suggestions, par des entretiens avec des Américains invités à la BBC ou dans des festivals de poésie. J'étais abasourdie : un projet très intéressant, certes, mais avec Frieda, avec la quête d'une maison, plus un déménagement et une installation à la campagne, plus un accouchement et un nouveau bébé, comment penses-tu faire face ? Je ferai ! Et j'ai démarré un roman. Autobiographique, pour une part. Il commence par l'exécution des Rosenberg. Je me suis figée – les Rosenberg ? La date m'est revenue : le 19 juin 1953. L'été de la dépression suicidaire. Electrocution, électrochocs. Mais alors, tu vas parler de… J'écris ce que je veux, maman, et personne ne m'en empêchera. Elle a accéléré et il m'a semblé entendre ces mots qu'elle n'a pas prononcés : et surtout pas toi !

GREENWOOD – COURT GREEN

Mon roman serait achevé avant la naissance du bébé, ainsi en avais-je décidé. Pas de fausse couche, ni pour l'un ni pour l'autre ! Mon héroïne détenait un prénom juif, Esther, et son patronyme, Greenwood, était la transposition en anglais de Grünewald, le nom de ma grand-mère autrichienne, décédée durant mon séjour à Cambridge. J'associais juif et allemand – l'impossible réconciliation ?

De cette Esther Greenwood, il me fallait me délivrer avant la délivrance de l'accouchement. Mon double approximatif ? Moi, pas moi ? Je reprenais l'histoire de mon séjour à New York en 1953 : vingt et un ans bientôt, invitée avec d'autres filles, aussi brillantes que moi, à participer à la rédaction d'un magazine féminin. La belle vie en apparence, tous frais payés, visites et réceptions, interviews, spectacles et défilés de mode, dîners dans les restaurants cotés, luxueux cadeaux publicitaires, et les hommes nous tournant autour... L'inanité. Le poisseux étouffant de l'été new-yorkais. "Je me sentais très calme, très vide, comme doit se sentir l'œil d'une tornade qui se déplace très lentement au milieu du chaos généralisé." Le chaos mijotait en moi mais à l'époque je l'ignorais. Avant de quitter New York pour revenir chez sa mère, mon Esther-Sylvia se déleste de tous ses vêtements : elle monte sur le toit-solarium de son hôtel et jette, pièce par pièce, la belle garde-robe offerte par le journal, loques tristes qui volettent et se perdent dans la nuit new-yorkaise, ombres de chauves-souris. Le délestage, la fascination du vide ? Tandis que j'écrivais ce passage, la vie bourgeonnait en moi. Je détenais un ancrage : cet embryon minuscule dont je savais – le médecin me l'avait précisé – que le cœur tête d'épingle avait commencé à battre. Esther-Sylvia passe ensuite un morne été chez sa mère, dans une banlieue résidentielle moite de torpeur et d'ennui. Elle ne parvient pas à rédiger trois phrases – elle qui fut lauréate de plusieurs concours de nouvelles et de poésie –, tourne en rond, ne peut ni rêver ni créer. Elle sombre. Je distillais cette horreur grise et plate de la dépression en même temps que je caressais mon ventre de deux mois. Pas de nausée cette fois-ci – avais-je assez payé le prix avec la récente fausse couche et l'appendicectomie ? A toute allure, je précipitais le naufrage d'Esther-Sylvia. Même lire lui devient impossible, les mots se délitent, ne se font plus écho, le sens et le sommeil s'effritent, la chaleur humide l'englue. L'enfant prenait du poids, le bel arrondi de la femme-montagne commençait à se dessiner, je savourais le retour de la plénitude et du sommeil profond. Début juillet, le Dr Horder, qui suivait ma grossesse et que j'appréciais vivement, m'expliquait : A présent, l'embryon s'ébroue au sein du liquide amniotique, s'amusant à des sauts de carpe, mais bien sûr vous ne pouvez pas les sentir. Vite vite enfouir Esther-Sylvia dans le terrier utérin de la cave maternelle, enfin elle dormait ma sœur mon double, et pour toujours espérait-elle. Mon utérus continuait à se dilater, généreux, hospitalier, Esther Greenwood s'extrayait par miracle du terrier mortifère pour s'enfoncer dans les couloirs souterrains et les salles carcérales de la terreur psychiatrique : à ses tempes, les crépitements bleuâtres des électrodes. Deux mois auparavant, les Rosenberg avaient été électrocutés, ce qui m'avait été intolérable. Comme l'extermination des juifs. Comme les bombes atomiques sur le Japon et, plus récemment, la torture en Algérie. Vite, sortir Esther de là, vite trouver une demeure où nidifier ! J'accélérais, Esther en était à son quatrième mois en psychiatrie, elle grossissait à cause du traitement à l'insuline, j'arrivais au quatrième mois, l'embryon grossissait, gagnait ses galons de fœtus, les premiers cheveux apparaissaient, et même un fin duvet sur tout le corps, me racontait gentiment le Dr Horder. Cette histoire de duvet me ravissait, m'attendrissait – mon enfant-oiseau dans la cage de mon ventre ? Soudain m'est revenu l'oisillon de Boston, œil figé, pattes recroquevillées, l'oisillon euthanasié, gazé, enterré, vite chasser cette image, vite délivrer mon héroïne ! Les visites de sa mère, coupable et larmoyante, exaspèrent Esther Greenwood, elle flanque à la poubelle les roses offertes pour son anniversaire. Après avoir été suivie par une psychiatre attentive, après avoir largué son pucelage, Esther sort du service psychiatrique, se répétant : "Je vis, je vis, je vis." Au même moment, j'ai commencé à percevoir les premiers mouvements du bébé, et j'ai décrété : C'est un garçon, finies les histoires mères-filles et leurs relents de mort ! Ted et moi avions entrepris de parcourir les routes du Devon – "il" semblait aimer la voiture. Nous avons visité sept maisons sans parvenir à nous décider. Dans les dernières pages du roman, évoquant l'être cloîtré à l'intérieur de la dépression, prisonnier de ce que j'appelais la cloche de détresse, j'écrivais sans frémir que cet être était "vide et figé comme un bébé mort". En moi, le bébé vivait, vivait, vivait, pulsation rassurante, *ostinato*. Pour lui, pour moi, j'avais déblayé les vieilles frayeurs, l'ancienne et bourbeuse lie, et pourtant – me fallait-il me ménager une porte de sortie ? – je narrais comment une amie d'Esther, hospitalisée dans le même service, abandonnait tragiquement la partie, en se pendant… J'en avais fini avec mon Esther Greenwood lorsque nous avons trouvé notre demeure : elle s'appelait Court Green. Vaste, et porteuse de vertes promesses.

DIALOGUES

Août 1961

— David, je viens de repérer dans les petites annonces du *Times* un deux-pièces à louer.

— Où ça ?

— 3, Chalcot Square. Repeint récemment, cuisine équipée. Ce n'est pas loin de Regent's Park.

— Pourquoi pas ? C'est un quartier beaucoup plus agréable que le nôtre.

— Deux pièces seulement.

— Ça nous suffit, il me semble.

— D'accord, je téléphone.

— Ted, je suis ravie que ce couple reprenne notre bail : ils sont si beaux tous les deux.

— En voilà un argument !

— Et charmants, et cultivés. J'aime le contraste entre elle, si brune, et lui, si blond.

— Tu n'aimes plus les bruns, dirait-on.

— Plaisanterie stupide !

— J'ai lu des poèmes de ce David Wevill dans des revues, ils m'ont fait penser à des haïkus.

— Quant à elle, fascinante ! Ces yeux extraordinaires, ce charme…

— Oui, mais je la trouve un peu bas du cul. Et les chevilles épaisses, en bonne juive qu'elle est probablement.

— Tu n'es qu'un affreux raciste, espèce de paysan braconnier du Yorkshire ! Et si on les invitait à dîner avant notre départ pour Court Green ?

— Je constate que tu tiens à revoir le beau David…

— Tu ferais mieux de m'aider à trier les bouquins avant qu'on ne commence à remplir les cartons.

— Plaisante, cette soirée chez les Hughes. Sylvia cuisine bien.

— D'accord, David, mieux que moi : ce n'est pas difficile… Mais je me serais passée des braillements de leur gamine. Et tu as remarqué, Sylvia est enceinte. Comment fait-elle pour à la fois écrire et enfanter ?

— Tu as eu une bonne idée de leur proposer notre grande table ronde pour leur maison dans le Devon. Elle aurait encombré notre futur living.

— J'en trouverai une autre, mieux adaptée. Bien entendu il faudra repeindre le couloir d'entrée et la cuisine, ce rouge vermillon est atroce !

— Je te fais confiance, comme d'habitude tu décoreras au mieux notre nouvel appartement.

— Tous deux semblent enthousiasmés par cet ancien presbytère. Ils ne tarissaient pas sur leur Court Green : toit de chaume, immense grenier…

— Et une cave à vins, et une grange qui servira de garage. Dix pièces, ça va les changer de Chalcot Square !

— Sylvia pourra pondre encore cinq ou six lardons puisque telle semble être sa passion.

— Et le potager, et le verger avec ses soixante-douze pommiers…

— Sans parler de cette rivière proche, où Ted pourra pêcher. Et les bois où il chassera.

— Et l'orme centenaire ! Et les lilas, et les zinnias...

— Le jardin édénique, en somme.

— Il doit bien y avoir un serpent lové quelque part...

— Je croyais Sylvia essentiellement poète, j'ai été étonnée lorsqu'elle a parlé de ce roman achevé tout récemment.

— Et ils déménagent dans quelques jours : guère le temps de souffler !

— Son énergie est stupéfiante... Ils m'ont un peu fatiguée, à la longue, avec leur dithyrambe à deux voix sur cette merveille de Court Green.

— Mais c'est sympathique de leur part de nous avoir invités à venir les voir dès qu'ils seront installés.

— Attendons le printemps, ils ont dit que les pelouses regorgeraient de jonquilles...

WARREN

Septembre 1961

Je suis arrivé à Court Green dix jours après leur déménagement, quel chantier ! Ted est un bricoleur débrouillard, je l'ai aidé, autant que peut en être capable un intellectuel sorti de Harvard. Murs à peindre, étagères à monter. Fixer une barrière dans l'escalier pour empêcher Frieda de dégringoler. Installer des claies dans la cave afin de conserver cette prodigieuse abondance de pommes, ils en profiteront durant l'hiver. Peu à peu, ils apprennent de leurs proches voisins les noms de ces différentes espèces et Sylvia les chantonne sous forme de comptines tout en les épluchant : Bramley's, Nose Pippins, Quarrendon, Early Victoria... Compotes et tourtes aux pommes à tous les petits-déjeuners ! Ted préfère des truites fraîches pour son breakfast mais il n'a pas encore eu le temps de s'organiser pour la pêche. En sa compagnie, je me suis beaucoup amusé à fouiner dans les brocantes aux alentours pour dénicher des outils de jardinage, faux, bêches, binettes et sécateurs. Nous avons fauché la pelouse, défriché une partie du potager – depuis longtemps à l'abandon – et découvert des plants de fraisiers. Sylvia exultait ! A peine a-t-elle enfourné une tarte qu'elle se lance dans des confitures : Tu as vu ces mûres, quand on les cueille on dirait de grosses mouches noires et, une fois cuites, admire ce rouge sombre, radieux...

Ma sœur aime métamorphoser – par la cuisine, par le langage. A ses yeux, je crois, la réalité exige sans cesse d'être transformée.

Lorsque je leur ai parlé de ma rencontre avec Margaret, diplômée en histoire de l'art, et de notre mariage, prévu pour juin 1962, Ted a aussitôt pris la voiture pour aller acheter du champagne à Exeter, la ville la plus proche. En l'attendant, Sylvia et moi avons évoqué notre enfance : Quand même, ai-je rappelé, tu me tapais dessus méchamment, de temps à autre ! Bien sûr, j'étais jalouse, maman m'avait fait un sale coup avec ce petit frère que je n'avais pas demandé... Eh bien, je te signale que tu es en train de répéter le même sale coup pour Frieda. Elle a éclaté de rire, le champagne est arrivé et nous avons passé une soirée très allègre.

Ils ont beau être accaparés par les travaux, les nettoyages, les rangements, les courses, les soins à Frieda, tous deux ont réussi à ébaucher des poèmes depuis leur arrivée. Sylvia a exprimé son bonheur de revenir à la poésie après avoir terminé un roman. Sur lequel elle est restée très discrète et je me suis bien gardé de l'interroger. Elle ne cherche pas à le publier dans l'immédiat car elle a obtenu une bourse américaine pour, précisément, l'écriture d'un roman. Le contrat stipule qu'elle doit rendre compte de l'avancement du texte au fur et à mesure afin de toucher, par quarts successifs, le montant total de la bourse. Aucun problème : Je découpe mon manuscrit en quatre tranches et je les leur expédie durant la première moitié de l'année prochaine ! Cette manne tombe à point pour payer leurs multiples frais d'installation et rembourser peu à peu, espère Sylvia, la mère de Ted ainsi que la nôtre. En outre, et j'en fus étonné, les manuscrits de Ted commencent à être cotés, l'université d'Indiana lui achète ceux de ses deux premiers recueils. Quant à Sylvia, elle a maintenant un accord avec le célèbre *New Yorker* : elle leur envoie tous ses poèmes en priorité – pour “première lecture”, telle est la formule –, ils choisissent, et ceux qu'ils retiennent sont très bien rémunérés. Tu te souviens, Warren, de l'adolescente avide, angoissée, qui rêvait d'avoir un jour un de ses poèmes imprimés sur le beau papier glacé du *New Yorker* ? Oh oui, je me souviens, et dans la plénitude de Court Green, de ce ventre triomphant, de ces fabuleuses récoltes de pommes, je mesure le chemin parcouru.

Lorsque ma sœur, brusquement, s'écroulait de sommeil, je m'occupais de Frieda. Sylvia est déjà bien ronde et j'étais effrayé de la voir soulever des cartons de bouquins. Ma nièce aussi est rondelette – potelée, disons –, elle trottait partout dans le jardin, fascinée par les merles et les grenouilles, par les chats se faufilant à travers la haie. Il était temps, ont commenté ses parents, qu'elle découvre une autre faune que celle d'un zoo londonien. Charmante et précoce, ma nièce. Explosive, parfois. Comme sa mère.

Le dernier soir, tandis que Ted couchait Frieda (il lui raconte des histoires qu'il reprendra dans un livre et peu importe, selon lui, si elle ne comprend pas tout, elle s'imbibe de mots), ma sœur et moi flânions dans le verger. Savourant la lumière moelleuse du Devon, l'odeur un peu acide des prés. Sylvia célébrait les charmes et avantages de ce lieu ; son bonheur d'avoir quitté Londres, cher, bruyant, pollué ; l'équilibre enfin atteint dans le tissage de la création et de la vie familiale. Un mari merveilleux, grand poète, efficace néanmoins dans le quotidien, deux enfants bientôt, une maison superbe, et cette profusion de fruits, de poèmes à venir. Ma sœur, Pomone féconde et plantureuse au milieu de ses arbres. Je repensais à sa batterie de casseroles en cuivre, rutilantes, suspendues dans la vaste cuisine. Aux rideaux à dominante rouge, confectionnés ces deux derniers jours grâce à la Singer d'occasion achetée à Londres. Le matin même, je l'avais aidée à les accrocher. Elle me parlait de leurs projets à long terme : transformer le cottage jouxtant la grange en logement pour les invités, pour ses beaux-parents, mais aussi pour maman qui sera tellement ravie de venir s'occuper des petits. Ah, et sais-tu, Warren, ce qui manque ici ? Non… Des ruches, l'année prochaine je veux récolter mon miel moi-même ! J'ai failli répondre : Sylvia, laisse donc les abeilles paternelles où elles sont, au cimetière de Winthrop, ainsi que dans un livre qui a longtemps fait autorité… En fait, j'étais troublé car, à l'heure du thé, ma sœur m'avait lu le premier jet d'un poème intitulé "Hauts de Hurlevent". Troublé, oui, stupéfait. Un tel contraste entre la vie mûrissant dans ce ventre, la vie effervescente en ce lieu, et l'ombre inquiétante s'infiltrant dans ces vers tout récemment rédigés. Les racines de la bruyère m'invitent "à blanchir mes os parmi elles", disait en substance ma sœur. Je crois avoir pressenti ce qui jusqu'alors m'avait échappé : la personne qui échange avec moi, qui est de mon sang, avec laquelle j'ai partagé les jeux de l'enfance, n'est pas la personne qui écrit. Ni celle qui voulut se donner la mort ?

Me voici dans l'avion pour Boston, songeant à cette semaine si bien remplie. Mon plaisir à câliner Frieda. A seconder ma sœur et mon beau-frère dans les tâches matérielles, même si je ne suis pas très habile. Et je vais pouvoir rassurer maman : en dépit de la fatigue du cinquième mois et des tracas d'un déménagement, Sylvia tient bien le coup. Il y a huit ans exactement – à trois semaines près –, je l'extrayais de l'obscurité infernale…

J'ai dû somnoler longuement, j'émerge et je repense au dernier travail accompli avec Ted : confectionner un bureau pour Sylvia, dans une belle planche d'orme. A tour de rôle nous la rabotions. Lors d'une pause, Ted m'a expliqué que ces longues planches servent souvent à confectionner des cercueils car l'orme est un bois plus résistant que le sapin. L'avion survole la baie de Boston, passe non loin de la maison maternelle, la demeure du suicide, poursuit sa descente par une large courbe au-dessus de Winthrop et de la tombe paternelle. Me revient la jolie vue qu'on a de la pièce élue par Sylvia pour écrire (Ted a choisi le grenier) : le clocher de l'église, le cimetière et son cyprès funéraire.

WINIFRED DAVIES

Dans le village, on l'appelle "l'Américaine" : elle nasille, elle cause trop fort, et puis elle ne s'habille pas comme nous… J'entends, je laisse dire, je souris en dedans. Certes, Ted Hughes a un accent différent du nôtre mais les gens savent qu'il est originaire du Yorkshire. Et ils peuvent l'écouter à la BBC, on est fier d'avoir dans ce trou de North Tawton un homme qui intervient à la radio – pour les enregistrements il prend le train à l'aube et rentre très tard le soir. J'aime suivre son émission lorsque mes patients m'en laissent le temps. Il fait des critiques de livres, souvent sur les contes et les mythes. La semaine dernière, c'était sur le folklore amérindien, très intéressant. Et sa voix de basse, un peu rocailleuse, vibre tellement bien sur les ondes !

Elle aussi se rend parfois à Londres, beaucoup plus rarement vu son état. Le Dr Webb me l'a adressée pour l'accouchement, prévu à la mi-janvier. Accompagnée de sa fille, elle m'a rendu visite, nous sommes presque voisines. Toutes deux se sont vivement intéressées à mon élevage de pékinois – ils me reposent des bébés. Mrs Hughes porte haut et fier. Pour Frieda, c'est passé comme une lettre à la poste, m'a-t-elle déclaré. Ici, on dit un accouchement de paysanne. Mon expérience d'infirmière et de sage-femme – vingt ans de pratique – m'incite à me méfier des femmes trop euphoriques avant. Oui oui, après la naissance, son mari saura s'occuper de la petite et de la maison, il a l'habitude. Déjà maintenant, ils sont parfaitement organisés : elle écrit le matin tandis que lui jardine ou bricole en gardant la gamine. L'après-midi ils inversent. Elle cuisine, range, promène ou fait jouer Frieda. Bien que se balader soit devenu quasiment impossible, l'automne est excessivement pluvieux et les chemins boueux. Nuages bas, l'ardoise sombre des toits luisant de la dernière averse, gouttières débordantes, crépitements métalliques et ruissellements sur les vitres à longueur de journée, l'obscurité nocturne avant même l'heure du thé, bottes, parapluies et mackintoshs en permanence, laisser s'égoutter, faire sécher… Et cette odeur tenace de chien mouillé ! Mrs Hughes ne s'attendait pas à pareille humidité. Elle ne parvient pas à se débarrasser d'une méchante sinusite et s'étonne : On lui avait affirmé que le climat du Devon était clément… Pas cette année, ai-je reconnu, on annonce même un hiver particulièrement froid. Elle a fait la grimace, leur vaste demeure est tellement difficile à chauffer, il faudra un radiateur électrique supplémentaire dans la chambre du bébé. A mon avis, ils auraient dû visiter en novembre, pas en août…

Non, elle ne semble guère à l'aise sous ce ciel maussade, au sein de ce bourg étriqué, avec ces femmes emmitouflées dans des épaisseurs de lainages et de châles, engoncées dans leur parler rauque qu'elle comprend mal lorsqu'elle les croise à l'épicerie. Et qui ne peuvent bien sûr concevoir que pondre des poèmes soit un travail… Je n'ai pas osé lui glisser que ses efforts de cordialité communicative paraissent déplacés aux gens d'ici. Bien entendu, je garde pour moi les commentaires : Vous avez vu, l'Américaine, elle s'offre une femme de ménage trois fois par semaine ! Et en plus elle dispose d'une machine à laver ! Ici, il n'y a pas bien longtemps, on nettoyait encore son linge à la rivière. A présent, les femmes hissent leur lessiveuse sur la cuisinière, et touillent et rincent et essorent. Pas étonnant qu'on clabaude sur la Bendix de l'Américaine – un cadeau de sa mère, m'a-t-elle précisé. La machine sera très utile pour les couches et les langes du bébé, à North Tawton, bien sûr, pas de livreurs de couches comme à Londres.

Cette femme m'émeut. Sous son énergie, je devine le frémissement de la fragilité. Après notre premier rendez-vous, elle m'a invitée à prendre le thé, son cake au gingembre était excellent. Le dimanche, elle se rend à l'office. Pour s'intégrer à la communauté locale, elle et, plus tard, ses enfants, m'a-t-elle expliqué. Elle envisage de leur faire donner une instruction religieuse. Non non, elle ne croit pas en Dieu, elle l'a éliminé lorsque son père est mort. Deux dieux en moins, ai-je pensé, un sacré gouffre d'un seul coup… Ce père, m'a-t-elle confié, aurait dû être pasteur mais il avait préféré devenir professeur. Assez vite, je suppose, elle s'apercevra que l'église est glaciale, et vide à mon sens de toute présence secourable. Et surtout elle constatera que le pasteur affiche dans ses prêches des idées très traditionnelles, sur le rôle des femmes notamment. Je ne l'imagine pas du genre à les gober telles quelles.

LA CHAMADE

Frieda vient de s'endormir, Nicholas se réveille : c'est souvent son heure, après le dîner. Puisque, ainsi en a-t-il été décidé, ce sera Nicholas. Sous la peau bien tendue, il se manifeste avec vigueur. Tous trois sont installés dans la salle de séjour, près de la cheminée. Ted lit à haute voix un roman de Conrad, *Au cœur des ténèbres*, tandis que Sylvia confectionne un grand tapis à partir de chutes de tissus. Ce travail de patchwork l'apaise. Dehors, constate-t-elle, c'est *Hurlevent*. La voix fortement timbrée de Ted couvre par intermittence la résonance des rafales. Mais non, pour son oreille à lui, son oreille intérieure, les battements de son cœur. Anormaux, a-t-il diagnostiqué depuis leur arrivée ici. Soudain, un martèlement syncopé. Un fauve intérieur s'emballe sans qu'il puisse le contrôler. En binant, sciant, rangeant la bibliothèque. Ou en dormant. L'éveil, brutal, sous l'estocade de cet élancement asphyxiant. Puis la suée d'angoisse. Son cœur traqué, affolé, dans les ténèbres de sa poitrine. Il ne veut en parler à personne. Ni à Sylvia, ni au Dr Webb. Ted s'estime menacé. Ce n'est pas le moment. Ce bébé s'épanouissant dans l'obscurité du ventre. Les poèmes en gestation. Les échéances financières. Et cette maison qui exige tant de soins. Il a fallu calfeutrer portes et fenêtres à l'aide de bourrelets protecteurs, fastidieux labeur.

Répit entre deux bourrasques, ronronnement du feu, idyllique scène familiale. La jeune mère alourdie assemble en les tressant le pan vert-de-gris d'un vieux peignoir avec un morceau de cachemire : Ted croit voir onduler un serpent. Il reprend sa lecture à haute voix. Une accalmie cardiaque, bienvenue.

— Nicholas s'agite, tu veux sentir ?

Ted pose son livre, pose sa main sur le renflement dodu :

— Une ruade de lièvre. Ou le coup de queue d'un brochet virant de bord.

Elle sourit de ces diagnostics. La galopade inquiétante reprend, Ted peine à placer son souffle dans sa lecture de Conrad. Non, il ne demandera pas à Sylvia d'écouter à travers les côtes les soubresauts de l'animal en cage. La chamade, les ruades. Sylvia l'interrompt, elle voudrait qu'il relise et critique à nouveau un de ses récents poèmes : "La lune et le cyprès." Bien sûr, il s'agit du cyprès qu'elle voit de son bureau, dans le cimetière tout proche. C'est Ted, un jour où elle était en panne, qui lui a suggéré d'écrire sur cet arbre. Elle poursuit son patchwork rassurant, Ted formule remarques et suggestions sur le rythme, les assonances. Ils en discutent, exigeants, rigoureux. Parfois en désaccord, amicaux cependant. Non, non, affirme Ted, il ne faut plus toucher au dernier vers, il est parfait : "Et le message du cyprès n'est que ténèbres – ténèbres et silence."

Sylvia hésite, interrompt son ouvrage :

— Ce matin, j'ai mis en place la première version d'un autre poème, j'aimerais te le montrer.

— Tu as déjà le titre ?

— "Dernières paroles." Il est dans mon bureau.

Elle se lève, lente, lourde. A l'étage, au passage, elle jette un coup d'œil sur le sommeil de Frieda

– de quoi peut-elle bien rêver ? –, redescend, feuillets en main. Ted a ranimé le feu. Il lit le début : "Je ne veux pas une boîte quelconque, je veux un sarcophage." La femme aimée, femelle pleine, requiert d'être enterrée en compagnie de ses objets familiers. Ses casseroles en cuivre, ses pots de fards. Apaisants, ronronnant contre son corps dans le sarcophage. Telles des bandelettes autour d'elle, précise-t-elle. Ma momie porteuse de vie, murmure Ted, tendant le bras pour caresser le sarcophage bien vivant dans lequel Nicholas s'est rendormi. Rassuré, Ted relit encore "Dernières paroles". S'efforçant de rester à distance des significations, il affine ses critiques. Sylvia acquiesce :

— Je laisse décanter et demain je le peaufine. Le titre te paraît bon ?

— Oui, oui, "Dernières paroles", excellent ! J'espère simplement qu'il n'en est rien.

Elle sourit, se réattaque à son tapis-patchwork, cherchant une transition entre le cachemire et un losange vermillon. Ted reprend la lecture d'*Au cœur des ténèbres*. Le sien s'est calmé. Dehors, la nuit, le vent.

Plus tard, Sylvia s'avoue fatiguée : A croire que Nicholas a grossi d'une livre en quelques heures, pompant ma substance vitale. Ils rient. Ted recouvre de cendres les flammes agonisant dans l'âtre. Tous trois montent se coucher. En faisant l'amour, Ted craint pour le bébé, pour son propre cœur. Ils ont connu des étreintes plus festives. Il espère une nuit sans chamade.

WINIFRED DAVIES

En début de matinée, la femme de ménage est passée me prévenir : Les premières contractions pour Mrs Hughes ! Je suis partie pour ma tournée de pansements et piqûres sous une neige lente, fondante, je savais que j'avais du temps devant moi avant de me rendre à Court Green. Vers midi, je l'ai trouvée devant sa cuisinière, touillant un ragoût odorant dans la marmite en cuivre dont elle est si fière.

— Je prépare un irish stew pour Ted. En grande quantité, au frigo ça se conserve très bien.

— Parfait ! Après quoi, je suppose, vous irez vous allonger ?

— Ça peut attendre, les contractions sont très espacées.

— A votre guise…

Je suis revenue en milieu d'après-midi. Elle en était aux purées de carottes, épinards et pommes de terre, destinées à Frieda, et les répartissait dans de petites terrines, direction le frigo également.

— Comme ça, Ted aura tout sous la main pour nourrir sa fille.

— Excellente précaution, et à présent au lit !

— Non, non, j'ai un cheese-cake en train.

— Eh bien, à ce rythme-là, ce bébé qui n'a pas encore vu le jour aura de quoi manger dans trois ans.

Elle a pouffé, a continué. Je ne l'avais jamais vue aussi belle, elle irradiait. L'effet d'une imprégnation hormonale accrue ? Sans doute. Mais aussi une joie intérieure, une prodigieuse énergie. Je l'ai emmenée quasiment de force dans la pièce qu'elle avait prévue : la chambre d'amis au rez-de-chaussée, de façon à éviter l'escalier et à demeurer proche de la cuisine comme du séjour. Après être restée un long moment, montre en main, je lui ai intimé l'ordre de ne plus bouger : les contractions se rapprochaient et, à mon avis, c'était un gros bonhomme qui s'apprêtait à débarquer dans nos riantes contrées. Mr Hughes était blême, sa main se crispait sur sa poitrine, j'ai tenté de le réconforter et suis retournée chez moi soigner mes pékinois – j'avais deux chiots malades à surveiller de près. J'ai dîné et suis revenue vers vingt heures. Ce fut laborieux. A vingt-trois heures trente, j'ai envoyé Mr Hughes chercher le Dr Webb – par précaution, en matière d'accouchement j'estime être plus expérimentée que lui. Nicholas est arrivé avant lui. Impressionnant par la taille et le poids. J'ai sitôt pensé : Ce petit mâle est de la lignée des Hughes. Le Dr Webb est reparti, ronchonnant d'avoir été dérangé quasiment pour rien.

AURELIA

Wellesley, 22 janvier 1962

Sylvia m'avait annoncé la naissance pour le 12 janvier et j'étais persuadée que le déjà nommé Nicholas obtempérerait, aussi obéissant que sa sœur. Rien. J'ai téléphoné à Court Green. Assez sèchement, ma fille m'a enjoint de ne pas m'énerver. Et dans la nuit du 17 janvier, Ted m'a appelée : Nicholas était né un quart d'heure avant minuit. Un accouchement plus long, plus difficile que le précédent, un enfant superbe.

Aujourd'hui, une lettre de Sylvia. Oui, elle en a bavé mais Ted et Winifred Davies ont été merveilleux. Et elle me raconte, à sa façon : ce grand garçon bleu, qui débarque dans un raz-de-marée, les éclaboussant tous les quatre – lui, Ted, Sylvia et la sage-femme –, hurlant furieusement, pas content d'avoir été ainsi largué sans ménagement.

Bleu, pas rouge. La sage-femme l'a posé sur le ventre de Sylvia, il a rampé vers les seins, animal sagace remontant à la source. Radieuse, ma fille, elle a souffert mais n'a pas versé une larme. J'admire sa capacité à écrire avec cette aisance, ce brio, le lendemain même de l'accouchement. Ted, paraît-il, est tout ébaubi d'avoir un fils.

Je caresse Sappho. Ses yeux et son pelage ont terni. Trop âgée pour mettre bas. Disparaîtra bientôt, je pense. Deux vieilles, Sappho et moi, stériles. Frieda et Nicholas sont si loin. Et je commence à être lasse d'enseigner, et j'aimerais n'avoir à m'occuper que de mes petits-enfants. Comment ma Frieda au regard si clair va-t-elle supporter cet intrus ? Sylvia était furieuse lorsque j'allaitais Warren. J'avais trouvé un biais : tandis que je donnais le sein, j'installais ma fille à côté de moi avec un livre, lui montrais les lettres. Elle mordit aussitôt à l'hameçon. Warren avait un mois, Sylvia deux ans et demi lorsqu'elle commença à repérer les syllabes. A trois ans elle savait déchiffrer, et je sevrais son frère. Otto fut très fier de la précocité de sa fille, elle se perfectionna avec lui.

Bien entendu, elle oublia ce premier apprentissage et ne se souvint que des lectures, le soir, avec son père. De même, elle fut persuadée que seul ce dernier l'avait initiée à la natation. Otto le dieu marin, seigneur de la houle ; Otto le maître des abeilles, le tout-puissant… Je ne suis pas certaine que ses séances de psychothérapie aient liquidé les légendes qu'elle s'était forgées.

Heureusement, Nicholas éclaira cet interminable hiver. Un bébé placide, au regard si confiant. Avant la naissance, j'avais peint dans sa chambre des roses et des petits cœurs carminés. Nicholas, douillet, confortable. Grâce à lui, North Tawton m'a paru moins fermé, moins hostile. Pour sa venue au monde, plusieurs personnes m'ont offert des fleurs, de menus cadeaux. Très touchée – je ne m'y attendais pas –, j'ai remercié par des visites dès que j'ai pu me déplacer, accompagnée de Frieda. J'apportais pour le thé des gâteaux de ma confection, on m'en faisait compliment. Une voisine m'interrogea : Votre mari est-il content d'avoir un garçon ? Euh… je crois qu'il aurait préféré une deuxième fille. Ah, m'a-t-elle rétorqué, sans doute voit-il Nicholas avec le regard de Frieda. Je fus étonnée par cette perspicacité. D'ailleurs Winifred Davies, cette femme aussi fine qu'énergique, avait perçu la sourde jalousie de Ted et de Frieda à l'égard de Nicholas. Lorsque, dans les premiers temps, elle venait pour les soins au bébé et pour surveiller la croissance, elle associait Frieda le plus possible, lui demandant de lui passer une couche propre ou les épingles de nourrice. Mais avec moi Frieda rechignait, ou piquait une crise.

Puis ce fut le mois de mars – le plus froid que le Devon ait connu depuis soixante-dix ans, disait-on

– et nous avons commencé à cueillir les premières jonquilles. Courageuses, téméraires jonquilles ! Fripées par un vent d'est malin, elles défiaient ce ciel au front bas, buté. Leur jaune pâle, citronné, à l'extérieur. Et le jaune d'œuf, soleil crémeux à l'intérieur, là où les pétales sont frisottés. Elles avaient même la force de sentir bon en dépit de cette aigreur maussade. Nous en offrîmes à tout le voisinage, portes et visages ont continué à s'ouvrir. Puis l'épicier – il s'appelait Stoneman, ce nom s'accordait si bien avec ce village gris, compact – nous a proposé de les acheter, sept pence la douzaine. Nous coupions les tiges avec de grands ciseaux, les étalions sur un banc en bois accolé à la grange, les répartissions par petites bottes de douze en les entourant de feuilles pointues et hop, ficelées, livrées, vendues ! Court Green nous coûtait tant d'efforts et d'argent, pourquoi pas ce menu bénéfice ? Sur mars et avril nous les avons récoltées par centaines – un millier en une semaine ! Emerveillée par les couleurs, Frieda nous aidait. Enfin, jouait à nous aider…

J'aimais de plus en plus ce jardin, cette maison, et je voulais qu'on m'aime ! Le seul que je n'ai pu supporter, ce fut le pasteur : lors d'un prêche, il justifia la bombe atomique. Après le baptême de Nicholas, je n'ai plus remis les pieds à l'église. En fait, je revins à mon église fondamentale, la poésie. La BBC m'avait commandé une pièce radiophonique. Je donnais la parole à trois femmes dans une maternité. L'une accouche d'un garçon. La deuxième perd son enfant avant terme. Deux situations que je connaissais. Tandis que je faisais parler cette deuxième femme, me revint avec force la date du 11 février 1961 : ce jour-là, j'avais rédigé un poème sur le "moucheron" à jamais disparu. Même avec mes douze livres de chair fraîche dans les bras, même avec cette bouche baveuse contre ma joue, le “moucheron” envolé l’année dernière s’obstinait à peser, le “moucheron” battait des ailes, il aurait souhaité survivre.

La troisième femme était une étudiante de Cambridge qui abandonnait sa petite fille juste après la naissance, et si curieux que cela puisse paraître, moi qui étais en train d’allaiter avec ravissement, je pouvais m’identifier à elle – nulle condamnation de ma part bien sûr. Labourée par le travail de l’écriture comme je l’avais été par le travail de l’accouchement, je tressais ensemble le bon vieux désir de mort et mon appétit de vivre – d’être véritablement vivante, pas seulement survivante – en donnant naissance. A Nicholas. A ce poème dramatique qu’était *Trois Femmes*. Cette cantate sans musique, je voulais qu’elle dégouline de “maternel”, qu’elle en jute et gicle, tel le lait débordant des seins aspirant à la tétée. La femme “rivière de lait”. A travers ces trois voix, rien de la fadasserie ordinaire sur les relations entre la mère et l’enfant, nulle mignardise style layette rose ou bleue, ah non surtout pas ! Dire la violence, et ce qui est en deçà du langage, la fusion et la déchirure, les cris, les balbutiements. Dire le manque et la plénitude et la toute-puissance. Pas encore de dents, et la dévoration cependant. La violence, oui ! De la mère sur l’enfant. Et celle qu’il exerce sur la mère. Cette fureur du nouveau-né, ces fureurs bleues, violacées, cet air en colère, tellement fâché, et soudain une béatitude limpide dans laquelle j’aimais me laisser absorber. Et le séisme de l’accouchement, ce miracle cruel avais-je écrit : “Je suis traînée par des chevaux, les sabots de fer.” Comme si je traquais à nouveau le galop de Sam ?

Mais je disais aussi l’horreur blanche de la stérilité, la terreur de redevenir “plate”, comme les hommes. Une platitude, une mécanique du côté de la destruction – les hommes provoquant ces millions de cadavres, dans les camps nazis, à Hiroshima… Je ne suis pas certaine que Ted ait apprécié ces *Trois Femmes*. Peut-être s'est-il senti quelque peu exclu. Comme il l'était de l'allaitement ?

PIÈGES

L'éclosion de la lumière, enfin. Et l'éclosion blanc rosé des soixante-douze pommiers, une fête, un faste allègres ! Aérer la maison, les literies. Ranger les gros lainages. Exorciser les relents d'humidité rancie. Et lever le nez vers ce ciel tendre, depuis combien d'années n'avait-on pas vu pareil bleu ?

— Si on allait se promener, rien que nous deux ? propose Ted. Il y a bien longtemps que cela ne nous est pas arrivé.

Sylvia fait revenir les truites qu'il a pêchées, de très bonne heure ce matin, dans la Taw. Economique et délicieux, ce petit-déjeuner, avec des toasts et du café noir. La femme de ménage accepte de veiller sur Nicholas, sagement endormi. Ted descend à la cave remplir ses poches de pommes. En partant, ils déposent Frieda chez Winifred Davies.

— Mais oui, allez vous balader vous deux ! Frieda m'aidera à nourrir les chiots.

— Précieuse Winifred, commente Sylvia en s'essoufflant derrière les immenses enjambées de Ted.

Il ralentit, il avait oublié combien elle s'était alourdie avec cette deuxième grossesse. Plus la sédentarité, et les riches pâtisseries hivernales... Ils sortent d'un chemin creux, encore boueux, déboulent sur des prés, offrent leurs visages au soleil puis se laissent attirer par des clarines aquatiques. Des vaches ballottent cloches et mamelles. Des Shorthorn, commente Ted. Elles broutent, assidûment. Une seule lève un regard maussade sur le couple, replonge aussitôt son mufle vers le sol, trop contente d'être sortie de l'étable et d'avoir de l'herbe fraîche. D'autres prés, spongieux. Sylvia peine. Ils s'assoient sur un talus, croquent une pomme. Ted devine le passage d'un renard, danse rousse, furtive. Il aimerait la suivre, pister la femme renard – pourquoi femme ? Ainsi l'a-t-il reniflée, si fugitive fût-elle. Ils s'enfoncent dans les bois. S'immobilisent pour écouter le martèlement consciencieux d'un picvert, roulement répétitif – quelle chamade bat-il ? Plus loin, une vieille cabane de bûcherons. Ted enlace Sylvia, tente de l'attirer à l'intérieur. Non, non, ça pue le pourri, et la prochaine tétée est dans moins d'une heure, d'ailleurs je sens mes seins qui commencent à… Elle s'interrompt, elle a failli dire : qui commencent à bander.

Ils reviennent par un autre chemin creux, très enfoncé, tunnel obscur. Sylvia patauge dans des ornières marécageuses – j'aurais dû mettre mes bottes en caoutchouc. Ted grimpe sur le talus, se repère et propose de passer par une chênaie lovée dans l'aisselle de la colline : Ça nous fera un raccourci et ce sera plus sec. Ne t'inquiète pas, Nicholas est certainement plongé dans le sommeil du juste.

Un sentier étroit. Ils marchent d'un bon pas, l'un derrière l'autre, cette fois Sylvia a trouvé le rythme. Ted aperçoit un éclat métallique entre deux racines, se penche : un piège en fil de cuivre. Un désir violent de retourner dans son enfance, d'y pénétrer comme dans un terrier : lire les traces, guetter la palpitation des proies. Une main furieuse arrache le piège, le lance à toute volée vers le haut. Il reste accroché à une branche, oscillant bêtement.

Stupéfait, Ted demeure silencieux. Ils poursuivent leur marche. D'autres collets sont posés non loin. En rage, Sylvia continue à s'en emparer, les balance dans les fourrés, hurlant : Salauds, salauds, assassins ! A croire qu'elle-même se sentirait traquée, prise au piège. De cette contrée, cette maison ? De leur couple ? De lui, l'homme chasseur et pêcheur ? Il tente en vain de lui expliquer : Ici, c'est une contrée de petits paysans, sans droit de chasse, depuis des siècles ils braconnent, longtemps la seule viande à leur table fut celle des mulots, au mieux des levreaux… Sylvia ne veut rien entendre. Prédatrice, elle traque les lacets dissimulés, pleurant, invectivant d'invisibles meurtriers. Aux yeux de Ted, détruire ce qui a été posé par d'autres est une profanation, la transgression d'un droit coutumier sacré. Si seulement il voyait déferler les animaux qu'elle prétend ainsi délivrer, si surgissait une procession fantasmagorique de blaireaux et musaraignes, fouines et belettes, martres, hérissons, une horde festive rendant grâce à leur libératrice, ce serait drôle, il sourirait, applaudirait sportivement, et Sylvia se calmerait… Bien sûr, les animaux se terrent, ils ont appris à demeurer prudemment à distance des folies et détresses humaines. Ted voudrait ajouter : Mais enfin nous avons pêché ensemble, je t'ai vue retirer sans frémir l'hameçon meurtrissant les muqueuses des perches ou des truites, durant l'hiver, à plusieurs reprises, tu as cuisiné des civets avec les lapins et les lièvres que j'avais tirés… Arguments inutiles, absurdes, là n'est pas l'essentiel. Qui la tient au collet, l'étrangle ? Il la sent crépitante de colère. Comme si elle était branchée sur un haut voltage, électrodes greffées en permanence, invisibles sous la peau des tempes depuis bientôt dix ans ? Ted se tait. Son cœur bat la chamade.

Ils sortent du bois, de ce piège. Bientôt le village est en vue, Sylvia se précipite vers Court Green, vers Nicholas. Ted passe chercher Frieda. Elle est en larmes, un des chiots est mort.

DIALOGUES

— Qu'est-ce que je pourrais bien faire à manger pour la venue des Wevill ?

— …

— Ted, tu pourrais m'aider ! Tu sais bien que, lorsque j'allaite, j'ai moins envie de cuisiner.

— Euh… Un ragoût de bœuf ?

— D'accord, je le préparerai la veille. Et pour le lendemain ?

— Je vais essayer de nous pêcher une bonne friture de goujons.

— Parfait, je compléterai avec des pommes de terre sautées et une salade. Plus une crème renversée.

— Eh bien voilà !

— Tu emportes ce chemisier transparent, et ta robe en soie, pour ce week-end dans le Devon ?

— Pourquoi pas ? Elle ne te plaît plus, cette robe ?

— Si, si… Assia, je te rappelle que nous ne nous rendons pas à une garden-party chic mais dans un village sans doute rustique. Et en mai, le soir, il peut faire très frais.

— Aucun problème, je prends mon grand châle birman. Il est très enveloppant.

— J'ai bien aimé la façon dont Assia a évoqué leur séjour en Birmanie. Elle raconte avec brio, tu ne trouves pas, Ted ?

— Oui, mais j'ai préféré parler poésie avec David. Il est fin, subtil.

— Il t'a fait quantité de compliments sur tes deux derniers recueils.

— Tu es injuste : Assia et lui avaient lu *Le Colosse* et t'en ont parlé intelligemment. Elle surtout.

— J'ai fini par comprendre qu'elle écrivait des poèmes, mais sans chercher à les publier. Il y a quelque chose d'étonnant, de fascinant chez cette femme, je suis à nouveau sous le charme. Par contraste, peut-être, David me paraît un peu fade.

— Fascinant ?

— Oui, cet exotisme indéfinissable, cette voix si grave. Et cette élégance ! Beaucoup trop sophistiquée à mon goût, mais bon… Et elle peint, et elle maîtrise l'hébreu et l'allemand. Je suis admirative : posséder ces deux langues !

— J'aimerais bien savoir si elle connaît la poésie juive contemporaine.

— Je suis crevée, on éteint ?

— Ces grandes maisons à la campagne, ça suinte l'humidité ! Je suis frigorifiée.

— Je t'avais prévenue, Assia.

— Et cette herbe envahissante partout, jusque sur le seuil ! J'ai l'impression qu'elle va pénétrer, proliférer, me bouffer.

— Tu fantasmes.

— Quant à cette décoration ridicule ! Disposer d'un pareil espace et le mettre si mal en valeur… Les roses sur les murs de la nursery ! Ces cœurs et fleurettes rouges sur les meubles en bois blanc dans le séjour, et cette quantité de mignardises peintes par Sylvia. Du vermillon encore pour les rideaux ! Quant à ce tapis multicolore, hideux… Comment une femme de cette envergure peut-elle avoir des goûts aussi médiocres, provinciaux ?

— C'est vrai, le seul beau meuble est notre ancienne table ronde.

— En tout cas, jamais je ne vivrai dans un endroit pareil ! Je suis gelée, tu me réchauffes ?

— J'ai trouvé stupéfiant le rêve raconté par Assia au petit-déjeuner. A croire qu'elle savait combien tu aimes le poisson frais pour le breakfast !

— Oui, ce brochet énorme…

— Et dans l'œil du brochet un fœtus vivant ! Tu en es resté bouche bée. Je me demande si elle a lu ton poème intitulé "Brochet" ?

— Une lecture n'induit pas forcément un songe.

— Non, mais que venait faire ce fœtus humain dans cet œil animal ? Et pourquoi n'ont-ils pas d'enfant ?

— Demande-lui, puisque vous avez décidé de sarcler les oignons dans la matinée.

— On ne pose pas ce genre de question à une femme qu'on rencontre pour la troisième fois. Et je ne vois pas comment elle va pouvoir jardiner avec des ongles aussi longs, violets de surcroît. Plus cette quantité de bracelets…

— Elle peut les enlever.

— Mais pas les ongles ! On dirait des griffes de grand prédateur.

— Sylvia m'a paru contrariée, hier soir. Qu'elle nous quitte à la fin du dîner pour allaiter, je comprends. Mais cette façon, ensuite, d'interpeller Ted du haut de l'escalier en lui enjoignant de la rejoindre dans leur chambre…

— Oui, sans même nous dire bonsoir, c'était bizarre.

— Grossier, tu veux dire.

— Peut-être estimait-elle avoir fait beaucoup d'efforts – de cuisine, de conversation – et était-elle crevée ? Avec le bébé…

— D'accord, David. Mais elle pouvait se coucher et dormir sans convoquer son homme.

— Ted est d'ailleurs resté avec nous encore un bon moment.

— A part cette fausse note, un week-end agréable.

— Oui, c'est un couple que j'aurai plaisir à revoir.

— Euh… David, je préfère t'en parler : ce matin dans la cuisine, je me suis trouvée seule un instant avec Ted. Il m'a embrassée.

— …

— Je n'ai pas donné suite. C'est un incident sans importance.

Un silence. Le train file vers Londres. Le fracas, l'obscurité d'un tunnel. Ils en sortent. David murmure :

— Tout de même, ton rêve d'un fœtus vivant…

AL ALVAREZ

Pentecôte 1962

Sur ma route des vacances vers la Cornouailles, je me suis arrêté à North Tawton. Nous avons pris le thé sur la vaste pelouse – un peu hirsute, a reconnu Ted, il faudrait faucher tous les huit jours. Les marguerites commençaient à éclore. Il a suggéré à Frieda de m'en cueillir quelques-unes. Elle s'est exécutée, gentiment, mais était surtout ravie d'exhiber son cheval à bascule. Son cadeau d'anniversaire, a précisé son père. A Chalcot Square, deux ans auparavant, j'avais fait la connaissance d'une minuscule militante antinucléaire. Petite bonne femme bien plantée, à présent. De la dynamite, m'a-t-il semblé. Ce qui, visiblement, ravit son père.

Les cerises seraient bientôt mûres. Radis et salades abondaient. Sylvia m'a fait les honneurs de la maison tandis que Ted jouait avec sa fille dans le jardin. C'est un vrai bonheur de faire une soupe avec des légumes fraîchement ramassés, a souligné Sylvia en me montrant sa cuisinière Aga toute neuve, et sa batterie de casseroles soigneusement astiquées, et le vieux cellier où ils ont installé la Bendix, et la cave aux murs d'une archaïque épaisseur, et le grenier où Ted écrit, et la chambre d'amis : Elle est à votre disposition quand vous le souhaitez… Très châtelaine opulente, Sylvia ne m'a fait grâce d'aucun détail. J'ai retrouvé son côté “impératrice autrichienne allaitant”, avec encore plus d'assurance qu'en 1960. Elle a dû prendre une bonne vingtaine de livres avec cette deuxième grossesse. Plus une énergie intérieure accrue, m'a-t-il semblé. Durant la visite, le bébé de quatre mois est resté agrippé à sa mère. Elle caressait le crâne duveteux et m'a glissé : Ce printemps, j'ai rédigé de nouveaux poèmes. Différents, je crois. Dont un, très récent, intitulé “Le braconnier”. J'aimerais que vous les lisiez… Bien volontiers, envoyez-les-moi sans tarder.

J'ai pris congé après une dernière tasse de thé et des biscuits à la cannelle confectionnés par Sylvia. Ted a insisté, je serai toujours le bienvenu à Court Green. Juchée sur les épaules de son père, Frieda m'a adressé des signes de main frénétiques tandis que je démarrais. Je roulais vers l'ouest et je songeais : Belle et vaste demeure cet ancien presbytère, mais quel travail d'entretien ! Et dommage que North Tawton, même à l'approche de l'été, paraisse aussi grisâtre et rechigné, alors que tant de villages dans le Devon sont si plaisamment coquets… Je m'imaginais mal passant l'hiver à l'ombre humide de cette église du XIIe siècle. En fait, je ne parvenais pas à élucider une impression bizarre. De ces ruminations flottantes, effilochées, qu'on carde vaguement tout en conduisant. Une quasi-certitude a fini par émerger. Deux couples cohabitaient dans cette maison : Ted et Frieda, Sylvia et Nicholas. Pas bien grave, la conséquence de l'allaitement ? Nicholas sent si bon, avait-elle murmuré en l'embrassant goulûment. J'avais remarqué – reniflé, disons – que Ted n'aimait guère se laver, non non, là n'était pas le problème, certainement pas ! Plutôt comme si j'avais perçu un clivage naissant. Qui, ou quoi, risquait de se faufiler dans cette fissure ? S'était déjà faufilé ? Qu'est-ce qui faisait problème ? La rivalité dans la publication et le monde éditorial ? Ce n'était pas nouveau, et pas essentiel à mon avis. L'étonnante capacité de création que Sylvia semblait puiser dans la maternité ? Peut-être y avait-il là, en effet, de quoi terrifier un homme. Moi-même je l'avais ressentie. Cette force, Ted la cherchait-il ailleurs, dans la pêche par exemple ? La pêche, cette captation de l'invisible ? De ce qui glisse et luit fugitivement, et se dérobe. Mais non, je ne m'inquiétais nullement pour lui ! A mon sens, son génie poétique tenait à ce qu'il était demeuré un jeune enfant, identifié à l'animal, tout en bousculant, triturant et concassant admirablement le langage : une alliance exceptionnelle. Peut-être l'arrivée de ce petit mâle perturbait-elle un équilibre déjà précaire… Assez ressassé ! Ce n'est pas parce que mon mariage s'était rompu – j'en avais payé le prix par une tentative de suicide, la mienne – qu'il me fallait envisager un scénario similaire pour des amis. Bientôt j'arriverai à Tintagel, lieu des amours éternelles entre un nommé Tristan et une nommée Iseult. Tintagel où j'avais rendez-vous avec Anne. Puisque j'avais ce bonheur d'avoir rencontré Anne, psychologue de profession, qui m'aidait à me réconcilier avec moi-même. Peut-être réussirait-elle à démêler cette confusion des sentiments ? Et je lui offrirai ce rustique bouquet de marguerites.

ABEILLES

15 juin 1962

Demain, c'est Bloomsday, *bloom* la floraison, et tant de fleurs en ce jardin s'offrent aux abeilles : les roses et les buddleias, les grappes liquides du cytise, et les scabieuses à ras du petit muret – *bloombloom*, ça danse ça vrombit –, et les fleurs des haricots et celles du trèfle. Assiégée, envahie par ce bourdonnement bienheureux, Sylvia finirait par oublier que, demain, c'est leur sixième anniversaire de mariage. Lorsqu'elle avait cinq ou six ans, son père, seigneur et maître des abeilles, en capturait une, refermait ses doigts autour de l'insecte et faisait écouter à sa fille cette musique vibrante, jamais il n'était piqué, elle non plus, *bloombloombloom* !

Elle la voulait sa ruche, elle l'a : une vieille ruche d'occasion qu'ils ont installée dans le verger. Un peu vermoulue. Ted l'a rafistolée. Sylvia lui trouve un air de menu cercueil. Elle l'a égayée en peignant sur le dessus et les côtés des oiseaux bleus, des cœurs et des fleurs pourpres. Arrivent, très lents, très dignes, les membres de la société d'apiculture locale, dont font partie le pasteur – tant pis – et, par bonheur, Winifred Davies. Habillés de blouses à longues manches et de larges chapeaux prolongés par un tissu noir très aéré, ils apportent leur reliquaire, l'essaim et les rayons. Ils intronisent Sylvia : la voici parée de cette même tenue enveloppante

(Ted s'est récusé, ne souhaitant pas être ainsi affublé), de ce voile à fines mailles flottant devant ses yeux, voile de deuil, mais un deuil fluide, dansant, mené par Ariel le très léger, *bloombloom bloom*. Une vêture, un adoubement. Un costume de clarté et de liturgie funèbre. Peu à peu, elle repère les visages derrière ce tulle arachnéen, traits estompés, épurés, c'est bien eux et pas tout à fait eux, métamorphosés par quel mage ? Elle reconnaît le pasteur, plus amène en cette procession qu'en son église, et l'épicier, et la sage-femme, prêtresse de la naissance, et le sacristain qui est aussi le fossoyeur – Sylvia savoure cette alliance de vie et de mort. Entourée de ces officiants, elle célèbre les funérailles de son père et ses noces avec lui, une seule et belle cérémonie, et les abeilles, d'abord grondant furieusement à l'intérieur de leur cercueil, font soudain irruption, prennent possession de l'espace – père, protège-moi ! –, un orage dansant, doré, une chorégraphie blonde et folle devant la ruche, zigzags et volutes et spirales, *bloombloom bloom*, comment son père était-il parvenu à déchiffrer, à comprendre ce chaos de signes mouvants, le langage de ces fileuses de miel et de lumière ? Ariel peut-être lui apprendra, Ariel qui danse et chante et butine en leur compagnie. *Bloombloom*, que racontaient-elles à son père ? L'ont-elles parfois piqué ? Que leur murmurait-il ? Les avait-il séduites ? Par quelles paroles ailées ? Que se sont-ils murmurés, amoureusement ? Avant moi, avant ma naissance, *bloombloombloom*...

Elle sursaute, arrachée à ce rituel initiatique par un hurlement de Frieda : Papa, bobo bobo ! Non, ce n'est pas sa fille qui a été attaquée, c'est Ted. Elle le voit s'enfuir vers la maison, poursuivi par des abeilles, *bloombloombloom*... Sylvia le rejoint à l'intérieur, le soigne avec une lotion apaisante.

Très vite, la joue et le cou enflent. Du même côté que la morsure, il y a un peu plus de six ans, à Cambridge.

PASSAGE

Après avoir déjeuné avec une amie, Assia revient à son agence de pub. Une collègue l'informe. Quelqu'un est passé, qui voulait te voir. Non, ce n'était pas un client. Un grand type brun, avec une veste en velours côtelé noir.

Précisions inutiles. Assia sait. Et se sait atteinte.

— Il avait l'air très déçu. Il a dit qu'il reviendrait.

WINIFRED DAVIES

11 juillet 1962

Débarque Mrs Plath, visage défait, me demandant, presque humblement, si elle pouvait loger chez moi quelque temps, non non rien de très grave à Court Green, euh, à vrai dire elle ne savait pas trop, me priait de l'excuser pour son sans-gêne… Elle s'est disputée avec sa fille, ai-je supposé, ça paraissait trop beau, trop idyllique entre elles deux. J'avais vu Sylvia préparer fiévreusement le séjour de sa mère en accomplissant quantité de réparations et d'embellissements dans la maison, mettant Ted à contribution. La veille de l'arrivée, elle m'avait montré les guirlandes de cœurs qu'elle avait peintes sur la porte de la chambre réservée à Aurelia Plath, avec en capitales, également en rouge : *Welcome home !* Charmant, un peu mièvre, avais-je pensé, la petite fille resurgit sous la femme mère et écrivain, la petite fille qui désire tellement être aimée de sa maman ? Je pouvais comprendre : épuisant d'être mère avec une fillette de deux ans et un bébé de six mois, parfois on a envie de régresser, d'être câlinée… Invitée à prendre le thé à Court Green, j'avais apprécié l'intelligence généreuse de Mrs Plath, elle m'avait posé des questions très pertinentes sur mon travail – elle s'occupe de la formation de secrétaires médicales – et je songeais : Cette femme sans homme depuis un quart de siècle détient un charme certain, peut-être eût-il mieux valu, pour elle comme pour Sylvia, qu'elle s'en dégote un, d'homme ?

Et donc l'avant-veille, me raconta-t-elle, elle s'était rendue avec sa fille à Exeter : visite de la cathédrale et du vieux quartier, shopping et déjeuner entre femmes, tandis que l'époux gardait les mioches à la maison. Au retour, tout en conduisant, Sylvia soulignait la réussite de sa vie : Une propriété superbe, un mari exceptionnel, deux enfants merveilleux, des poèmes qu'elle estimait de plus en plus forts et, comble de joie, son texte à trois voix sur la maternité venait d'être accepté par la BBC bien qu'il ne fût nullement grand public. Bref, elle exultait. Aurelia Plath m'avoua n'être pas dupe lorsque sa fille se lançait, soit dans ses lettres, soit de vive voix, dans ce genre de célébration. Une façon de se rassurer, elle, et de rassurer sa mère bien sûr, mais Aurelia n'aimait guère ces récapitulations, cette comptabilisation de ses avoirs (de même, avais-je remarqué, Sylvia se complaisait à exhiber ses belles casseroles). Comme si ces énumérations tentaient de masquer, euh... une brève déficience d'être, une béance menaçante, a glissé Mrs Plath d'une voix frêle, un peu gênée d'avoir laissé échapper ce diagnostic tant soit peu cruel. Bien sûr, je n'ai pas relevé. Et donc elles arrivent à Court Green, sortent leurs paquets de la Morris, sur le seuil elles entendent la sonnerie du téléphone, Sylvia se précipite, décroche. Ted descend précipitamment l'escalier, s'arrête au beau milieu, un pied entre deux marches, et dans cette suspension Aurelia avait perçu une menace. Blême, Sylvia avait tendu l'écouteur à son mari : C'est pour toi, un homme, soi-disant... Aurelia s'était hâtée d'aller ranger les provisions dans la cuisine où Sylvia l'avait rejointe – une voix grave, je pense l'avoir reconnue. Elle avait vu les mains de sa fille se crisper violemment sur le tranchoir à pain, jointures blanches. Brusquement, retournant dans le séjour, Sylvia avait arraché à toute volée les fils du téléphone. Ted avait déjà terminé sa communication, s'est empressée de préciser Mrs Plath, comme pour ne pas aggraver le cas de sa fille. Bien entendu, elle n'avait posé aucune question, s'était occupée du goûter de Frieda, avait changé Nicholas, tandis que Ted et Sylvia se retiraient au fond du verger. Frieda les avait rejoints puis était revenue informer sa grand-mère : papa-maman, ils pleurent. Aurelia les avait ensuite vus monter dans leur chambre, et la voilà bien embêtée car Nicholas, affamé, chignait, ce n'était pourtant pas le genre de Sylvia d'oublier l'heure de la tétée. Au bout du compte, la malheureuse Aurelia, nourrice sèche, s'était résignée, très gênée, à frapper à leur porte avec le bébé qu'elle avait déposé entre sa fille et son gendre allongés sur leur lit – mais visiblement pas dans des dispositions érotiques, a-t-elle souligné d'un air pudique… Bref, ces incidents l'avaient éprouvée, elle ne voulait plus se trouver dans des situations aussi embarrassantes. Elle irait s'occuper des enfants quand ce serait nécessaire mais resterait un peu à l'écart, laissant Ted et Sylvia reprendre leurs échanges et leurs rythmes habituels. Je n'étais pas certaine que ce fût le bon choix, mais je n'ai exprimé aucune réticence et l'ai aidée à s'installer – elle a insisté pour me dédommager. De quoi cette mère si dévouée est-elle donc coupable ? Sa crainte était que sa présence, sourdement, n'ait envenimé le climat entre sa fille et son gendre, peut-être Ted avait-il été agacé par les effusions de Sylvia, par tous ces petits cœurs… Mais non, ai-je affirmé, Ted et Sylvia entament leur septième année de mariage, c'est souvent une période de remise en question pour les couples. Ni elle ni moi n'avons été dupes de ces banalités. Elle a poursuivi : Mon fils vient de se marier et semble tellement heureux avec Margaret, pourquoi faut-il que, au même moment, le couple de ma fille et de mon gendre se fissure ? On n'en était pas là, ai-je rétorqué. Très inquiète, elle était résolue à se cantonner dans un rôle efficace de baby-sitter tout en gommant le plus possible sa position de belle-mère. Douce illusion…

Hier, elle m'annonce que Ted, à la demande de Sylvia, a quitté les lieux. Une séparation temporaire, pensait-elle, à l'amiable, à l'essai ? Cependant, si elle ne m'importunait pas trop, elle souhaitait demeurer chez moi. A croire que son absence favoriserait le retour de Ted ? C'est curieux comme les personnes les plus avisées peuvent avoir des conduites magiques. Pour la première fois, Sylvia allait dormir seule dans cette grande maison. Sans son mari. Sans sa mère. Et par-dessus le marché, sans le téléphone ! Avec deux jeunes enfants… Heureusement, je n'habite pas loin, légèrement au-dessus de Court Green, mais la situation m'a paru quelque peu absurde. Dans quinze jours, a rappelé Aurelia, Ted et Sylvia doivent se rendre dans le pays de Galles pour des lectures publiques de leurs poèmes. Elle retournera alors s'installer auprès de Frieda et Nicholas, peut-être ce voyage favoriserait-il une réconciliation ?

Soudain, ce matin, une odeur de fumée. Aussitôt, me voici en alerte – la canicule s'est installée, les arrosages sont interdits et la végétation très sèche –, je pars inspecter le voisinage. La fumée provenait de Court Green. Dans le potager, Sylvia alimentait un grand feu avec quantité de papiers qu'elle froissait avant de les jeter dans les flammes. Mais arrêtez donc, vous vous rendez compte du danger avec cette chaleur ! Sans me regarder, fascinée par son autodafé, elle a lancé à la cantonade : Ce sont des livres, des lettres et des manuscrits que j'ai descendus du bureau de Ted, grand nettoyage ! Il m'a paru préférable de ne pas intervenir – elle était, à mon sens, dans un état second – et puis, ai-je estimé, laitues, poireaux et choux dodus feraient office de coupe-feu si besoin était. Par précaution, tout de même, je suis allée chercher un seau d'eau. Aurelia est arrivée avec Frieda, elles revenaient d'une promenade au bord de la Taw. Consternée, la grand-mère. Sa petite-fille applaudissait : Beau, beau, encore maman !

Le feu a fini par s'affaisser, animal à l'agonie, et Sylvia par émerger de sa folie. Elle m'a reconnue soudain, s'est effondrée contre moi, sanglotant : Mon lait commence à tarir, je suis désespérée… J'ai tenté de la rassurer. Un sevrage à six mois n'avait rien de tragique, c'était même banal, je l'aiderai à réguler la transition et ce gentil goulu de Nicholas accepterait aisément le biberon, j'en étais persuadée. Beaucoup de séparations en même temps, ai-je songé. Sylvia hoquetait : Le lait s'arrête, le sang va revenir, le sang je ne veux pas le voir…

Des abeilles butinaient le trèfle de la pelouse. Miel, feu, lait, sang se mélangeaient étrangement dans ma tête. Et j'ai revu les longues jambes de Ted cavalant sur cette même pelouse le jour de l'installation de la ruche. A ses trousses, non pas l'essaim – heureusement ! – mais une douzaine d'abeilles énervées : Ted courait à la manière des biches traversant un pré entre deux bois, ou des soldats sur un espace découvert, par trajets brisés, avec de brusques crochets. La vindicte des femelles est tenace. Elles avaient réussi à le piquer. A le chasser d'ici ?

Ce soir chez moi, tandis que nous faisions la vaisselle, au tour d'Aurelia de s'effondrer. Elle avait examiné quelques papiers à demi roussis qui avaient échappé au bûcher, avait reconnu sa propre écriture – des fragments de lettres envoyées à Sylvia ces dernières années – et elle pleurait : J'avais imaginé que, un jour ou l'autre, Sylvia et moi pourrions publier notre correspondance… Cette fois, je n'ai pu trouver les mots consolateurs. Je n'avais soupçonné ni ce désir d'Aurelia d'être écrivain à travers sa fille ni la haine de cette fille à l'égard de cette mère – masquée par les guirlandes de petits cœurs ?

TENTATIVES

Avant de quitter son agence de pub, Assia téléphone à David : Je rentrerai un peu tard, j'ai rendez-vous avec Ted Hughes. Pour prendre un verre… Oui, il m'intéresse, non, non, nous ne sommes pas amants, tu sais bien que je te le dirais si… D'accord, à tout à l'heure.

Aurait-elle préféré qu'il proteste, exige un retour immédiat, ou propose une sortie, l'invite au restaurant ? Durant près de trois années, David a tenu le rôle de l'amant patient, espérant, sans revendiquer, qu'elle se déciderait à divorcer. Le voilà à présent dans celui du mari, l'attendant dans leur deux-pièces. Elle l'aime, elle aime être la première lectrice de ses poèmes, il apprécie la finesse de ses critiques, elle tient à leur alliance dans le quotidien comme dans le partage de la littérature.

Minuit passé, un taxi la dépose au 3, Chalcot Square. Tout est éteint, David dort. Il faut qu'elle le réveille, lui parle. Assia allume la lampe de chevet. Sur le tapis, deux boîtes vides de Seconal, un somnifère efficace. Secouer David, hurler son prénom sont de toute évidence inutiles. Elle se précipite sur le téléphone. L'ambulance, les urgences, un lavage d'estomac. Jusqu'à l'aube, elle marche de long en large afin de rester éveillée – de cette vigilance dépend la résurrection de David –, elle arpente ce couloir aseptisé d'hôpital, et elle est encore dans la chambre d'hôtel, et Ted en elle avec cette fureur stupéfiante, Ted immense, écrasant, elle se sent intimement meurtrie, ce n'était plus un lit dans une banale chambre pour couple clandestin mais un box d'écurie ou une tanière pour bêtes des bois. Ted, la violence de ses relents corporels, de ses exigences, imposant son rythme, la traquant, ne lui laissant pas de répit, Assia ne sait s'il a usé d'elle comme si elle était une pute ou une femelle animale, et s'avoue ignorer où serait la frontière.

A l'aube, les exhalaisons d'hôpital, éther et désinfectants, finissent par refouler les senteurs de baise et de bauge – mais pourquoi David et moi en sommes-nous arrivés à faire l'amour euh… gentiment, pourquoi, et depuis quand ? Le retour de Birmanie, ma fausse couche ? Le médecin de garde lui a affirmé que son mari n'était plus en danger. Anxieuse cependant, poursuivant sa déambulation, elle attend le réveil. Enfin, une infirmière vient la prévenir que Mr Wevill pourra sans doute sortir dans l'après-midi, pour le moment il est impératif de le laisser tranquille. En partant, Assia l'entend déclarer à une collègue : Tu as remarqué, les vendredi 13 les tentatives de suicide sont toujours plus nombreuses.

Ted rentre à pied dans le studio prêté par des amis pour le dépanner. Goulûment, il renifle ses doigts. Relents de sauvagine, de renarde, de loutre lustrée – le corps vif et souple d'Assia, la coulée lisse de sa chevelure lui évoquent la loutre –, oh oui il lui fallait une grande ventrée de sauvagerie ! Le chasseur et pêcheur sait par quoi il a été ferré, harponné. Par le rêve d'Assia où copulaient l'animal et l'humain, par ce fœtus vivant dans l'œil d'un brochet. Monstre vorace, le brochet – qui va dévorer, engrosser l'autre ? Ted n'est pas dupe : le rêve n'aurait pas eu sur lui cet impact s'il n'avait été raconté par une bouche sensuelle, de cette voix rauque venue plus du sexe que de la gorge, accompagnée par la mouvance souple des seins sous le chemisier transparent. De l'œil du brochet Ted était passé aux yeux de la rêveuse, lacs d'un gris troublant, cernés de mascara – un mascara telle une suie épaisse et grasse, avait-il pensé. Ce soir-là, le poète amoureux marchant dans la nuit londonienne se demande pourquoi il avait fini par étouffer, sans le savoir clairement, dans cette maison du Devon qu'il a tellement désirée, embellie. Coincé dans cette demeure ? Dans la monogamie ? Dans la sentimentalité effusive de ces dernières semaines, méduse maternelle aux filaments visqueux ?

Brusquement, l'homme des dates et présages se souvient : c'est un vendredi 13 que Sylvia et lui ont fait l'amour pour la première fois.

Quelque temps après, Sylvia revient d'Exeter au volant de la Morris. La route longe un terrain d'aviation, depuis longtemps abandonné. Soudain, Sylvia se retrouve cahotant au beau milieu. Robuste, la Morris tressaute sur des mottes de terre, toussote, finit par caler. Sylvia coupe le contact, se laisse aller, yeux clos. Montée d'un tremblement, d'une accélération cardiaque, telles de petites bêtes qui seraient venues vivre, palpiter en elle. Vivre ? Elle qui se sent tellement desséchée, ligneuse. Peu à peu elles s'estompent, agonisent, s'effritent. Etrangement lui reviennent la descente à ski de Saranac et le galop de Sam à Cambridge. Blancheur et folie peut-être, mais au moins c'était gai, vivant, un défi allègre jusque dans le flirt avec la mort. Ici c'est morne et plat, une herbe grisâtre. Non loin sur sa droite, la piste, désaffectée. Aurait-il fallu rouler jusque-là, décoller ? Elle ricane – c'est elle, la désaffectée –, s'extirpe, fait quelques pas. Rien de cassé, semble-t-il, son corps fonctionne. Bêtement indemne. Ce n'est pas ce qu'elle voulait. Elle en est certaine : elle n'a eu ni malaise, ni brève perte de conscience susceptibles d'expliquer cette sortie de route. Pas délibérée non plus. Ça venait d'elle, pourtant, de quelles profondeurs ? Les visages de Frieda et de Nicholas affleurent, lentement. Juste avant, elle n'a nullement pensé à eux. Elle connaît : on ne réfléchit pas. Happé, on s'élance. Comme sur la pente neigeuse. Ou comme en rêve.

L'évidence s'impose, soudain, l'évidence de la répétition. A trente-trois ans, sa mère avait été plaquée par son mari : seule avec deux enfants. Dans sa trentième année, la voici seule avec une fille et un garçon. Pareil... Sauf que, si on peut dire, elle fait mieux que sa mère – trois ans d'avance, elle la bat ! Amère victoire. Les hommes vous larguent, un lieu commun de midinette, et son mariage a tourné au vaudeville. Comme le lait tourne à l'aigre.

Là-bas, sur la route, deux véhicules se sont arrêtés, des gens en sortent, se dirigent vers elle. Ils ont dû remarquer l'incongruité de cette voiture sur ce terrain déserté. On va la secourir, l'aider à régler les problèmes pratiques. Puisqu'il convient de reprendre contact avec la viscosité du réel. Elle aurait aimé un miracle : les longues jambes de Ted venant vers elle à travers ces graminées hirsutes, son odeur sauvage et ses bras immenses autour d'elle, ses lèvres murmurant que rien ne les séparait, mais non il ne reproduisait pas le lâchage du père, et même il était assez puissant pour renvoyer le nommé Otto dans les demeures souterraines d'Hadès sans qu'elle se croit obligée de l'y rejoindre.

CELIA

Vancouver, août 1962

Trois ans que nous n'avions pas vu Assia. Rajeunie, ma sœur, et à trente-cinq ans plus belle que jamais. Puis nous avons compris (nous : mon père, ma mère et moi, mon mari préférant se tenir à distance de nos histoires familiales). Assia est amoureuse. Heureuse d'en parler. Ne parlant que de lui, le grand homme, le poète. D'abord consternées, maman et moi, puis perplexes, voire à demi séduites à notre tour, prodiguant cependant des conseils de prudence – mais… David ? Assia lisse, limpide : J'aime David, je vis avec lui, il sait, je ne dissimule rien, on verra par la suite… Ce n'est pas la première fois que je vois mon aînée attachée à deux hommes, chacun comblant une part d'elle-même ? Et d'ajouter que, en septembre, elle et Ted partent en Espagne, ils veulent écrire ensemble un scénario. David est au courant ? Bien sûr. Et la femme de ce Ted, euh… Ted Hughes, maman, en Angleterre c'est un nom connu dans les milieux littéraires. Pour sa femme, je n'en sais rien, c'est leur affaire !

Depuis que ma sœur séjourne chez mes parents (par téléphone, je l'avais suppliée de venir, le cancer de maman avait empiré), notre mère se plaint beaucoup moins, s'alimente plus volontiers, reprend goût à se coiffer et à se maquiller. Comme si ma folle de sœur lui avait injecté de la vie ? Folle, Assia, je le sais depuis longtemps, à sa manière, frémissante d'intelligence, de charme, de culot. Et d'inconscience. Folle amoureuse, donc. Nous qui pensions l'avoir définitivement confiée à David, ce David que nous n'avons jamais vu, censé dans notre esprit la protéger, même s'il a huit ans de moins qu'elle. Mais enfin, me glisse maman en aparté, pourquoi n'est-il pas plus ferme, plus exigeant ? Elle veut dire, je crois : Pourquoi a-t-il échoué à la préserver d'elle-même ? Trop jeune, David, trop fragile ? Tout aurait été différent, je pense, si cet embryon, il y a deux ans, avait pu vivre, et naître. Quant à mon père, toujours indulgent à l'égard de sa fille préférée, il s'est contenté de murmurer : Du moment que nos deux amants ne font pas de bébé... Il ne manquerait plus que ça !

Hier, j'ai longuement parlé avec elle, tête à tête. Oui, elle aime David, elle aime partager avec lui la poésie, il l'encourage à en écrire, et il a besoin du regard d'Assia sur ses textes, non, ils n'ont pas de sujet de tension, pas de désaccord. Sa mère, elle aussi, est atteinte d'un cancer. De l'intestin. David doit bientôt se rendre à Ottawa pour la voir. Bien entendu ma sœur ne veut pas le lâcher dans cette épreuve. Mais elle est fascinée, subjuguée par ce Ted Hughes. Et ce n'est pas seulement érotique, m'a-t-il semblé. Elle est impatiente de le retrouver, inquiète : en ce moment, il est retourné dans sa propriété du Devon – il fallait cueillir les pommes, c'était urgent paraît-il ! Assia craint une réconciliation avec sa femme. Sans compter le problème des deux enfants en bas âge...

De quoi être angoissée, effectivement. Je l'ai embrassée, câlinée : Tu me tiens au courant, au besoin tu me téléphones si tu n'es pas bien (je connais, je crains ces brusques effondrements chez ma sœur). Oui, oui... Elle a dessiné de merveilleux portraits de mes trois enfants, de maman. Nous avons évoqué nos complicités d'adolescentes. A Tel-Aviv nous papotions en hébreu pour que maman ne comprenne pas – pauvre mère, arrachée à son Allemagne natale, et qui n'a jamais pu apprendre un mot d'hébreu… Maman qui va mourir. De ce cancer, de tant de déracinements ? J'ai essayé de faire comprendre à ma sœur qu'elle la voyait sans doute pour la dernière fois. Elle s'est assombrie mais en même temps vibrait en elle une telle incandescence…

GERALD

Australie, août 1962

Eh bien le Devon, que j'avais vanté si chaleureusement à mon petit frère, ne lui a pas réussi. Le couple de Ted et Sylvia n'aura pas tenu un an à Court Green... Ted m'écrit que Sylvia est certes une femme exceptionnelle, elle lui a beaucoup apporté, mais il ne peut plus vivre avec elle. Moi non plus, je ne pourrais supporter au quotidien une femme d'exception. Ted ajoute : Je souffre d'être séparé de Frieda, elle m'est essentielle, et je crains qu'elle aussi ne souffre.

Une autre femme ? C'est probable. Mon frère n'est pas bâti pour la monogamie. Je l'imagine très bien reprenant à Londres sa vie d'autrefois, flânant ou rédigeant au zoo, campant chez l'un chez l'autre avec sa brosse à dents et son Shakespeare, deux slips, un pull et son immuable veste noire. Sauf que, à présent, le voilà bien implanté dans le milieu littéraire et à la BBC. Encore faudra-t-il, je suppose, régler les problèmes financiers avec Sylvia, les familles risquent de s'en mêler, je préfère résider en Australie plutôt qu'en Angleterre...

Là-dessus, un courrier de notre mère, consternée, affolée. Elle a reçu une lettre de Sylvia, virulente, accusant Ted du pire – il la trompe de façon ignominieuse, l'abandonne dans ce trou de North Tawton avec deux enfants en bas âge, la laisse dans l'incertitude et sans ressources, etc. La ritournelle ordinaire des séparations, ni les poètes ni les diplômés universitaires de haut niveau n'y échappent. Pauvre maman, je la sens déchirée. Elle ne comprend pas : en juin, avec mon père, ils ont séjourné à Court Green, c'était idyllique, un si beau lieu, une profusion de fleurs, Frieda si vivante, Nicholas adorable, et Sylvia s'occupait à la perfection de la maison, des enfants, des repas. Maman, la perfection finit par fatiguer... Ou donne envie de décamper.

A mon tour ! Une lettre de Sylvia : Ted entretient à Londres un harem de femmes... Je trouve navrant que ma belle-sœur déraille de la sorte. Puis une nouvelle lettre de Ted. Le harem semble se réduire à une panthère noire, juive de surcroît. Je revois ce petit garçon de six ou sept ans fasciné, dans un zoo, par une panthère noire dont il resta longtemps amoureux. Mon frère ajoute que son cœur, qui battait parfois la chamade, ne lui donne plus d'inquiétude depuis qu'il a quitté Court Green.

Il m'arrive de me dire que j'ai peut-être émigré en Australie pour fuir ma mère (que j'adore, bien entendu). Je ne sais ce qu'il en est pour Ted. S'il n'avait pas rencontré Sylvia, il serait sans doute venu me rejoindre ici, nous aurions chassé ensemble – bêtes et femmes. A sa demande, je lui ai préparé une belle peau de kangourou qu'il voulait accrocher dans la grande salle de Court Green. Elle est prête, grattée, tannée. Pour le moment, je renonce à la lui expédier.

AURELIA

18 septembre 1962

Ce courrier d'Edith Hughes me consterne. Elle me cite des fragments d'une lettre envoyée par ma fille à sa belle-mère : une mise en accusation venimeuse de Ted. Non, Sylvia, non, on ne déblatère pas contre son mari auprès de sa belle-famille, non ! J'ai honte, et j'ai mal. Ce faux pas révèle combien elle est isolée, désemparée... Je vais alerter Winifred Davies, elle saura être secourable – peut-être dénicher une jeune fille au pair ?

J'ai proposé à Sylvia, au cas où elle se résoudrait à se séparer définitivement de Ted (ce que je crois la meilleure solution), de revenir aux Etats-Unis : elle obtiendrait aisément un poste universitaire, je m'occuperais des enfants. Warren et Margaret envisagent d'en avoir un bientôt, la famille serait réunie. Avec virulence, elle m'a rétorqué qu'il n'en était pas question, c'était mon désir, pas le sien ! Puis j'ai compris. Elle m'en veut à mort, et pour cause : j'ai vu ce qu'il ne fallait pas voir. Entendu, plutôt. Par un malencontreux hasard, j'ai été témoin de ce moment où elle a deviné l'infidélité de Ted. Ce fameux coup de fil. Pire que si je l'avais surprise en train de faire l'amour de façon obscène. J'ai assisté à la révélation de la trahison. A sa défaite. Sous mes yeux, en quelques secondes, la belle image s'est fracassée. Tant qu'elle ne l'aura pas restaurée elle-même, elle ne veut rien me devoir – je retrouve bien là l'orgueil de son père ! Dans sa dernière missive, elle laissait entrevoir un possible retour à Londres : se réinsérer dans les cercles littéraires, s'affirmer indépendamment de Ted. Peut-être a-t-elle raison ? Son roman doit paraître en janvier prochain, elle en attend beaucoup. J'ai peur cependant, j'ai si peur qu'elle ne récidive… Non tout de même, pas avec les enfants. Frieda et Nicholas lui sont tellement essentiels.

Si seulement elle n'avait pas écrit dans ces termes à sa belle-mère, à laquelle je ne sais comment répondre. Les parents s'inquiétant et s'agitant autour d'une séparation, rien de pire – mais le moyen de faire autrement ? Quand je pense à Court Green, à tant d'énergie – ne parlons pas de l'argent – déployée pour aménager, embellir ce lieu, et un an après…

WINIFRED DAVIES

21 septembre 1962

Dans l'après-midi, je suis passée à Court Green. Nicholas dormait. Frieda avait refusé de faire la sieste. Elle jouait à assembler des cailloux avec des brindilles et des feuilles, cette gamine a un sens artistique étonnant. J'ai trouvé Sylvia très tendue, je n'aime pas la sentir à la fois rageuse et fragile. Depuis le début août, elle traîne rhumes et sinusites. Les enfants également. En plein été, ce n'est pas normal. Et elle a beaucoup maigri, ce qui était certes nécessaire neuf mois après l'accouchement, mais là, c'est beaucoup trop ! Fin août, Ted a séjourné ici quelques jours, ils ont cueilli quantité de pommes, m'en ont donné. J'ai eu l'impression que ça ne se passait pas trop mal entre eux. Puis les voilà partis en Irlande – la grande réconciliation ? Non, Sylvia est revenue seule. Ted l'avait lâchée là-bas, brusquement, elle ignorait où il était, aucune nouvelle.

Tout en prenant le thé, nous avons évoqué la récolte de miel que, revêtues de nos voiles de prêtresses, nous avons faite ensemble. En trois mois, la ruche a donné huit pots, ce qui ravit Sylvia. Elle m'a questionné sur les mœurs des abeilles. Je lui ai raconté le peu que je sais : lorsqu'une ouvrière revient à l'intérieur de la ruche, elle exécute sur le gâteau de miel une danse indiquant à quelle distance et dans quelle direction dénicher des fleurs à butiner. Sylvia était fascinée – ah, si je pouvais comprendre ce langage, je serais sauvée ! L'expression et l'intonation, véhémentes, m'ont troublée, serait-elle plus en danger qu'il n'y paraît ?

Il nous a bien fallu revenir vers les humains. Elle m'a parlé des lettres reçues ces derniers temps. De sa mère. De Mrs Prouty, cette "marraine" très fortunée qui la renfloue financièrement depuis des années. Mère et marraine l'incitent à demander le divorce sans plus tarder. Ne précipitez rien ! ai-je protesté. La troisième missive provenait de sa psychanalyste, là-bas, à Boston. Elle aussi suggérait de consulter au plus vite un avocat, il fallait un tiers médiateur, disait la lettre dont Sylvia m'a lu un passage, il fallait infiltrer de la loi dans cet imbroglio sentimental… En voilà un jargon ! Moi l'infirmière et sage-femme, j'ai affaire aux corps, à leurs souffrances et suintements – le sang, la merde, le pus, le délivre –, ce baragouin de "psy" m'a tapé sur les nerfs, j'ai fini par éclater : C'était quoi ce charabia ? Et ces conspirations féminines, cette rage contre le grand méchant loup ? Les trois mères américaines, comme si déjà une ne suffisait pas ! Mèrepsymarraine fusionnant dans la haine du mâle ? Un trio de Parques – oui, oui, les Parques ! Je n'ai pas fait d'études comme vous mais ces trois-là, c'est du côté de la mort, ça je suis au courant ! Des femmes sans hommes, je parierais, votre "psy" et votre bienfaitrice ? Sylvia a paru troublée. Effectivement, sa "psy" avait été, elle aussi, lâchée par son mari. Quant à Mrs Prouty, elle était veuve depuis longtemps. Comme Aurelia.

— Ah oui, ça me revient : lorsque j'avais annoncé à ma marraine mon projet de mariage avec Ted, elle m'avait conseillé de ne pas convoler.

— Vous voyez ! Un chœur de pleureuses, trop contentes de vous absorber dans leur confrérie…

Là-dessus, la petite voix de Frieda :

— Où il est mon papa ?

— Je ne sais pas.

J'ai poursuivi : Rien de plus facile, vous savez, que de se retrouver entre bonnes femmes à râler, pleurnicher et se plaindre des mecs. Je les entends, ces plaintes, ces monotones jérémiades, lorsque je fais mes tournées à domicile, ça dégouline et larmoie en continu. En règle générale, j'évite de leur faire écho. Nous autres, nous sommes mariées à la solitude, que nous ayons ou non un époux et des gosses, il faut bien se débrouiller avec !

Sylvia a paru interloquée par ma diatribe, elle m'a regardée sans répondre, puis s'est penchée vers Frieda.

— Il revient quand mon papa ?

— Je ne sais pas, ma chérie.

Elle a félicité sa fille pour sa composition, l'a encouragée à continuer, puis m'a parlé de ses insomnies. Même avec une double dose de somnifères, elle se réveille vers quatre heures du matin et ne parvient pas à se rendormir, ça l'exaspère ! Et l'angoisse : il y a neuf ans, les insomnies avaient annoncé, précédé un grand naufrage.

— Eh bien, le mieux est de sortir du lit aussitôt, hop un café serré, et vous vous attelez à vos poèmes.

Je ne lui ai pas dit que, il y a deux jours, j'avais reçu un télégramme de sa mère me priant de dénicher au plus vite une jeune fille au pair sérieuse qui puisse soulager Sylvia pour la maison et les enfants. Aurelia avait ajouté : "Mandat suit." J'ai beaucoup d'estime pour elle et je trouve normal qu'une mère veuille aider sa fille matériellement, je me suis mise en quête, j'ai une piste. Et si la richissime marraine-mécène veut envoyer des chèques, parfait, mais pas au prix d'un ralliement au club des pleureuses !

Sylvia m'a resservi du thé :

— Vous savez, je l'ai compris depuis peu : écrire ne sert à rien. Je veux dire, ne protège pas contre le désespoir ou la dépression. Je l'ai cru, lorsque j'avais dix-huit ou vingt ans. Plus maintenant. Non, écrire ne guérit de rien… On recoud la plaie au fil des mots. On enfouit le mal sous l'écorce du langage. La plaie se referme, ligneuse. En dessous, ça s'enkyste. Ou ça suppure.

— Si je faisais cette suggestion, c'était histoire de vous occuper plutôt que de tourner en rond dans votre chambre. Mais si vous préférez tricoter ou composer un patchwork…

Elle a esquissé un sourire :

— D'accord, j'essaierai de m'installer à mon bureau.

De sa menue voix lancinante, Frieda a répété : Quand donc il revient mon papa ? J'ai senti Sylvia refréner son exaspération et j'ai suggéré : La chatte de l'épicier a mis bas, les chatons sont sevrés depuis peu, deux sont encore disponibles, ce serait bien, peut-être, pour Frieda, rien de tel qu'un animal domestique douillet pour panser… Pourquoi pas, allons-y tout de suite !

Mr Stoneman était ravi de caser ses dernières bestioles. L'homme de pierre s'est attendri et a fait cadeau de la corbeille où dormaient deux boules floconneuses. Elles ont entrouvert des yeux encore limoneux. J'ai vu la bouille de Frieda s'illuminer.

ARIEL

Ce morne été 1962... La sinusoïde rage et dépression. De brusques poussées de fièvre. Frieda tour à tour hargneuse et régressive. Seul Nicholas ne semblait pas souffrir d'une absence. Nicholas, mon île de félicité, préservée ? Nicholas, mon recours. La ruche également. Je m'asseyais à proximité, m'imprégnais de sa mystérieuse rumeur de foule, douceur et fureur contenue – langage du père ? Qu'est-ce qui mijotait là-dedans ? En juillet et en août, j'ai très peu écrit : seule à m'occuper de cette maison, de ce jardin, plus les enfants, quel poids ! Et de toute façon, j'étais sonnée. A la BBC, j'écoutais de la musique, j'essayais de suivre les cours d'allemand. Mais la langue paternelle s'obstinait à me résister, et bien que ce fût aussi celle de ma mère à l'origine (durant mon enfance, j'avais entendu ma mère la parler avec mes grands-parents), rien à faire, elle demeurait pour moi paternelle. Rauque, obscène ! Soudain me venait une bouffée de haine contre ce qui était allemand, nazi plus exactement. Assia était juive. Je portais le péché de ma double origine germanique : prussienne, autrichienne. Si seulement j'avais été certaine d'avoir un peu de sang polonais, peut-être même, par ma mère, une goutte de sang juif... Aurais-je dû plutôt apprendre l'hébreu ? Bref, je déraillais. Comme il est légitime de dérailler peu après une rupture brutale ?

Sur les ondes de la BBC, le 5 août, j'ai entendu annoncer la mort de Marilyn Monroe. Je fus émue. Ultérieurement, dans des magazines, j'ai lu ces inévitables commentaires et interprétations qui suivent toujours un suicide. Certains affirmaient qu'elle s'était tuée à la date anniversaire d'une fausse couche. Je pouvais comprendre.

Au début de l'automne, ma décision a mûri : ne pas passer un deuxième hiver dans ce trou, retourner à Londres. Trouver un appartement, organiser un déménagement. Mais seule, cette fois ! L'année dernière, à peu près à la même époque, Warren nous aidait à nous installer à Court Green… Tout s'était si rapidement dégradé ! Winifred Davies me fut d'un grand secours en dénichant une jeune fille au pair. Mieux encore, une présence amicale : Susan, une jeune infirmière en attente d'un poste dans un hôpital londonien. A sa manière, discrète, elle m'a soutenue. Et elle s'y prenait très bien avec Frieda qui s'est montrée moins geignarde, et surtout moins agressive envers moi. Winifred l'accoucheuse : elle m'a suggéré d'écrire la nuit dès que j'émergeais de mon sommeil comateux. Si j'étais trop crevée dans la journée, rien ne m'empêcherait de faire une sieste puisque Susan veillerait sur les petits.

Un peu d'énergie m'est revenue, j'ai même pris des leçons d'équitation, une séance par semaine, dans un manège proche. Le cheval qu'on m'avait attribué était une brave bête placide, réservée aux débutants. Il n'était pas blanc comme Sam, plutôt gris pommelé, mais, pour mon plus grand bonheur, il portait un nom lesté de légèreté : Ariel ! Et j'ai baptisé "Ariel" un de mes poèmes de cet automne. J'en rédigeais un chaque jour, ou peu s'en faut. La vanne avait cédé. Sous la pression de quelles eaux souterraines ? Les mots me chevauchaient, me galopaient. Mais je leur tenais la bride serrée. Cette fois, je ne me laisserais pas embarquer comme je l'avais été par Sam ! Et je n'avais plus besoin d'avoir recours à mon précieux dictionnaire, mon *Thesaurus.* Le trésor du verbe était en moi, restait à creuser, extirper. Le départ de Ted semblait m'avoir libérée.

Amarrée à ma planche en orme, je scrutais la nuit, au-dehors, en moi. J'affrontais cette dernière, la triturais, lui faisais rendre gorge. Parfois, ça miaulait, crissait, crachait, pelote de chats en furie. Délivrée de Ted, oui. Et délivrant en moi l'enfant qui avait besoin de crier ? L'enfant hurlant dans le noir et que personne n'entend. Un jour on m'entendrait, j'en étais certaine. Le cri, je le tenais serré à la gorge, le maîtrisais, le ciselais jusqu'à la stridence. Au début de notre mariage, Ted me répétait : Lorsque tu écris, ne te laisse pas emprisonner par un souci formel, lâche-toi, laisse tes animaux secrets bondir hors de toi, hors de la page, et même hors de la pièce où tu travailles… Eh bien Ted n'était plus là et sourdait enfin ce jaillissement ! Très proches de mes papiers, les chatons dormaient. Il leur arrivait de s'éveiller, eux aussi, d'interroger l'obscurité au-dehors. Très vite, ils s'encoconnaient dans la leur, douillette et duveteuse. Certains matins, je m'admonestais : Attention, ces écritures nocturnes, éruptives, peuvent se révéler fallacieuses. Une semaine plus tard, je relisais à la lucidité du jour. Et jubilais : elles avaient tenu le coup – pas de dégradation notable, juste quelques retouches.

La mort et sa lueur de phosphore. Elle n'avait cessé de m'habiter, la pure, la fidèle. Dans un long poème intitulé “Daddy”, j'ai exécuté mon très cher père. Je le traitais de fasciste. Mieux, de nazi ! J'évoquais convois et camps, panzer et svastika. Moi la très jeune victime du père bourreau, ce salaud qui avait brisé mon cœur d'enfant ! Mes décorations sur les meubles et les linteaux, ces cœurs écarlates qui auraient pu être tracés par le pinceau naïf d'une fillette de huit ans, personne n'avait deviné qu'ils représentaient le cœur de cette enfant trahie par son père à cet âge-là. On les estimait mignons – ou ridicules – et personne, non personne, n'avait vu qu'ils saignaient ! Ni ma mère, ni Ted. Ni les hôtes de passage. Même Winifred la perspicace ne semblait pas avoir saisi. Eh bien, quand ils liraient "Daddy", ils comprendraient, j'espère ! Papa le lâcheur, Otto et son ridicule prénom palindrome ! Alternaient accès de fièvre, violents, et accès poétiques, non moins violents. Liquider papa. Liquider maman : ce poème-là s'appelait "Méduse". Non, je ne me laisserais plus culpabiliser… Ce n'était pas ma faute si le terme *aurelia* – ou *aurela* je ne sais plus au juste – désigne une espèce de méduse. Aureliane la végétale, la tentaculaire. M'en dépêtrer. Et en finir avec la petite princesse de l'enfance. Adulée par son père. Protégée, une fois devenue grande, par sa mère. Retrouver la reine en moi, la reine de *ma* ruche. Et puisque ma ruche ressemblait à un petit cercueil, pourquoi pas également la reine de la mort ?

A la même période ma mère, dans ses lettres, me suppliait de venir à Wellesley pour Noël. Margaret serait tellement heureuse de faire ma connaissance et celle de ses neveux, ce serait une belle fête de famille, avec le feu dans la cheminée, les chants et les bougies, les gâteaux à l'anis et les pousses de sapin tressées autour de la rampe d'escalier. Maman insistait : comme dans l'enfance. Et moi qui voulais en sortir ! J'ai refusé tout net, bien sûr. Je repensais à la *señora* Mangada, à Benidorm, cette emmerdeuse, cette vieille sorcière qui surveillait mes faits et gestes et se mêlait de la cuisson de *mes* haricots verts ! Je lui avais réglé son compte dans une nouvelle intitulée “La veuve Mangada”. Avec ma mère – veuve sinon sorcière –, non je n’en avais pas fini. Même après l’avoir mise en scène, à ma façon, dans *La Cloche de détresse*.

Susan gardant Frieda et Nicholas, j’ai pu me rendre plus souvent à Londres. Consulter un avocat. Visiter des appartements. Enregistrer à la BBC mes derniers poèmes, me montrer à une soirée du Pen Club, me prêter à une interview, bref sortir de ma campagne, il était temps ! Et j’ai revu Ted : nous nous sommes mis d’accord pour que je prélève, à ma guise, sur notre compte commun. Je ne me suis pas gênée et j’ai renouvelé ma garde-robe, ainsi que celle des enfants – Ted ne comprenait pas qu’on puisse dépenser pour s’habiller, sa maîtresse ne s’en privait pourtant pas ! On m’a proposé d’organiser une rencontre avec des auteurs américains lors d’un festival de poésie, à Londres, en juillet 1963. J’ai sauté sur l’occasion, trop heureuse de me projeter dans une dizaine de mois. Et j’ai repris contact avec des amis qui, je le savais, voyaient Ted de leur côté. Parfois, je jouais la désinvolture, crânement. Il m’arrivait aussi de craquer – larmes et récriminations rageuses, contre les manœuvres d’Assia, contre la mollesse complaisante de David… Certaines de nos connaissances fréquentaient également le couple Wevill – restreint, le cercle “poétique” londonien ! –, j’imaginais le bourdonnement des ragots. De retour à Court Green, j’écoutais avec bonheur celui des abeilles.

AL ALVAREZ

Londres, novembre 1962

Cette grande bringue assise par terre devant ma cheminée, faisant danser les glaçons dans le verre que je viens de lui servir, me confiant que ce feu si vivant et le whisky lui rappellent les Etats-Unis dont elle se sent de plus en plus nostalgique. Le mal du pays réactivé par les difficultés conjugales ? Elle aimait tellement le déferlement des vagues sur les rivages du Massachusetts, cet été le bord de mer dans le Devon lui a paru sinistre, grise la Manche, grises et boueuses les plages. Et moi qui ai enseigné un semestre dans une université américaine, j'ai l'impression d'avoir devant moi une étudiante de dernière année sur la côte est, elle a maigri de façon spectaculaire depuis le printemps, devant elle, sur le sol, des feuilles étalées, je tends la main, non non, c'est moi qui vais lire, les poèmes il faut les entendre ! Et ceux-là tout particulièrement, ajoute-t-elle après avoir avalé une bonne lampée. Ce n'est pas la première fois qu'elle passe une heure ou deux chez moi (en quête d'un appartement, elle vient fréquemment à Londres), nous ne parlons jamais de Ted, elle se doute que je le vois par ailleurs (je l'ai même rencontré dans un cocktail dit littéraire en compagnie d'Assia Wevill, rayonnante, toujours vêtue avec une élégance très personnelle), nous discutons poésie et suicide, experts tous deux dans ces disciplines exigeantes,

Sylvia est au courant pour ma propre tentative, elle a fait allusion à la sienne, très calmement, une sortie de route en juillet dernier, nous nous rejoignons sur ce terrain en aficionados qui d'emblée se comprennent, tels les amateurs d'un chocolat noir et rare, amer mais tellement délectable, elle arbore un tailleur neuf en tweed dans lequel elle ne semble pas très à l'aise, son chignon haut perché, son côté "dame en visite" ne parviennent pas à masquer l'étudiante de haut niveau à la fois assurée et attentive à mes remarques, non bien sûr cette sortie de route il y a cinq mois n'était pas accidentelle, elle l'évoque sans jactance, sans apitoiement sur elle-même, nulle morbidité, il convient de traiter la mort avec une rigueur puritaine, c'était à faire, elle l'a fait, avale une gorgée et, avec son accent bostonien, me lit "Dame Lazare" :

Mourir
Est un art, comme tout le reste.
Je m'y révèle exceptionnellement douée.

Tous les dix ans, précise le texte, si bien que, très sereinement, je plaisante : Août 1953, juillet 1962, pour cette dernière tentative vous étiez légèrement en avance, peu importe, voilà qui est accompli, eh bien rendez-vous dans dix ans ! Complices, nous trinquons en souriant, passons à l'essentiel : elle reprend "Dame Lazare", je critique certains enjambements, nous en discutons. Elle enchaîne avec des poèmes sur les abeilles – un hérisson volant, dit-elle de l'essaim –, les mots planent, menaçants, vrombissent à mes oreilles, rivalisent avec le ronflement des flammes.

Une semaine plus tard, Sylvia revient, épuisée, enrhumée, la chasse au logement n'a rien donné, et pourtant la voix nasillarde profère de nouveaux poèmes, crissants, syncopés, j'en suis stupéfié et je songe : Comment elle et Ted, sécrétant des écrits aussi violents, volcaniques, auraient-ils pu continuer à vivre ensemble, la déflagration et la séparation étaient inévitables… En parallèle, me raconte-t-elle, elle corrige les épreuves d'un roman à paraître le 14 janvier, en a commencé un autre, ébauche plusieurs nouvelles, tient régulièrement son journal. Et assure son boulot de mère – à la perfection, j'imagine, il lui faut la perfection en tout. Nouvelle visite et poèmes fraîchement pondus, eh oui, commente-t-elle en souriant, me voici quasiment la proie d'une possession démoniaque. Ce qui, en théorie, aurait dû intéresser Ted, mais n'est pas chaman qui veut ? Assise jambes croisées, jupe tirée, la sage étudiante me lit "Daddy" en soulignant les gutturales et les cassures de rythme, drôle et terrifiant à la fois (derrière l'homme noir, le fasciste dénommé Daddy, il me semble voir se profiler la silhouette de Ted), j'éclate de rire et ce rire la comble, je crois deviner ce qu'elle veut signifier par son "je suis juive" : une rescapée, une survivante de ces camps dans lesquels nous nous enfermons, à l'intérieur des barbelés et miradors de notre folie ? Juive aussi parce que victime de ce père aryen aux yeux bleus ? "Papa, papa, fumier, c'est terminé", affirme-t-elle au terme de ce poème. "Il n'y a rien entre nous" clôt celui sur la mère-méduse, rédigé dans la foulée quatre jours après. La grande purge, le nettoyage radical, si bien qu'une inquiétude m'effleure : A tout liquider ainsi, père et mère et compagnie, férocement, allégrement, dans quel vide risque-t-elle de basculer ? Je me tais, écrire à ses yeux n'est pas un jeu mais une mise en danger. Rassurante, une petite voix murmure en moi : Personne n'a jamais réussi à rayer totalement de la carte papa-maman…

L'automne londonien s'encoconne dans le brouillard. Sylvia est de plus en plus embrumée. Les glaçons tintent dans nos verres et l'alcool dégage passagèrement ses sinus, flammes et allitérations crépitent. Un beau jour elle débarque, triomphante : Ça y est, j'ai trouvé un appartement, devinez où ? Dans la maison où Yeats a vécu !

WINIFRED DAVIES

11 décembre 1962

Elle est partie hier, en voiture, avec Frieda, Nicholas et Susan. Laquelle lui donnera un coup de main pour emménager puis devra la quitter afin de prendre son poste à l'hôpital. J'espère que Sylvia s'en sortira. Seule, à présent, avec les deux petits. Mais tellement enthousiaste de ce retour à Londres, de sa miraculeuse trouvaille : Vous vous rendez compte, je tombe par hasard sur cette belle plaque en céramique, toute bleue, toute ronde, et je lis que Yeats, le grand poète irlandais, a vécu là ! Au-dessus, une pancarte : Appartements à louer. Une coïncidence stupéfiante ! Et dans mon ancien quartier, non loin du zoo. Il y a des signes tout de même… Et par-dessus le marché, un duplex qui me convient parfaitement : trois chambres au deuxième étage – plus tard Frieda et Nicholas auront chacun la leur, dans l'immédiat je vais les mettre dans la même afin de me simplifier la tâche –, ma chambre sera également mon bureau, la cuisine et le séjour sont au premier. J'ai réussi à l'emporter, de justesse, sur un nommé Trevor Thomas, un professeur qui lui aussi visait le duplex. Il est seul avec deux garçons – divorcé je suppose. J'ai fait valoir mes enfants en bas âge, en outre ma mère s'est portée caution, américaine et enseignante ça faisait très bon effet… Dépité, ce Trevor Thomas a dû se contenter de l'appartement au rez-de-chaussée, plus petit.

Bref, Sylvia s'est rendue plusieurs fois à Londres pour régler les problèmes avec l'agence de location mais pas moyen d'obtenir le téléphone, elle est inscrite sur une liste d'attente (décidément, depuis juillet le téléphone est aux abonnés absents). Toujours efficace, en dépit de ses sinusites et sautes d'humeur récurrentes, elle a déjà acheté des meubles et commencé à repeindre. Beaucoup de blanc. Du bleu – une couleur que Ted n'aime pas, m'a-t-elle glissé. Non non, pas de rouge, fini le rouge ! Dans sa chambre-bureau, elle prévoit du blanc, plus du jaune et du noir. La livrée des abeilles, ai-je remarqué. Elle a souri, m'a assuré que nous récolterions à nouveau le miel ensemble, non bien sûr, pas question de renoncer à Court Green, une demeure de vacances tellement idéale ! Voilà qui fait beaucoup de lieux à entretenir, j'espère que la marraine-mécène demeurera aussi généreuse… Outre les préparatifs londoniens, Sylvia a dû organiser la fermeture pour l'hiver, ranger, nettoyer à fond, rouler son grand tapis, trier les pommes à la cave, vidanger. Et que faire des deux chats ? Je ne pouvais pas m'en charger à cause de mes pékinois. La femme de ménage a accepté de s'en occuper. Frieda sanglotait, désespérée de les quitter. Sa mère lui a assuré que, là où on allait, elle verrait souvent son papa. En aparté, tandis que la gamine caressait les bestioles en leur chantonnant une comptine d'adieu, Sylvia m'a glissé : C'est quoi la vie, sinon troquer un amour contre un autre, des chats contre un papa, un papa contre un époux, à ce jeu de l'échange on est forcément perdant, vous ne croyez pas ? Je suis restée quelque peu interloquée.

Ce matin, à la boucherie, à l'épicerie, je laisse mes oreilles traîner. “Une jeune femme courageuse…” “Et sa maison, ses enfants, toujours si bien tenus !" Je me tais, il y a un an, les mêmes la saluaient à peine. "Peut-être la reverrons-nous à la saison des jonquilles ?" Je le souhaite, elle me manque en dépit de son caractère de cochon.

ZOO

12 décembre 1962

Le jaguar observe son vieil ennemi fraternel, l'homme immense, le prédateur. Nullement inquiétant, aujourd'hui : il porte sur ses épaules une petiote, ravie d'être ainsi haut perchée. Fascinée, elle contemple la bête ocellée.

— On avance ? s'impatiente la femme morose poussant un landau.

Ils s'ennuient, tout en se donnant l'air d'être une vraie famille, contournent l'enclos des cervidés, parviennent à celui des loups.

— La nuit je les entends, depuis la maison de Yeats. Ils me tiennent compagnie durant mes insomnies.

L'homme ne relève pas. Plus loin, la fillette se plante devant les pingouins. En repartant, elle imite leur dandinement. Son père éclate de rire. La femme esquisse enfin un sourire. Un arrêt aux balançoires. La gamine piaille : Plus haut, papa, plus haut !

— Ton roman paraît quand ?

— Le 14 janvier.

— Toujours sous un pseudonyme ?

— Bien sûr : Victoria Lucas.

— Et si tu venais avec moi à Heptonstall, pour Noël ? Mes parents seraient contents de te voir, et de voir les enfants.

— Les enfants, oui, je suppose. Moi, ça m'étonnerait. Et nous n'allons pas jouer la comédie de la réconciliation devant ta famille. Non, pas question !

L'arrêt rituel devant les singes, qui exécutent consciencieusement leur habituel numéro de cirque. Puis ils passent par la fauverie, longent d'autres enclos. La lionne et la bufflonne, l'ourse et la louve langent d'un regard tendre et triste les deux petits. L'homme propose un thé à la buvette qu'il connaît bien pour y avoir fait la plonge, il y a sept ans de cela.

— Non, je préfère rentrer, il fait très humide, Frieda et Nicholas sont enrhumés. Moi aussi d'ailleurs.

— Si tu as besoin d'un coup de main pour du bricolage ou de la peinture…

— Ça va, je me débrouille.

Ils se dirigent vers la sortie. Au passage, les gypaètes les escortent de leurs cris stridents.

TÊTES DE CHAT

Veille de Noël, la température dégringole. Assia sort de Chalcot Square, toque de vison crânement plantée sur son pelage de loutre. Ce Chalcot Square que David et elle vont bientôt quitter : le bail arrive à expiration, ils ont trouvé plus grand, à Highbury Place, le salaire d'Assia a augmenté, ils peuvent s'offrir un trois-pièces confortable. Un changement bénéfique ? C'est le souhait de David. Bénéfique à leur couple, bien sûr. Assia ne sait plus ce qu'elle désire, sinon ne pas être sommée de choisir. Elle a navigué durant près de trois années entre un mari économiste et un amant poète, pourquoi pas à présent entre deux poètes ? Elle sait par Ted que Sylvia s'est récemment installée dans le quartier, très près d'ici. Peu importe puisque David et Assia partent bientôt… Il n'empêche, elle ne manque pas de culot, Sylvia, d'avoir élu son nouveau domicile à deux pas de l'ancien ! Comme un défi ? Elle était contente de revenir dans ce quartier, a expliqué Ted, en outre ce duplex est situé dans la maison où a vécu un de ses poètes préférés. Yeats l'Irlandais a bon dos, a grommelé Assia intérieurement. Elle appréhende ce retour de Sylvia dans les parages, même si Ted affirme ne pas vouloir reprendre la vie commune. Pas plus qu'il ne la propose à Assia. Las de camper chez Al Alvarez ou chez d'autres amis, il a déniché un petit logement, au cœur de Soho. Tout le monde déménage – dans tous les sens du terme ? Il en a fini, a-t-il précisé, avec la monogamie – ce dont Assia a pris note – mais bien sûr tient à s'occuper des enfants et sera fidèle à Frieda. Assia l'a également compris, même s'il ne l'a pas formulé de la sorte. Raison de plus pour ne pas se séparer de David ? Lequel patiente, espère. Comme il a longuement patienté en attendant qu'elle le rejoigne en Birmanie. Il doit prochainement se rendre au Canada pour voir sa mère, en phase terminale d'un cancer de l'intestin. Non, Assia ne lâchera pas un homme qui a récemment fait une tentative de suicide, dont la mère va mourir, et qu'elle aime – et qu'on ne vienne pas l'emmerder en prétendant qu'elle ne peut en aimer deux en même temps !

Le froid humide augmente, la radio annonce des chutes de neige pour les prochains jours. Assia est sceptique, elle n'a jamais vu de neige à Londres, elle repense à celle du Canada, la pure, la vraie. Quant aux deux semaines avec Ted en Catalogne, elles sont lointainement lumineuses – chaleur du sable, de la mer, des corps et du vin. A deux, ils ont ébauché le script d'un film, pour la première fois Ted rédigeait à quatre mains, il a apprécié les inventions drolatiques d'Assia, sa souplesse de loutre pour se couler dans son projet à lui, il en a rajouté dans le burlesque fantastique, ce fut très jubilatoire, au lit comme dans l'écriture, mais Assia craint que ce scénario ne débouche sur rien. Un jeu pour deux amants en vacances ? C'est seulement à la fin de leur séjour sur la Costa Brava qu'elle a su : Ted et Sylvia, six ans auparavant, avaient passé leur lune de miel en Espagne. Plus au sud, mais Ted aurait pu le lui dire avant, elle aurait proposé l'Italie...

Elle débouche sur Charlotte Street, aperçoit Sylvia sur le trottoir d'en face, sortant d'une pharmacie, poussant un grand landau noir. Frieda s'agrippe d'une main à sa mère et tient de l'autre une grappe de ballons en baudruche – une décoration de Noël ? Des ballons en forme de têtes de chat, multicolores. Eh oui, Sylvia est revenue – elle reviendra toujours, se dit brusquement Assia. Elle remarque combien Frieda a grandi et forci depuis le mois de mai dernier. Sylvia s'arrête, se penche sur le bébé qu'Assia ne peut voir – la capote est baissée –, elle semble arranger des couvertures afin d'emmitoufler Nicholas. Assia est brusquement traversée, tenaillée par une interrogation qu'elle avait réussi à refouler et qui remonte, là, à l'instant : l'enfant qu'elle a porté plusieurs semaines, l'enfant de David était-il un garçon ? Cette question, cette douleur, violentes, parce que là, de l'autre côté de la rue, respire un fils de Ted, et peu importe si Ted pour le moment semble plus attaché à sa fille qu'à ce bébé, jambes et souffle coupés Assia se sent évidée, elle ne fera pas de fils à Ted, elle ne fera pas d'homme à l'homme aimé. Elle qui se croyait à jamais désertée par le désir d'enfant s'étonne d'être à ce point dépouillée, béante, simplement pour avoir croisé ce landau qui s'éloigne, noir et lent, menu corbillard escorté par des ballons aux oreilles félines – pourquoi n'accomplit-on pas de cérémonie funèbre pour un embryon ou un fœtus ? –, de joyeux ballons verts et rouges et jaunes dansant sous un ciel bas dans la grisaille de Charlotte Street.

INTEMPÉRIES

Le jour de mes trente ans, à Court Green, je m'étais retrouvée seule. Pas totalement, cependant : j'avais monté Ariel. Et pour la première fois, la monitrice m'avait appris à déclencher le galop. Bien sûr un galop tranquille, de vieille dame si je puis dire, mais j'avais senti s'ériger entre mes jambes cette puissance stupéfiante, ce rythme me soulevant telle une vague, et j'avais pensé : C'est plus simple, et plus subtil, qu'une chevauchée érotique. Ariel avait drainé Sam. Un cadeau d'anniversaire, une belle jouissance. Le même jour, j'avais écrit ce poème que j'avais baptisé "Ariel". Mon deuxième cadeau d'anniversaire.

Et la veille de Noël, seule à nouveau avec Frieda et Nicholas dans mon appartement londonien à peu près rafraîchi, installé, j'ai profité de leur sieste pour organiser en recueil mes poèmes disponibles. Ce recueil à venir, à compléter, je l'ai intitulé *Ariel* et j'ai inscrit la dédicace : "Pour Frieda et Nicholas." Le lendemain, j'étais invitée chez des amis. La neige a commencé à tomber, drue, obtuse. Au début, j'étais tout heureuse : je renouais avec mon enfance en Nouvelle-Angleterre ! J'ai emmené les enfants au zoo. Les employés avaient fait rentrer les animaux les plus fragiles mais les loups, bien sûr, restaient dehors. Si beaux au milieu des arbres soulignés de blanc ! Ils avaient recouvré leur lieu, leur vérité.

Leurs yeux encore plus troublants dans la clarté de la neige. La fluidité silencieuse de leurs pattes. Une louve a contemplé mes deux petits avec une attentive douceur.

Puis j'ai commencé à déchanter. Londres n'était pas équipée pour faire face à des intempéries prolongées et à un gel féroce. La neige s'accumulait. Les gens essayaient de dégager à la pelle devant leur porte et des murs grisâtres, compacts, s'élevaient. Des congères sur la chaussée, des trottoirs patinoires. Circuler dans ce labyrinthe glissant avec un landau et une fillette de moins de trois ans relevait de l'exploit. En outre, la baby-sitter que j'avais engagée se révéla peu fiable – ah oui, Susan et Winifred me manquaient. Et toujours pas de téléphone, en dépit de mes réclamations ! Je me heurtais à l'héroïque patience anglaise, à leur courage tranquille. Les pannes de courant n'ont pas tardé, or je chauffais avec des radiateurs électriques. Rien de moins évident que de changer un bébé à la lueur d'une bougie après avoir fait bouillir de l'eau sur le gaz ! Une chance, je n'avais pas pris une cuisinière électrique. J'avais retrouvé avec plaisir mon livreur de lait, mon livreur de couches, et mon médecin des années 1960-1961. Le Dr Horder a fait la grimace en constatant mon amaigrissement. Il fut très présent, passant souvent lorsque les enfants et moi-même avons été terrassés par une sale grippe, me procurant une infirmière à domicile pour nous soigner durant une semaine. Chère bien sûr, dix livres par jour, allais-je devoir appeler au secours ma mère ou Mrs Prouty ? Non non, m'en sortir seule, surtout ! Les canalisations ont gelé, dans la baignoire l'eau stagnait, répugnante. Et moi qui aimais tant prendre un bain régénérant…

C'est seulement vers la fin janvier que les problèmes pratiques ont commencé à se résoudre. Ted passait, s'occupait de Frieda et Nicholas, les emmenait au zoo. J'ai pu reprendre mon recueil, le compléter, l'organiser encore. Oui, *Ariel* était un bon titre. Ce recueil détenait une force certaine, mais je me sentais épuisée. J'ai pris rendez-vous avec le Dr Horder, qui s'est inquiété. Il m'a fait passer une radio des poumons. Rien. Je me suis résolue à lui parler du suicide manqué, du traitement par électrochocs. Dix ans de cela, bientôt... Il m'a suggéré de consulter une femme psychiatre, très à l'écoute, m'a-t-il affirmé. En attendant d'avoir un rendez-vous, j'ai commencé à prendre l'antidépresseur prescrit par lui. Son nom me plaisait bien. Parnate, si proche de Parnasse : le sanctuaire des Muses, de la poésie ailée. Comme Ariel.

Dr HORDER

28 janvier 1963

Aujourd'hui, pour la première fois, Mrs Hughes m'a parlé d'une grave dépression, en 1953, d'une tentative de suicide et d'une psychiatre qui l'avait suivie à cette époque. Je me suis efforcé de ne pas laisser affleurer ma surprise, mon inquiétude. Non, je n'avais pas soupçonné même si, par moments, je la sentais fragile : elle dégage une telle énergie, y compris lorsqu'elle semble au bord de l'effondrement. Actuellement, m'a-t-elle avoué, elle hésite à entamer véritablement la procédure de divorce, elle ne sait plus très bien où elle en est. Heureusement, ses enfants l'ancrent dans la réalité. J'ai pu constater qu'elle s'en occupe et les soigne très attentivement. Bref, je lui ai prescrit un antidépresseur, l'ai prévenue qu'il n'agirait pas avant deux ou trois semaines, plutôt trois. C'est une patiente qui observe à la lettre les prescriptions, pas de souci de ce côté-là. Et je l'ai adressée à une collègue psychiatre en laquelle j'ai toute confiance – elle a récemment publié sur ce syndrome mieux repéré à présent : cette quasi-folie qui peut s'emparer de certaines femmes à l'approche de leurs règles. Mrs Hughes ne m'avait pas caché que cette période était souvent très perturbante pour elle. Les prochaines, m'a-t-elle dit, seront vers le 12 ou 15 février. Me voici un peu tracassé, l'antidépresseur n'aura pas encore fait véritablement effet. J'ai insisté pour qu'elle prenne rendez-vous sans tarder avec ma collègue psychiatre. Et qu'elle n'hésite pas à m'appeler, en cas de besoin je passerai la voir. Elle m'a très gentiment remercié.

TREVOR THOMAS

3 février 1963

Elle m'a piqué le duplex que je convoitais, elle encombre le corridor de l'entrée avec cet énorme landau, et par-dessus le marché, il y a quinze jours, des fuites au plafond et des dégoulinades sur mes murs récemment repeints ! J'avais alors sonné chez elle, de très mauvaise humeur. Sa baignoire était bouchée, m'avait-elle expliqué, l'eau ne pouvait plus s'écouler à cause des canalisations gelées, elle avait essayé de verser de l'eau chaude, ça n'avait rien résolu mais ça avait fini par s'infiltrer chez moi. Le bébé braillait, elle m'avait offert du thé et un cake de sa confection, je m'étais un peu dégelé bien que, comme chez moi, la température fût insuffisante. Bref, nous étions tous deux dans la même galère, les plombiers étaient devenus aussi rares que les bougies, et pour être dépannée il lui fallait téléphoner d'une cabine : j'avais reconnu que se déplacer sur ces trottoirs verglacés avec la fillette et le landau n'était pas simple. Elle m'avait resservi du thé, maugréant : Mais pourquoi n'y a-t-il pas de chasse-neige, chez moi dès les premiers flocons... Eh oui, je sais, tout est mieux en Amérique, les tempêtes sont annoncées, les logements très bien chauffés, non, pas de chasse-neige à Londres, personne n'aurait pu prévoir pareil hiver, depuis deux siècles, paraît-il, le thermomètre n'était pas descendu aussi bas.

Depuis, nos relations se sont un peu améliorées et voilà que, aujourd'hui dimanche, elle débarque chez moi dans un bizarre état d'agitation, brandissant *The Observer* : Un papier sur mon roman (je savais vaguement qu'elle écrivait) et vous savez quoi ? Dans le même numéro ils ont publié un poème de mon mari ! Elle était au bord des larmes, se mouchait et se tamponnait les yeux – mais regardez ! Le poème s'intitulait "Petite Frieda et la pleine lune". Tiens, la gamine aux yeux bleus ? Vous vous rendez compte, nous avoir mis dans le même numéro ! Non, je ne voyais pas très bien où était le drame, même si son mari et elle sont, je crois, en cours de séparation. J'ai lu l'article : sans être dithyrambique, c'était plutôt élogieux. Eh bien, c'est ça l'essentiel, un bon papier sur un premier roman, ce n'est pas rien ! L'histoire d'une jeune Américaine qui fait une tentative de suicide, était-il dit en résumé. Le chroniqueur soulignait la vivacité de l'écriture, sur ce sujet c'était bien le moins. Vous voyez, on vante votre style, c'est important... Elle a haussé les épaules, son nez coulait. Ne sachant plus trop que dire, je lui ai offert un verre de brandy.

FAUNE

Ted m'avait proposé de passer le voir dans son nouveau logement, que je ne connaissais pas. Un deux-pièces étriqué, dans un coin crasseux de Soho – mais pourquoi dix-huit ans après la fin de la guerre, cette ville était-elle toujours aussi sinistre, en deuil de quoi ? J'étais mal à l'aise, comme si je craignais de renifler le parfum d'Assia. Hérissée, tel un chat qui flaire dans les parages l'odeur du chien abhorré. Un bon café m'a réconfortée – ou le souvenir des cafés que Ted m'apportait au lit, à Boston ou à Court Green, amoureusement ? Ma carapace de rage cristallisée a quelque peu cédé. Nous avons retrouvé une certaine complicité pour parler de Frieda et Nicholas. De livres. De la pièce de théâtre que Ted venait d'écrire. De mon roman qui, sans rencontrer le succès espéré, était tout de même remarqué (excepté Al Alvarez et quelques amis très proches, personne ne savait que Victoria Lucas et Sylvia Plath étaient un seul et même auteur). Nous avons évoqué la possibilité de séjourner avec les enfants à Court Green, au début de l'été – une illusoire échappée hors de l'hiver, hors de la haine ? Le téléphone a sonné, Ted est parti répondre dans la pièce à côté, je me suis crispée : Serait-ce Assia ? Me revenaient son appel à Court Green en juillet dernier, ma colère, l'arrachage des fils. Des bribes de conversation me parvenaient, non ce n'était pas elle… Mon regard est tombé sur des tomes de Shakespeare, posés sur une table basse : tiens, la couverture rouge de la belle édition d'Oxford ? Celle que j'avais tailladée au début février 1961 – tout juste deux ans de cela… Restaurée, ressuscitée ? Intriguée, j'ai ouvert. Le même papier de riz, son grain, sa senteur. Sur la page de garde : *Pour Ted, avec mon amour, Assia.* Ainsi, Ted lui avait raconté cet épisode de notre vie intime, les effets de ma fureur destructrice sur son Shakespeare, salaud salaud, une trahison pire que celle de la baise ! Et elle avait "réparé" en lui offrant ces magnifiques volumes tout neufs – de quoi se mêlait-elle ? –, elle avait les moyens, elle gagnait bien sa vie, elle, avec ses trucs de pub minables ! Dévastée, j'ai rapidement ramassé mon sac et mon manteau. Ted n'a pas dû comprendre mon revirement, ma fuite, je comprimais une envie de hurler. Non, je ne répéterai pas la déflagration de février 1961. L'histoire Moira Doolan, Moira la Parque, mon explosion, la fausse couche qui avait suivi. Le 6 février cette fausse couche, une date que je ne pouvais oublier, nous étions le 7, quasiment la date anniversaire. La Moire, celle qui coupe. La mort et ses œuvres vives. Je me hâtais dans le crépuscule londonien – la babysitter partait à dix-huit heures –, je pataugeais dans une bouillie grumeleuse, une neige crumble, grisâtre, bientôt en dégoulinerait un jus brunâtre. Et cette pesanteur dans le bas-ventre – bientôt mes règles ? Déjà ? Le sang, je ne veux pas le voir ! Porter, accoucher, allaiter m'avaient rendue à la fois animale et immortelle. J'étais retombée dans l'espèce humaine, bêtement. Le brouillard épaississait, devenait quasi laineux, des êtres indistincts surgissaient à la dernière seconde de cette bourre grisâtre, nous nous évitions de justesse, non non je ne me laisserai pas avaler par le monde des ombres !

Je repensais au poème rédigé cinq jours après cette fausse couche, ce poème du 11 février 1961 dans lequel j'évoquais le "moucheron" définitivement envolé. Pas d'homme. Plus jamais d'enfant ? Les règles, cette signature de la mort. Frieda m'a accueillie en s'agrippant à moi, Nicholas avec son sourire de petit Bouddha. Je me suis occupée du bain de ma fille (la baignoire était enfin débouchée), puis du dîner. Nous avons joué avec les ballons à tête de chat qui depuis Noël voltigeaient et vivaient en notre compagnie – deux jours auparavant j'avais écrit un poème sur ce thème. Après avoir couché les petits, je l'ai relu, affiné. Il était léger, limpide. Frieda et Nicholas m'avaient rassérénée. Oublier Moira, Assia, les figures noires. Ne vivre que pour la poésie.

Le lendemain, j'ai fait un tour à la National Gallery et j'ai contemplé *La Mort de Procris*, cette jeune femme transfigurée par le trépas. Je l'enviais. Pour me pleurer un jour, je désirais la présence de ce chien, sur la droite du tableau, plus humain que les hommes. De ce faune – était-ce bien un faune ? Cet être intermédiaire entre l'animal et l'humain, cet entre-deux auquel j'aurais aimé accéder par le langage. C'était impossible, je le savais, mais il fallait cependant tenter de tirer le langage vers un ailleurs. Là où respirait ce faune ? Là où aurait pu m'entraîner ma cavalcade avec Sam ?

Secs, sans cavalier, les mots
Et leur galop infatigable

avais-je écrit dans mon dernier poème. Samariel se délivre de Prosperotto. Libres, les mots galopent vers leur vérité. A ras du vide.

AURELIA

Wellesley, 11 février 1963

A la suite de mes demandes réitérées, Sylvia m'a enfin adressé son roman, publié à Londres sous le pseudonyme de Victoria Lucas. Eh bien, heureusement que c'est sous pseudonyme ! Et heureusement que deux éditeurs américains l'ont refusé ! J'en ai lu les deux tiers durant la nuit et me suis interrompue. Consternée. Quelle ingratitude ! Et quel ravage l'écriture génère chez les proches... Passe encore pour le début. Les aventures new-yorkaises de la nommée Esther Greenwood, pas dupe de tout ce beau clinquant, ne manquent pas d'humour. Cette lucidité sur la répartition des rôles masculins et féminins, sur ces brillantes étudiantes qui après avoir pondu une thèse sur le double chez Dostoïevski (ce fut le sujet de Sylvia) ou sur quelque obscur poète élisabéthain, se retrouvent en train de faire cuire des œufs au bacon pour le mari partant au boulot, sans autre perspective que la routine, maison et enfants – ce fut un peu mon cas du vivant d'Otto... Oui, ma Sivvy jette là-dessus un regard drôle et critique. Féministe, dirait-on maintenant ? Mais la suite ! Le retour en banlieue chez la mère, l'une et l'autre fade, asphyxiante. Comment me reconnaître dans ce personnage étriqué, dégoulinant de bonnes intentions ? J'ai arrêté, je connaissais trop bien la suite... Dormi deux ou trois heures. Me réveille en sursaut et me force à poursuivre. Cette femme bêtement puritaine – eh bien oui, à l'époque j'avais estimé que Sylvia enchaînait trop tôt, trop vite, d'un homme à un autre, oui en l'absence d'un père je l'avais mise en garde, c'était mon rôle, non ? Cette mère morne et stupide, disant à sa fille après la tentative de suicide : Pourquoi m'as-tu fait ça ? Jamais je n'ai prononcé pareilles paroles, jamais ! Et son visage, lorsqu'elle vient voir sa fille à l'hôpital – "une lune pâle et pleine de reproches"... J'ai envie de vomir, bien que vomir me soit devenu impossible, précisément depuis cette épouvantable fin d'année 1953 et ma gastrectomie. Je sais je sais, Sylvia m'a dûment prévenue : Maman, il s'agit d'un roman, pas d'une autobiographie, soyons bien au clair là-dessus. D'accord. Moi qui ai tellement espéré que ma fille soit éditée. Mais pas ça, pas ça ! Et l'épisode des fleurs, pour son anniversaire à l'hôpital, ces roses flanquées à la poubelle... Tout me remonte, la bouillie jaunasse, verdâtre, autour de l'œil menacé, l'angoisse, les atroces douleurs d'estomac, les problèmes financiers, et cette armada de psychiatres avec leurs questions : l'avez-vous désirée, avez-vous été déprimée après l'accouchement, à quel âge avez-vous imposé le dressage sphinctérien ? A dix-huit mois Sylvia était propre le jour, quasiment d'elle-même, non je n'avais rien "imposé", était-ce ma faute si j'avais pondu un petit génie, et puisque vous voulez tout savoir, le petit génie en question savait lire à trois ans, je ne le lui avais pas plus "imposé", j'avais essayé qu'elle souffrît moins de la naissance de son frère, oui docteur, elle avait six ans lorsque je lui récitais des poèmes d'Emily Dickinson en guise d'histoires pour s'endormir, la voici l'origine du mal, je suppose, inscrivez donc ce nom dans vos dossiers : Emily Dickinson – dont vous affirmerez sans doute que son génie était proche de la folie ? Ou, si vous préférez, notez que Sylvia et moi avons dormi dans la même chambre entre ses dix ans et ses dix-huit ans, bien sagement sur nos petits lits parallèles, deux veuves du même homme, ce père qui s'était lui-même condamné – une forme déguisée de suicide ? –, notez, notez, ça vous va, ça, ça vous éclaire ? La rage me remonte. Bien sûr, en 1953, je m'efforçais de répondre au mieux, de coopérer comme ils disaient, pour le bien de ma fille. J'arrête, je déraille, je n'ai quasiment plus d'estomac et pourtant je le sens se nouer, il faut que je prenne un calmant... Et ce passage où Sylvia ridiculise la littérature grand public de sa marraine bienfaitrice, si jamais Mrs Prouty découvrait ce texte ! Eh bien oui, indirectement, c'est grâce à des romans à l'eau de rose que ma fille a pu se consacrer à sa poésie, si dense, serrée, hermétique parfois. Elle pourrait au moins avoir la reconnaissance du ventre !

Ce matin, une menue consolation. Une lettre datée du 4 février : Sylvia envisage de prendre rendez-vous avec une psychiatre recommandée par le Dr Horder. Ce dernier, souligne-t-elle, est très présent, très attentif. Me voici un peu rassurée, je préfère qu'elle soit suivie de près. Mais elle le redit, il est exclu qu'elle revienne aux Etats-Unis. Dans mes précédents courriers – c'est quand même exaspérant que je ne puisse pas lui téléphoner ! – j'insistais derechef : une fois le divorce prononcé, elle pourrait vivre, enseigner et écrire ici, elle serait tellement mieux entourée. Pas question, rétorque-t-elle, et d'ailleurs sa carrière en Angleterre progresse, elle se félicite d'être revenue à Londres car elle vient d'être engagée par la BBC, pour trois semaines en mai : plusieurs critiques confronteront leurs points de vue sur des livres et des pièces de théâtre. Ce contrat est le signe qu'elle est maintenant reconnue comme écrivain, et critique, intégrée dans le réseau littéraire – et surtout hors de l'orbite de Ted. Et c'est payé cent cinquante livres par semaine ! Ce qui la console de devoir retarder son retour à Court Green, tant pis pour les jonquilles, ce sera pour le printemps 1964. Ouf, ma fille semble émerger de toutes ces épreuves, la séparation, le déménagement, cette mauvaise grippe, ces intempéries démentielles, la solitude. Laquelle lui permet, insiste-t-elle, de continuer à rédiger des poèmes exceptionnels, ils la rendront célèbre, elle en est certaine. Et les enfants, en pleine forme maintenant, lui donnent tant de joies.

Un peu requinquée, je m'astreins à terminer ce roman insupportable. Une fin optimiste cependant. Esther Greenwood sort de l'hôpital et reprend ses études. Mais son amie la plus proche – son alter ego ? – se pend. *In fine*, ma fille s'est arrangée pour mettre en scène un suicide, suivi d'un enterrement sous la neige. Une façon d'exorciser ? Le téléphone, la voix de Warren, altérée. Maman, c'est affreux, je viens de recevoir un télégramme de Ted : Sylvia est morte... Elle s'est tuée ? Mais non maman, quelle idée, le télégramme dit seulement "Sylvia décédée", je ne sais rien de plus, je ne parviens pas à joindre Ted au téléphone. Elle s'est tuée, Warren, j'en suis certaine. Maman, tu es sonnée, ça se comprend, Margaret et moi également, nous prenons tout de suite la route pour Wellesley, demande à la voisine de venir te tenir compagnie en nous attendant.

Ils sont arrivés. Entre-temps, mon fils avait réussi à communiquer avec son beau-frère. J'avais raison. Elle ne s'est pas pendue. Elle a ouvert le gaz.

MONOXYDE DE CARBONE

Le rez-de-chaussée et l'escalier sentaient encore le gaz. Il monta quatre à quatre au deuxième étage. Dans la chambre d'enfants une femme changeait Nicholas tout en commentant les images d'un livre dont Frieda, assise sur un tabouret, tournait les pages. Je suis infirmière, expliqua-t-elle, dépêchée en urgence par le Dr Horder. Les deux petits allaient bien, sauf qu'ils avaient failli prendre froid – leur mère avait laissé les fenêtres grandes ouvertes. Sage précaution, ajouta-t-elle à voix basse. Le Dr Horder avait été rapidement prévenu car – elle hésita – votre épouse, je suppose, avait épinglé sur le landau un papier indiquant son nom et son téléphone. Mais il n'avait pu que constater l'effet irréversible du monoxyde de carbone, le corps avait été transporté à la morgue de Camden Town.

Ted embrassa les enfants, le plus calmement possible. Ils ne savent pas, ils ont dormi avec le cadavre de leur mère juste au-dessous, dans la cuisine, la tête à l'intérieur du four, il ne faut pas qu'ils sachent, jamais, à leur âge ils oublieront, ils l'oublieront. Pas moi. Il suffoquait, sortit sur le palier, aperçut des lambeaux de scotch, jaunâtres, pendouillant autour du chambranle, comprit. Afin que Nicholas et Frieda ne respirent pas les émanations, Sylvia s'était efforcée de rendre le plus hermétique possible la porte de leur chambre. Un flash aigu, il se revit scotchant soigneusement une boîte en carton avant de gazer l'oisillon estropié, à Boston. Se demanda si Sylvia avait repensé à cet épisode, à ce moment si douloureux partagé avec lui, avant de... Ou s'en était-elle inspirée ? Il sursauta, l'infirmière lui parlait doucement : elle avait repéré à côté du lit de la fillette deux verres de lait et des tartines. Médée se venge de l'infidélité conjugale en tuant ses deux fils, et part vivre ailleurs. Sylvia avait protégé, nourri Frieda et Nicholas avant de mettre fin à ses jours. Son dernier geste avant d'ouvrir le gaz, ce dépôt du lait dans leur chambre ? Non, l'homme épris de langage, le poète expert dans le maniement du verbe n'imaginait pas comment il pourrait jamais trouver les termes qui raconteraient à sa fille et à son fils cette nuit du 10 au 11 février. Personne ne pourrait, de toute façon.

— Papa, on va voir les bêtes ?

Il faillit s'effondrer :

— Une autre fois, ma biquette. Aujourd'hui, j'ai plein de choses à faire.

La morgue, pour commencer. Il jeta un coup d'œil dans la chambre de Sylvia. Le lit était fait. Sur le bureau, impeccablement rangé, un manuscrit dans un classeur noir. Titré : *Ariel*. Plus tard il l'ouvrirait... Ainsi que des cahiers et carnets – son journal, plus un autre manuscrit. Il feuilleta : un début de roman. Oui, plus tard... Il proposa une avance à l'infirmière – non non, vous réglerez cela avec le Dr Horder. Pouvait-elle rester ici un jour ou deux, il espérait pouvoir faire venir du Yorkshire une personne de sa famille afin de la relayer. Elle le rassura, elle ne quitterait pas les enfants, pour le moment ça se passait très bien avec eux. Il entrevit le moment où viendrait la question, posée par Frieda : où elle est maman ? Il descendit très vite l'escalier, passa devant la porte entrouverte de la cuisine, n'eut pas la force de jeter un coup d'œil.

AL ALVAREZ

15 février 1963

Ted m'avait demandé de l'accompagner aux pompes funèbres, avant la fermeture du cercueil. Une peau jaunâtre ? Grisâtre ? Je ne parvenais pas à mettre de mot sur la couleur de la mort. Je sais je sais, en général on dit "cireuse". Me sont revenus ces termes qui m'avaient frappé lorsque Sylvia m'avait lu "Dame Lazare". Elle évoquait sa peau luisant comme celle d'un abat-jour nazi – une façon de se désigner comme victime ? La voix qui avait prononcé ces mots devant mon feu de cheminée refusait de se taire. Chambres et four à gaz, holocauste. Ted figé. En sortant, il m'a informé. Version officielle : une pneumonie, silence absolu sur les circonstances du décès, l'enterrement a lieu demain à Heptonstall, mon beau-frère et sa femme arrivent cet après-midi, ma belle-mère était trop malade pour prendre l'avion. Et les enfants ? Ma tante Hilda, la sœur de ma mère, est venue pour les garder. A mon retour du Yorkshire j'aviserai. Le transfert du corps et les obsèques sont payés par mes parents, je suis à sec, Sylvia avait abondamment puisé dans notre compte commun, avec mon accord. Puisqu'il faut bien parler argent après un décès, ai-je songé.

Nous avons enchaîné avec une autre corvée : l'audience publique du coroner. Lequel, bien entendu, a conclu à un suicide. Une version légale, une version familiale… J'ai raccompagné Ted jusqu'à Fitzroy Road. La maison de Yeats. Dirait-on un jour la maison où vécut, si brièvement, et mourut Sylvia Plath ? Ted a murmuré, je ne pensais pas qu'elle en arriverait là. Et je me suis dit : La pire chose que Sylvia pouvait faire à Assia. Je me suis tu, bien entendu.

Je n'avais jamais aperçu de cadavre – à près de trente-quatre ans il était temps. Il va falloir que j'évoque ce moment éprouvant avec Anne, ma psychologue de femme m'aidera sans doute à amortir ce choc. Sonné, je rumine : Quand donc avais-je rencontré Sylvia pour la dernière fois ? Oui, la veille de Noël… J'étais passé dans son nouvel appartement, que je découvrais. Sobre, plaisant. Les enfants étaient déjà couchés. J'avais été surpris de la voir cheveux dénoués. Une longue crinière odorante, je l'avais respirée en montant l'escalier derrière elle et j'en étais resté presque troublé. C'était juste une brève visite avant d'aller dîner chez des amis et j'étais mal à l'aise de la savoir seule à cette date-là – moi qui avais ingurgité quantité de somnifères un soir de Noël –, seule avec ces ballons dansants et ces guirlandes dorées. J'avais néanmoins pris le temps de l'écouter me lire un poème récent, intitulé “Mort & Cie”. Sur deux vers, elle répétait : “le glas le glas”. Je n'avais pas entendu. Parce que ses cheveux épandus paraissaient si vivants, sensuels ? Ou parce qu'un engagement antérieur, les convenances m'appelaient ailleurs ? Je m'étais contenté de critiquer, un peu bêtement – peut-être la vanité de mes remarques m'apparaissait-elle maintenant, peu après avoir contemplé la vérité de la mort ? –, de critiquer un autre passage où elle évoquait le vert-de-gris du condor. Si si, avait-elle affirmé, véhémente, ses pattes sont de cette teinte, je vous assure ! Après avoir avalé un verre de vin, je m'étais esquivé, impuissant, vaguement coupable. En janvier elle m'avait écrit, me proposant de faire un tour au zoo avec les enfants afin d'observer le condor des Andes et, notamment, la couleur de ses pattes. Je n'avais pas donné suite. Cependant, à la réception de son roman (paru sous un pseudonyme mais elle m'avait mis au courant), je lui avais adressé un mot : J'avais particulièrement apprécié le passage où son héroïne, la jeune Esther Greenwood – son double pour une part ? –, juchée sur ses skis de débutante, se précipite allégrement dans le vide (une attirance qui en moi faisait écho) et termine sa course par une culbute dans la poudreuse et une fracture. Pour l'heure, la neige commençait à fondre, répugnante. Rien à voir avec celle de Saranac, immaculée. Je songe à la fascination de Sylvia, dans maints de ses textes, pour le gel et le givre, le blanc ripoliné de l'hôpital et la blouse blanche du chirurgien, pour les statues de marbre, la netteté lisse des os et les chambres froides de la morgue. Pour leur mortelle pureté. Qu'elle avait rejointe, conquise ? Et je revois cette peau de cire figée, je ne parviens pas à l'imaginer glacée – en surimpression la tiède transparence de l'abat-jour nazi ? Une vague nausée et commence à grésiller en moi la ritournelle de la culpabilité, la stupide rengaine : Si j'avais répondu à son invite, si je l'avais accompagnée au zoo, elle poussant le landau dans les allées enneigées, moi donnant la main à Frieda, nous réfugiant dans l'aquarium ou la fauverie pour nous réchauffer, si je lui avais offert un thé à la buvette, si j'avais reconnu que les pattes du condor étaient d'un joli vert-de-gris et si je l'avais assurée de la pertinence de ces termes dans "Mort & Cie", peut-être n'aurait-elle pas… Absurde, prétentieuse ritournelle, et si, et si ?

Quatre jours après sa disparition, le glas sonne, l'ombre du condor plane. Sans doute était à l'œuvre dans ses derniers poèmes – ceux que j'avais écoutés du moins – une force de fission, de déflagration, dont on ne saurait revenir ? Comme si elle se penchait à ras du vide ? L'un d'eux s'intitulait "Extrémité". Je recule, me protège... Et je tente d'émerger en rédigeant un article à paraître dans *The Observer*, dans lequel je souligne, et j'en suis profondément convaincu, que c'est une perte irréparable pour la littérature.

NAUSÉE

Seule dans ce nouvel appartement. Qu'elle a décoré avec une sobriété raffinée. La petite vitrine contenant les *netsuke* s'est enrichie de nouvelles pièces : un singe en ivoire, un minuscule éléphant. Dans le living, un portrait récent de David, au fusain, le meilleur qu'elle ait fait de lui. Il est à Ottawa, au chevet de sa mère. Ted enterre Sylvia à Heptonstall. Brusquement, Assia se précipite pour vomir dans l'évier. Se rince la bouche, allume une cigarette. Non, elle n'est pas seule. Un enfant de Ted, elle en est certaine : depuis qu'ils ont quitté Chalcot Square et emménagé ici, David et elle font chambre à part. Ce qui n'empêche pas de s'aimer. La cigarette l'écœure, elle la jette dans l'évier, un grésillement chuintant.

Voué à disparaître, cet embryon, comme tant d'autres. Impensable d'envisager un bébé dans un moment pareil. Avec les deux orphelins de Fitzroy Road… Non, elle n'est pas responsable de ce suicide ! Ce fut le choix de Sylvia. Ne pas le lui ôter. Ne pas se laisser gangrener par la culpabilité. Sinon, c'en est fini de cet amour entre elle et Ted. La sensation de nausée s'estompe. Reste un sale goût dans l'arrière-gorge.

MARGARET

18 février 1963

Stupeur et douleur, l'affolement, les préparatifs, Warren a dû laisser tomber un séminaire de recherche très important avec Carole Chomsky, la femme du linguiste, dans lequel il devait intervenir. De surcroît, à la suite du choc, ma belle-mère souffrait d'un grave malaise vagal, son médecin lui a formellement interdit de prendre l'avion, il a fallu s'arranger avec ses voisins pour qu'ils veillent sur elle. Plus la course pour trouver des billets… En larmes, ma belle-mère nous suppliait de ramener les enfants – ce qui, dans l'immédiat, m'a semblé une folie. Puis Londres, en proie au dégel, une bouillie jaunâtre, gluante. Par contre, à Heptonstall, une neige immaculée, veloutée, beau linceul, et se détachant sur tant de blanc ces silhouettes en habit de deuil, ce village d'un noir compact, la mère de Ted ravagée par le chagrin (ces deux petits orphelins, sanglotait-elle dans mon giron), une maison inconfortable, un café imbuvable, l'épuisement, l'ahurissement, parents, voisins, amis chuchotant : un hiver épouvantable, du jamais vu, cette pneumonie foudroyante, heureusement Frieda et Nicholas ont été épargnés… Le père de Ted a très vite renoncé à comprendre mon américain de Boston et moi son dialecte du Yorkshire, je me suis sentie projetée dans une Angleterre rurale du XIXe siècle, tous ces inconnus au cimetière, et dans le cercueil cette femme, ma belle-sœur, demeurée pour moi une inconnue, j'avais envie de clamer dans le silence si dense distillé par la neige : Accordez-lui au moins d'en avoir décidé ainsi, n'en faites pas la victime du froid et d'une pneumonie, non elle n'est victime de rien, et surtout pas de son mari, elle a choisi, voulu, c'est elle qui signe ! Je grelottais, Warren m'a ensuite obligée à boire un grog. Ted et lui sont convenus que serait gravé sur la pierre tombale : Sylvia Plath Hughes. Au retour, dans la voiture conduite par Ted, silencieux (j'avais l'impression d'un arbre immense, ravagé par une tempête, et qui aurait resserré, durci son écorce), Warren a tenté de soulever le problème des enfants. Leur père a déclaré qu'il s'installait avec eux dans l'appartement de Fitzroy Road, il prendra une baby-sitter. Non non, il n'excluait pas que, ultérieurement, Frieda et Nicholas puissent passer des vacances chez leur grand-mère américaine… Nous sommes restés une journée à Londres, la tante Hilda réglait les problèmes domestiques, elle repartira lorsque Ted aura trouvé cette baby-sitter. Frieda s'est immédiatement collée à moi et j'ai senti que n'importe quelle présence féminine la rassurait. J'ai eu le temps de faire un tour dans le quartier et de repérer une librairie où j'ai acheté le roman de Sylvia, je le lis dans l'avion du retour tandis que Warren dort, assommé par la fatigue, par le décalage horaire et le chagrin. Pour lui, je suppose, il est dur de penser : Je l'ai sauvée afin que, moins de dix ans après, elle récidive, mais disait ce Racine que Sylvia aimait "on ne voit point deux fois le rivage des morts". Ce roman n'est pas très long, j'arrive à la fin tandis que nous approchons des côtes américaines, l'héroïne s'en sort – de la dépression, de l'hôpital psychiatrique –, mais son amie Joan se pend, et je suis stupéfiée par l'évocation de son enterrement : Sylvia décrit le sien, celui-là même auquel j'ai assisté avant-hier, décrit ce cimetière enseveli sous la neige. Fraternelle cette neige, dit-elle, et bientôt le sol se refermera sur cette béance, et les traces seront effacées par d'autres chutes de neige. Mais pas les textes, surtout pas les textes ! Une sensation de confusion, de vertige m'envahit – où est la vérité, dans ces pages de fiction, dans la réalité, là-bas à Heptonstall, ce "noir village de pierres tombales", comme l'avait écrit Ted de façon prémonitoire ? –, un vertige qui n'est dû ni à la perte d'altitude ni à la dépressurisation, l'avion poursuit sa descente au-dessus de Wellesley, la demeure du suicide, continue par une large courbe au-dessus du rivage, de Winthrop et de ce cimetière où Warren m'a emmenée voir la sépulture de son père, est-ce là, parmi les azalées, qu'il eût fallu l'enterrer, resurgit la phrase que Sylvia romancière prête à la femme psychiatre, après que Joan s'est pendue : "Personne n'est responsable. C'est elle qui l'a fait !" A croire que Sylvia l'aurait rédigée, cette phrase, afin de déculpabiliser les siens, mère, frère et mari... Bien sûr, pour le moment, ni Warren ni ma belle-mère ne peuvent entendre cette assertion. Trop tôt, tous deux ne sont pas prêts à refermer leurs blessures. L'avion aborde la piste. Une neige fraternelle relie la Nouvelle-Angleterre au Yorkshire.

Dr RUTH BEUSCHER

20 février 1963

Un sobre courrier d'Aurelia Plath. Sa fille s'est gazée. Elle me le confie sous le sceau du secret médical, officiellement il s'agit d'une pneumonie. Les familles, leur honte, leurs douleurs, leurs secrets. On en meurt, parfois.

En janvier, Sylvia m'avait écrit. Elle évoquait sa terreur de se désintégrer. Me demandait si je ne pouvais pas venir à Londres pour la secourir. Non, bien sûr, il était impensable de lâcher mon service à l'hôpital et mes patients en privé. C'était une requête "folle", à la limite, qu'elle m'adressait là : quittez tout pour moi, prouvez-moi que vous m'aimez – comme si pareille preuve pouvait la sauver ? J'avais répondu aussitôt, lui conseillant d'informer son médecin de ses antécédents psychiatriques. Aurait-il été quelque peu dépassé ?

Parfois, on a tellement peur de l'effondrement qu'on s'y précipite. Elle n'a laissé aucune lettre d'adieu, précise Aurelia Plath. Ni pour son mari ni pour sa mère. Ni pour moi. Nous voici face à ce vide qu'elle a affronté seule.

Elle aura répété sur ses enfants l'abandon infligé par son père.

TREVOR THOMAS

21 février 1963

Dangereux d'habiter la même demeure qu'un poète, j'ai bien failli y laisser ma peau ! Le gaz, ça descend, ça s'insinue. Comme l'eau, il y a un mois. Ce lundi matin 11 février, mes deux garçons et moi nous avons dormi très tard, profondément, et nous nous sommes réveillés avec des nausées et des maux de tête. Je devrais peut-être faire vérifier leurs taux de globules rouges, et le mien. Elle a préservé ses enfants, fort bien, mais nous trois, un peu plus on y restait ! Par-dessus le marché, il m'a fallu répondre à l'enquête du coroner, j'étais la dernière personne à l'avoir vue vivante : oui, très tard dans la soirée du dimanche 10 février, Mrs Hughes avait frappé chez moi et m'avait demandé deux timbres. Elle avait tenu à me les payer, non non elle ne m'avait pas paru bizarre, elle s'exprimait très normalement, ensuite je l'avais entendue marcher assez longuement au premier, puis monter et descendre l'escalier entre le premier et le deuxième étage. J'avais entendu également les hurlements des loups, juste avant de plonger dans le noir…

Et je ne peux même pas espérer récupérer le duplex, le veuf est aussitôt venu s'y installer. Poète également, je ne suis pas tranquille. Bien qu'il soit grand et costaud. Mais lugubre. Et hier soir, je croise dans le corridor de l'entrée une femme qui me salue d'une voix grave, troublante. La brune fatale, ai-je supposé, celle par qui le malheur est arrivé ? Mes fils l'avaient déjà aperçue. Tout excités, ils l'ont aussitôt surnommée Elizabeth Taylor. Ils n'ont pas tort, oui, quelque chose… Et si on la détaille avec un regard critique, on la trouve, comme Elizabeth Taylor, un peu lourde des hanches, mais l'éclat des yeux, si clairs, et l'éclat de la peau, et cette vibration qui émane d'elle font oublier les défauts.

CURETAGES

21 mars 1963

Vidée, raclée. Ted l'a accompagnée chez un brave vieux docteur, compréhensif, et l'a ramenée en voiture chez lui. Assia se repose dans la chambre de Sylvia, devenue celle de Ted. Et la sienne, de temps à autre. David prolonge son séjour à Ottawa, sa présence semble avoir permis à sa mère d'échapper momentanément à la mort. Comme moi avec la mienne l'été dernier, songe Assia tout en rajustant entre ses cuisses un linge imprégné d'un sang grumeleux. Elle ne fera pas cadeau d'un petit-enfant à sa mère survivante. Frieda glisse son museau, lui sourit : Tu fais dodo ? Non, je suis juste un peu fatiguée. Papa prépare à manger. Très bien, tu l'aides, j'espère ? Sourire, petit signe de tête, le museau disparaît... Incroyable la façon dont les deux enfants semblent l'avoir acceptée. Assia vient après avoir terminé son travail à l'agence, passe la fin d'après-midi et la soirée. Reste parfois la nuit. Durant la journée, la *nanny* assure l'essentiel, Ted peut se consacrer à ses textes ou à ses rendez-vous. Le soir, il faut bien mettre la main à la pâte. Pour la première fois de sa vie, Assia, enceinte, a changé un bébé, maladroitement – Nicholas trouvait très drôle de décocher de furieux coups de pied –, et elle a flanqué de la merde sur son beau pull en cachemire. Mais s'en est à peu près sortie. Et s'est attendrie lorsque, après son biberon, Nicholas s'est abandonné, piquant du nez dans son cou, bavouillant. Quant à Frieda, elle est ravie de renifler les fards et les parfums d'Assia, de jouer avec ses colliers et ses bracelets – tous ces beaux bijoux, je peux essayer celui-là, tu veux bien ?

La douleur se réveille. Pas méchante. Suffisante pour aiguiser la sensation du vide. Le rien, immense. Assia s'empare d'une liasse posée sur la table de chevet. Les quarante et un poèmes laissés par Sylvia. Elle feuillette : à chaque lecture, elle reste sidérée par leur force, leur condensation et leur fulgurance. L'a dit à Ted. Qui en est convenu. Lui aussi a été stupéfié. Sur eux plane le génie de Sylvia. Assia relit "Daddy", tellement violent, troublant. Le meurtre du père, les trains et les camps de la mort, l'abat-jour nazi en peau humaine, les chambres à gaz, et cette interrogation : peut-être suis-je juive ? Serait-elle advenue, cette question, si l'itinéraire de Sylvia n'avait pas croisé celui d'Assia ? Et dans d'autres poèmes, anciens ou récents (Sylvia mentionnait toujours la date), se faufile, subtil, insinuant, le monoxyde de carbone. Prémonitoire ? Ou peut-être, tout simplement, Sylvia aimait-elle la résonance de ces termes ? La porte s'entrouvre, à nouveau le museau aux yeux bleus : Papa a mis un poulet au four, ça sent bon, hein ?

Il fallait bien se décider à l'utiliser un jour ou l'autre, ce four. Sylvia, paraît-il, avait posé sa tête à l'intérieur, sur un petit coussin. Monoxyde de carbone… Assia ne pourra rien avaler ce soir. Trop nauséeuse. Pas comme "avant". L'avant de la plénitude. De la promesse, du moins. Elle n'a envie que d'une cigarette. Fume en lisant un autre poème, plus ancien que ceux d'*Ariel*. Assia au ventre récuré comprend immédiatement : juste après une fausse couche, Sylvia évoque l'horreur de la perte. "Personne ne peut dire ce qui me manque." Non, personne. Même pas Sylvia pour Assia. Et pourtant Assia se répète ce vers, comme s'il pouvait atténuer la souffrance. Comme si Sylvia l'avait écrit pour elle. Avidement, une autre cigarette, volutes de fumée, corps partis en fumée. "C'est peine perdue de seulement penser à toi." Eh oui, perdus et l'enfant et les mots. Assia continue à tenir son journal mais n'a pu rédiger aucun vers depuis ces dernières semaines. Brusquement, elle repère la date à laquelle Sylvia a composé ce poème sur cette fausse couche, sur le "moucheron" envolé dans le néant : 11 février 1961. Ted a-t-il remarqué la coïncidence de cette date avec celle du suicide, deux ans après ? Lui en parler ? Non.

Il a fait manger les enfants, les a couchés. Nicholas a tout de suite plongé dans le sommeil, Frieda a réclamé l'histoire du chat blotti dans un arbre, ce chat qui joue du violon durant la nuit, empêchant les chauves-souris de dormir. Ce qui enchante Frieda. Elle sait que son père l'a inventée pour elle. A présent, elle s'est assoupie. Assia également, assommée par une double dose d'analgésique. Ted reprend la liasse d'*Ariel*, l'emporte dans le living au premier étage, parcourt une nouvelle fois. Admiratif et bouleversé, comme lors de ses précédentes lectures. Tiens, dans celui-là – un des plus anciens, juillet 1961 – surgissent les termes "monoxyde de carbone". Juillet 1961 ? Sylvia et lui séjournaient chez des amis américains qui possédaient une maison dans le Sud-Ouest de la France, à Lacan de Loubressac. Belle résonance, comme monoxyde de carbone… Ils avaient bu des vins généreux, découvert le magret de canard et le cou d'oie farci, visité ces grottes où des animaux tracent une écriture que Ted aurait voulu savoir déchiffrer : Ces artistes, avait-il dit à Sylvia, devaient être des chamans. Enceinte de Nicholas, Sylvia était souvent de mauvais poil, voire grossière avec leurs hôtes. Et bouffait comme quatre. Ainsi, un gaz toxique se glissait déjà dans sa poésie, lors de cette période heureuse ? Oui, heureuse, en dépit de ces sautes d'humeur.

Un whisky, une pause. Il rumine. Bientôt paraîtra son recueil d'histoires pour les moins de sept ans, incluant le chat violoneux et bien d'autres bêtes. Il a rédigé la dédicace : "Pour Frieda et Nicholas." En ce début d'année, chaque parent aura dédié un livre aux enfants. Deux livres. Plus qu'un seul parent. Il se reverse du whisky. La chair meurtrie d'Assia, là, juste au-dessus. Le cadavre de Sylvia se décomposant lentement dans le Yorkshire. Comment parvenir à concilier ces deux corps ? Effondré dans un fauteuil, il revoit les obsèques à Heptonstall – "noir village de pierres tombales" –, le gel, le silence, la famille pétrifiée. "Un hiver de draps blancs", disait Sylvia dans sa cantate à trois voix sur la naissance, la maternité, la mort. Cet hiver-là semblait être sorti tout frais tout propre de ce texte, tel un drap qu'on aurait déplié, pour venir langer son cercueil et sa tombe. Il termine son whisky, range les poèmes d'*Ariel* dans leur classeur noir et pour la dernière fois – ainsi en a-t-il décidé – relit le journal rédigé par Sylvia durant les six derniers mois, après leur séparation. Intolérables, tant elles sont corrosives, ces giclées de haine contre lui ! Il est impensable que Frieda et Nicholas puissent un jour prendre connaissance de ces pages atroces. Eux ou qui que ce soit d'autre... Ce journal, il l'a dissimulé à Assia. Mais tous deux ont lu le roman, inachevé, laissé par Sylvia. D'une ironie mordante sur la vie conjugale et sur l'adultère. Sous des noms bouffons, le couple de David et Assia était ridiculisé d'assez méchante manière.

Ted s'empare de grands ciseaux de cuisine et commence à taillader. Le journal, le roman. Des hurlements à l'étage : Maman ! Maman ! Il grimpe quatre à quatre. Debout dans son lit, Frieda sanglote, tend les bras vers lui : Maman ! Il la soulève, la cale contre lui, lèche les larmes – c'est le chat qui t'a réveillée avec son violon, hein, je parie que c'est ce chat ? Non, pas le chat, maman ! Ted câline, longuement. Frieda finit par se calmer, consent à avaler un peu d'eau. Il la repose sur le matelas, elle s'endort aussitôt. Bien sûr la vérité, assoupie durant la journée, resurgit la nuit, tête de vipère bandant, sifflant. Il s'assure qu'Assia est toujours plongée dans le sommeil – il préfère qu'elle n'ait pas entendu –, retourne au premier étage, reprend les ciseaux. Coupe, coupe, minutieusement, jette. La poubelle se remplit peu à peu. Vers deux heures du matin, il la descend, quasiment pleine, la déverse dans la grande poubelle collective, racle soigneusement les derniers petits lambeaux accrochés à la paroi.

AURELIA

26 avril 1963

Cinquante-six ans aujourd'hui. Un anniversaire sans Sylvia. Je pense sans cesse aux enfants. Les imagine entre les mains d'une marâtre – je sais, je sais, je me fabrique un très mauvais roman. Cette Acia Wewil… Aucune idée comment ce prénom et ce nom s'écrivent, et je ne veux pas le savoir ! En mars, j'ai envoyé un courrier au Dr Horder, l'interrogeant sur les circonstances du décès, sur l'état de santé de Frieda et Nicholas. Pour Sylvia, il demeure convaincu qu'il s'agit d'un suicide, et non pas d'un appel au secours. Il affirme que les deux petits se portent bien, même pas une rhinite de printemps. Leur *nanny* semble propre, efficace. Bien sûr, je n'ai pas osé en parler au Dr Horder mais un doute me taraude : l'antidépresseur qu'il avait prescrit à ma fille ne lui aurait-il pas été nocif, fatal ? Warren et Margaret m'assurent qu'il faut arrêter de ressasser là-dessus…

Dès que je serai en vacances, fin juin, je me rendrai sur la tombe de Sylvia. Ted m'a promis qu'il viendrait alors avec Frieda et Nicholas à Heptonstall et que nous discuterions de leur avenir. Dans une de ses lettres, il reconnaît que, s'il existe une éternité, il y sera à jamais damné. Chacun son enfer, j'ai mon compte avec le mien. Je veux bien admettre qu'il se débat comme il peut avec la culpabilité mais je ne suis pas certaine qu'il croie à une éternité… Mon gendre et moi nous nous efforçons de maintenir des relations correctes – pour les enfants, bien sûr. Il hérite de tout : manuscrits, droits d'auteur, Court Green. Contrairement à ce que j'imaginais, ma fille n'avait pas enclenché la procédure de divorce.

Il m'a envoyé le dernier texte en prose signé par Sylvia, en janvier, peu de temps avant sa mort. C'était une commande du magazine *Punch*, sur le thème de ces intempéries exceptionnelles. Ma fille raconte gaiement les rues enneigées et les trottoirs verglacés, ses problèmes de chauffage, baignoire et canalisations, la grippe, les petits emmitouflés à l'intérieur de l'appartement dans leurs anoraks et leurs cache-nez, la bouillotte prêtée par le voisin du rez-de-chaussée, l'entraide. A partir de ces bribes, j'essaie de reconstituer le puzzle de ses dernières semaines. Et soudain, cette phrase : "Fort heureusement, j'avais une cuisinière à gaz." Non, non ! Je suffoque, j'ai envie de hurler ! Bien sûr, je comprends ce qu'elle veut dire : même lorsque l'électricité est coupée, grâce à cette cuisinière elle peut faire chauffer de l'eau, laver Frieda et Nicholas, préparer à manger. Mais cette phrase, sa résonance ! Fort heureusement…

J'essaie de me ressaisir. De relire. Non, la femme qui a rédigé cet article avec cet humour tonique, cette allégresse quasiment, n'était pas en proie à une grave dépression, ce n'est pas possible ! Et tout à la fin de son récit, elle se projette dans un avenir lointain : lorsqu'elle sera âgée, ses enfants devenus adultes s'occuperont d'elle et lui apporteront les précieuses bougies lors d'une nouvelle tempête de neige. Non non, elle ne voulait pas mourir ! Elle se voyait vieille, à la chandelle…

HADÈS UNDERGROUND

Mai 1963

Il prend le métro à Leicester Square, direction le nord de Londres. Sylvia est là, assise en face de lui, un peu de biais. Elle était déjà là, en vieille habituée de l'underground. Un cabas sur ses genoux, son sac en bandoulière. Sa peau d'un blême légèrement cireux. Comme à la morgue, remarque-t-il. Sans doute la teinte propre au peuple des morts-vivants trimballés, ballottés dans ce wagon ? Rien de terrifiant, les enfers. Des âmes grises, moins errantes que dodelinantes, doucement harassées. Moutonnières et résignées. Sauf Sylvia, imperturbable, morte comme tout un chacun, mais avec cet air de défi bien à elle, menton à peine relevé, lèvres légèrement pincées. Il connaît cet air-là – ton air teuton, plaisantait-il. Elle ne voit pas qu'il la regarde, ou ne veut pas le savoir, elle demeure opaque, retirée en elle-même, accrochée à son cabas – qu'y a-t-il donc à l'intérieur ? Et si c'était une offrande pour lui ? Le rêveur demeure l'enfant espérant que sa mère lui donnera très bientôt son cadeau, le trésor rapporté du marché, ou d'ailleurs. Sylvia continue à l'ignorer. Pourtant, il en est certain, elle descendra à Chalk Farm, la prochaine station, et il pourra la suivre, lui parler. La rame s'arrête. Il se hâte, une fois sur le quai se retourne, aperçoit le profil de Sylvia encore éclairé, de l'autre côté de la vitre, très vite emporté vers le nord, à grand fracas. Le nord, bien sûr : n'est-elle pas décédée par un hiver surgi de l'Arctique ? Et son père venait du nord, des confins de la Baltique. Elle poursuit son trajet vers ce pôle, vers ce père, l'imparable logique du rêve, pourquoi lui apparaît-elle trop tard, pourquoi a-t-il quitté ce wagon à Chalk Farm ? Il est seul maintenant sur ce quai désert, dans cette lumière douceâtre, les âmes mortes ont repéré leur destination, leur couloir blafard à travers le dédale souterrain et il comprend soudain pourquoi ce quai, ces galeries sont l'enfer : nul animal, ni pelage ni senteur fauve. Peut-être Sylvia dissimulait-elle une bestiole dans son cabas, était-ce le présent qu'elle lui réservait ? Il a manqué l'essentiel. Orphée prétendant affronter l'horreur souterraine n'est qu'un imbécile, soit il se retourne trop tôt, soit il descend trop tôt. Les songes reproduisent les mythes, on se voudrait mage, chaman, magicien, hardi explorateur de l'Hadès, et on se retrouve stupide, sur un quai vide et, tout aussitôt, en sueur, en larmes, à côté d'un corps endormi respirant lentement. Ted se lève, se glisse à pas feutrés dans l'escalier. S'assoit dans la cuisine. Contemple la batterie de casseroles émaillées, banales, que Sylvia avait achetée en s'installant ici. Celles en cuivre sont restées à Court Green. Il eût fallu l'enterrer avec ses belles casseroles rutilantes, ainsi qu'elle l'avait demandé dans ce poème datant d'un an. Hébété, il fixe la porte du four, vitreuse. La porte des enfers. Bientôt quatre heures. A cette heure-là, peut-être, dans l'exaspération hargneuse de l'insomnie, Sylvia avait perdu pied. Non loin, les loups hurlaient. A leur manière, fluide et pénétrante. Pas de téléphone pour appeler au secours : des amis, ou son médecin. Ou sa mère. Ou son frère. Ou lui. Goulûment, elle avait avalé plusieurs somnifères, plus deux tubes de son antidépresseur – se tuer, la seule issue pour dormir enfin ? –, quantité de comprimés, très vite, puis elle s'était ruée sur cette porte, sur ce bouton sauveur… Non, cette version ne collait pas avec les très soigneuses précautions prises pour sauvegarder les enfants, préserver les oisillons, là-haut, dans leur nid douillet, avec leurs nounours, et le pain et le lait maternels déposés à leur chevet. Non, ça ne colle pas, répète-t-il spasmodiquement tout en s'arrosant le visage au robinet de l'évier. Eponge, se rassoit. Se revoit, trois ans auparavant, en train de traverser la Tamise par le pont de Chalk Farm, juste après la naissance de sa fille. Ahuri par le manque de sommeil, par sa stupeur face à ce merveilleux animal humain dénommé Frieda, fraîchement débarqué dans sa vie. Sur le pont, il avait croisé un homme portant un bébé renard dissimulé sous sa veste. Une petite tête dont les oreilles paraissaient immenses. Ted avait été happé par le regard traqué, fiévreux d'anxiété. Il s'était arrêté, intrigué. L'homme le lui avait proposé pour une livre, Ted avait hésité : rapporter un renardeau dans le minuscule deux-pièces de Chalcot Square ? Un bébé renard pour le bébé Frieda ? Et plus tard, lorsqu'il aurait besoin de courir, mordre, chasser ? Il avait renoncé. Là résidait l'erreur première. Sans doute était-ce cette jolie bête rousse que Sylvia transportait dans son cabas, il aurait fallu les suivre toutes deux, partager avec elle et la poésie et le renardeau et les enfants. Messager venu d'ailleurs, le renard était porteur de poésie. La faute originelle avait été de renoncer à l'animalité, de devenir un couple banalement conjugal. Etranglé par le quotidien. Par la jalousie carcérale de Sylvia. Par cette maison, objet de tant de soins, proche de la nature mais non de la sauvagerie, cocon et non bauge ou terrier. Privé de la chaleur maternelle, le bébé renard avait dû périr très vite. Sylvia était morte si jeune. Ils avaient échoué. Sans doute était-il descendu à Chalk Farm afin de retrouver le pont du même nom et son renardeau aux yeux implorants. Trop tard, Ted Orphée n'a pas su charmer les bêtes. Ni l'apprenti chaman faire alliance avec l'animal intercesseur qui l'aurait guidé vers le monde secret, salvateur. Il avale cul sec un verre de brandy, remonte au deuxième étage, se recouche, renifle des effluves d'aisselle et de vulve, pénètre avec rage la tanière originelle, Hadès humide, underground fascinant, infernal. Happé par le désir et la terreur de n'en pas revenir.

CELIA

Vancouver, juin 1963

J'ai mal pour ma sœur. Elle m'écrit de Heptonstall où elle passe une dizaine de jours avec Ted, Frieda et Nicholas. Les parents de Ted ont accepté de la recevoir. A condition que Ted et elle fassent chambre à part ! Pareille hypocrisie me révulse. Assia au ventre vidé – une fois de plus – s'occupe des enfants d'une autre. Aide la mère de Ted pour la cuisine et le ménage tandis que Ted part à la pêche avec son père. Assia qui déteste la campagne comme les tâches domestiques ! A croire qu'elle recherche les situations impossibles. Faire l'amour et dormir dans l'appartement où Sylvia Hughes est décédée. Séjourner dans le village où elle est enterrée. Folie, défi ? Jouissance de la persécution ? Je déteste cette idée… Pendant ce temps, David réside à Barcelone – il bénéficie d'une bourse de six mois pour écrivains – et la supplie de le rejoindre. J'ai envie de crier à ma sœur : Fuis donc ce type enkysté dans le drame et le deuil, bondis dans un avion, précipite-toi vers David le blond le tendre, tu viens d'avoir trente-six ans, il n'est pas trop tard pour que ton mari et toi vous ayez enfin un bébé, il vaudrait mieux cependant ne pas trop tarder, cours vers lui, vers la chaleur et la lumière de la Catalogne, extirpe-toi de ce tunnel asphyxiant, fuis ! Je revois ma sœur, vers seize ou dix-sept ans, sur une plage proche de Tel-Aviv. Cette peau ambrée, cet éclat souverain et la comédie-ballet des soupirants autour d'elle. J'entends sa voix rauque, ses reparties cinglantes, les rires de ses admirateurs. A la même époque brûlaient des membres de la famille Gutmann, nous l'ignorions bien sûr. Leurs cendres retombent à présent sur Assia, la flétrissent, l'ensevelissent – une image aberrante, je sais, mais je ne parviens pas à l'évacuer.

Même piégée par sa folie amoureuse, Assia demeure lucide. Dans cette même lettre, elle ironise sur son avenir : Très probablement elle s'épuisera à accompagner Ted dans cette traversée du deuil, après quoi, ternie, vieillie, son boulot accompli, elle sera remplacée par une jeunesse… Une lucidité conjuratoire ? Quant à l'appartement de Fitzroy Road, c'est la maison hantée. Court Green encore plus et il est probable qu'elle ne sera pas autorisée à y mettre les pieds. Il ne me reste plus, conclut-elle, qu'à rédiger la biographie de Sylvia Plath : ne suis-je pas la personne toute désignée ? Je vis dans les lieux aménagés par elle, même si c'est provisoirement. Je me sers de sa vaisselle et de son linge, je connais intimement l'homme qu'elle a aimé, à l'occasion je torche et nourris ses rejetons, je lis ses poèmes inédits ainsi que son journal, je dispose de ses livres de prédilection, n'ai-je pas entre les mains tous les éléments pour élaborer une excellente biographie ? Mais je sais bien, ajoute ma sœur, que Sylvia détiendra toujours plus de génie, de persévérance, d'exigence et d'énergie que moi…

Ah non, je n'aime pas la sentir ainsi écrasée par cette morte si vivace ! Et je déteste ce ton de persiflage, je perçois trop, à l'arrière-plan, le crissement de la souffrance.

WINIFRED DAVIES

Septembre 1963

Au début de l'été, des voisins m'avaient informée que Ted Hughes avait mis Court Green en vente. Il préfère tout liquider, avais-je supposé : il lui serait intolérable de revenir renifler les traces de Sylvia dans cette demeure, ce verger, ce potager. De revoir les guirlandes de cœurs, le tapis patchwork, et sa machine à coudre, et la rhubarbe plantée par elle. D'ailleurs, il m'avait écrit pour me proposer de prendre la ruche – ce que j'avais fait et j'en avais tiré plusieurs pots d'un beau miel mille-fleurs. Ces abeilles incarnaient pour lui un trop cuisant souvenir, j'imagine.

Brusque revirement ! Depuis quelques jours, la maison est ouverte. Il l'habite avec une femme. Sa sœur. Je l'ai croisée chez l'épicier, me suis présentée : C'est moi qui ai accouché Nicholas. Elle, elle n'avait pas besoin de se nommer. Le double féminin de Ted, en moins sombre. Presque aussi grande, et le même menton. Elle a abandonné son travail à Paris pour soutenir son frère et s'occuper des enfants. Non, ce n'est pas facile, a-t-elle reconnu, un changement de vie radical – elle aimait beaucoup Paris et ses habitudes de célibataire – mais il fallait parvenir à une solution, la famille s'inquiétait pour Ted et pour le devenir des deux orphelins… Elle m'a invitée à prendre le thé, j'étais heureuse de revoir les petits. Nicholas bien planté, costaud. Frieda m'a fait fête. Elle avait retrouvé les chats auxquels elle avait dû renoncer à l'automne dernier. Pas vraiment retrouvé : les chatons tendres et floconneux sont devenus des matous grands chasseurs, trop indépendants pour que Frieda puisse les câliner et jouer à la mère avec eux. De toute façon, ce jeu de l'échange est impitoyable, on y est toujours perdant comme l'avait souligné Sylvia. Les bestioles avaient été offertes à Frieda pour la consoler d'être séparée de son père. Elle vit à nouveau avec lui, et avec les deux chats. Mais dans l'ombre dense, définitive, de l'absence maternelle. Cher payé.

Bien entendu, je n'ai pas accordé le moindre crédit à la version officielle d'une pneumonie. Je corresponds régulièrement avec Aurelia Plath, elle m'a confirmé qu'il s'agissait d'un suicide. En aparté, Olwyn Hughes m'a glissé que les petits s'étaient rendus avec Ted, puis avec leur grand-mère américaine, sur la tombe à Heptonstall. On leur a expliqué que leur maman était morte après avoir pris froid. Une fable inutile à mon avis. Je suis persuadée que Frieda sait. De ce savoir enfoui, silencieux, que détiennent les jeunes enfants.

TREVOR THOMAS

Mars 1964

Aucun doute, les poètes sont fous ! J'en ai eu une nouvelle confirmation. Elizabeth Taylor habitait toujours le duplex, seule, et mes garçons, j'imagine, se branlaient en évoquant sa croupe ou ses seins. De temps à autre, en semaine, j'apercevais le veuf. J'avais fini par comprendre : il résidait dans le Devon, venait régulièrement à Londres. Pour des émissions à la BBC, et pour sa brune… A partir de novembre, je ne l'ai plus vu. Un blond, très beau, très courtois, s'est installé ici. D'autant plus beau que son teint bronzé avivait le bleu de ses yeux – bien sûr, l'hiver londonien a très rapidement absorbé ce hâle. La brune fatale s'est crue obligée de m'informer qu'il s'agissait de son mari, poète également, mais que tous deux faisaient chambre à part.

En janvier, je l'ai croisé dans l'entrée. Il supportait très mal ce lieu, m'a-t-il avoué, et notamment d'entendre les hurlements nocturnes des loups. Bref, il avait persuadé sa femme de loger ailleurs, ils partiront à la fin du mois. Je lui ai souhaité bonne chance. Puis je me suis souvenu : la date anniversaire du suicide approchait… Là-dessus, quinze jours plus tard, Elizabeth Taylor m'a annoncé que son mari avait dû se rendre précipitamment à Ottawa, pour les obsèques de sa mère, leur déménagement était retardé. Le 11 février, j'ai emmené mes garçons au cinéma, ils avaient oublié la date, je suppose, moi non. Au retour, je n'ai pu m'empêcher de vérifier que ça ne sentait pas le gaz dans l'escalier : je pensais à Elizabeth Taylor, seule là-haut, son mari au Canada, son amant dans le Devon, je n'aurais pas aimé être à sa place. Mais aussi, pourquoi était-elle venue se fourrer dans cette place-là ? Défi, folie ?

Le beau blond est revenu du Canada, très pâle, visage creusé. Je lui ai présenté mes condoléances. Ils s'en vont la semaine prochaine. De toute façon, placée sous les auspices d'un poète – et d'un Irlandais de surcroît ! –, cette maison était vouée à la tragédie et à la dinguerie.

GERALD

Australie, juin 1964

Je relis une lettre de Ted datant de l'été 1962, à l'époque où il se séparait de Sylvia. Il ne pouvait plus supporter, me confiait-il, ce rayonnement mortel qui émanait d'elle. Et pourtant, n'est-ce pas ce qui l'aurait attiré, aimanté, dès leur première rencontre à Cambridge ? Mais pas au fil des années... Dans ses derniers courriers il se dit toujours très amoureux d'Assia, sa renarde, sa loutre (lorsqu'il était un jeune adolescent, il trouvait la loutre à la fois animale et humaine). Et ne me cache pas que sa passion pour elle n'exclut en rien de passagères aventures – serait-ce sa façon d'être fidèle à Sylvia ? Assia le sait, ou le renifle, ce qui provoque des scènes mémorables. La douce et souple loutre est capable de montrer les dents et de sortir les griffes. Voilà qui ne doit pas déplaire à mon petit frère. Lorsqu'il se rend à Londres, deux ou trois jours par semaine, Assia le rejoint dans son studio, puisqu'elle vit avec le nommé Wevill, chastement paraît-il – j'en doute. Elle lit à Ted des romans de Dostoïevski et de Tolstoï, en russe. Il apprécie vivement, même s'il ne comprend pas : de sa voix prenante, Assia fait vibrer le sens, les sens, lui traduit des fragments. Et elle commence à l'initier à l'hébreu, qui fascine mon frère. Bref, si je comprends bien, le lit, les langues, dans une même jouissance avide. Assia, l'amie, l'amante, l'une et l'autre lui sont indispensables, souligne-t-il. Mais non une compagne au quotidien, ai-je l'impression – même s'il préférerait qu'elle se sépare de ce David ? En tout cas, pour le moment, Ted n'envisage pas de vivre avec elle à Court Green. Sylvia, je suppose, habite encore cette maison, Sylvia bien présente, et d'autant plus vivante que délivrée par sa disparition de ce mortel rayonnement ?

De son côté, Olwyn m'annonce qu'elle n'a nullement l'intention de s'enterrer dans le Devon. A Court Green, elle a commencé à classer les journaux, poèmes et nouvelles laissés par Sylvia. Un travail considérable. Et urgent car, elle a pu le constater, des amis de passage ou de vagues connaissances ne se gênent pas pour prélever quelques feuillets par-ci par-là. Aussi bien d'ailleurs dans les manuscrits de Ted. Lequel, souligne notre sœur, est beaucoup trop négligent. Ces textes dérobés se négocient très bien, à Londres ou ailleurs. Bref, elle a l'intention – ce qui arrange notre petit dernier – de s'installer à Londres et de devenir agent littéraire, à la fois pour l'œuvre de son frère et pour la succession de l'écrivain Sylvia Plath, lourde à gérer mais intéressante financièrement. Les enfants grandissent, dès la rentrée Frieda commencera l'école. Avec une femme de ménage et une baby-sitter efficaces, Ted devrait pouvoir s'en sortir, tout en continuant à naviguer entre North Tawton et Londres.

Eh bien, la littérature devient une affaire de famille chez les Hughes ! Sauf pour moi. J'expédie à mon frère des têtes et des peaux de bêtes dont il décore les murs de Court Green. Il m'envoie des armes, épées anciennes, dagues, fleurets, qu'il déniche à bon prix dans des brocantes du Devon. A distance, et à notre manière, nous échangeons autour de la mort. Comme dans l'enfance, lorsque je l'initiais à la chasse.

DIALOGUE

Août 1964

— Alors, Anne, ce thé chez les Wevill ?

— Ce thé avec Assia, David était sorti. J'ai admiré la décoration de leur nouvel appartement : l'œuvre d'Assia, bien sûr.

— Tu ne me feras pas croire qu'ils ne sont plus amants.

— Tu te trompes, Al. Elle a sa chambre, David dort sur un divan dans le séjour.

— Ça ne prouve rien ! Tu sais bien qu'Assia est une dévoreuse d'hommes.

— Vous me faites rire, parfois, vous autres hommes : vous dites "dévoreuse d'hommes" avec méfiance, voire mépris, cependant que la terreur de la dévoration mijote en vous. Ou le désir d'être dévoré…

— Mais qu'est-ce qui m'a pris d'épouser une psychologue de profession !

— Tu aurais vu certains croquis de Ted, en marge de carnets qu'Assia m'a montrés : des gueules immenses, des becs d'oiseaux largement ouverts, hérissés de dents aiguisées.

— Dispense-moi de tes interprétations !

— En tout cas, entre ces deux-là, c'est toujours aussi intense, violent même. Scènes, ruptures et réconciliations, les amants terribles et magnifiques. A mon avis, ce lien si tendre entre elle et David permet à Assia de se risquer à corps perdu dans sa passion pour Ted. La protège en partie.

— Etrange trio…

— Quatuor, plutôt.

— Tu inclus Sylvia, c'est ça ?

— Eh oui ! Toujours vivante entre Ted et Assia.

— Pourtant Assia est de plus en plus acceptée et reconnue comme la compagne de Ted dans notre petit milieu. Les réticences du début, inévitables après le suicide, se sont émoussées. Dans les rencontres et lectures de poésies où elle vient avec Ted, tout le monde reconnaît ses qualités, et l'apprécie.

— D'accord, Al : elle est plaisante, intelligente… Là n'est pas la question. Sylvia persécute Assia du dedans et ça n'a rien à voir avec la réalité, mondaine ou pas. Bien sûr, Ted la stimule, l'encourage à peindre, à écrire, à s'affirmer, mais Assia est persuadée que le génie, c'est Sylvia, et elle, Assia, le joli petit talent qui ne laissera pas de traces.

— A propos, Ted m'a fait passer des poèmes d'Assia. Je vais en faire paraître quelques-uns dans *The Observer.*

— Par amitié pour lui ou…

— Parce que ces textes sont bons ! Anne, je n'ai jamais rien publié par complaisance dans ce journal.

— OK, ne t'énerve pas… Assia a évoqué un projet entre elle et Ted : un livre composé de ses propres dessins et de poèmes de Ted, les uns et les autres se répondant.

— Sur quel thème ?

— Des dessins d'animaux et de plantes.

— Et tu penses que ce travail en commun les aidera à surmonter les effets dévastateurs du suicide ?

— Dans l'immédiat, ils semblent avoir adopté une autre parade…

— Anne, je te vois venir : tu voudrais faire durer le suspense, avec ce sourire et cet air malins que je connais bien.

— Eh oui, à force de vivre avec le célèbre critique, poète et romancier Al Alvarez, on apprend à raconter, à réserver le meilleur pour la fin.

— Accouche !

— C'est le cas de le dire. Assia est enceinte, et radieuse de l'être.

— Et l'enfant est de...

— Ted, bien sûr !

— Ah bon... Anne, sais-tu à quoi je pense ? A ces pages de Sylvia où elle clamait, à sa manière virulente, corrosive, son mépris pour la femme stérile, pour la femme qui a choisi d'avorter. Assia les connaît certainement.

— C'est bien ce que je te disais : Sylvia toujours vivante et Assia dévorée par Sylvia. Bien plus qu'elle n'est une dévoreuse d'hommes...

ZOO

Mars 1965

Il sort de chez Faber and Faber. Au fond de sa poche, un exemplaire d'*Ariel*, sentant encore l'encre d'imprimerie. Ted s'immobilise un instant, contemplant, juste en face, l'église Saint-Georges-le-Martyr, grise et granitique sous un ciel plâtreux. Il y aura bientôt neuf années, deux jeunes mariés s'avançaient sur ce parvis, rayonnants, cinglés par la pluie. Le sanctuaire des petits ramoneurs, la suie poisseuse de la mémoire. Il n'aura jamais fini de la ramoner. Au moins vient-il de faire publier ce recueil posthume de Sylvia. Tout en marchant vers Regent's Park, il l'extirpe de sa poche, en renifle à nouveau l'odeur. Acre, vivante. *Ariel* au nom ailé, l'être de lumière et de légèreté qui se libère du joug de Prospero.

Ted pénètre dans le zoo, s'assoit sur un banc face à l'enclos des ours. Braves et bourrus. Là-bas, aux Etats-Unis, il avait réussi à faire déguerpir le cinquante-neuvième ours : le colosse amateur de miel ? le tueur carnassier ? Mais n'avait pu, chaman novice, délivrer la fille du père tout-puissant, Otto-Prospero, présent dans *Ariel* sous le nom de Daddy, grotesque et terrifiant à la fois. Le monstre dont on ne peut se débarrasser ? Ted frissonne. Des flocons commencent à folâtrer, s'accrochent à la fourrure des ours. Il repart à grandes enjambées, se réfugie dans la chaleur de la fauverie, se repaît des relents de merde, carne et pelage. Dans un des quarante et un poèmes d'*Ariel* – il les sait par cœur – rugit un tigre. Echo à cette panthère qui poursuivait Sylvia dans ce texte rédigé il y a neuf ans ? Ce texte qu'elle avait déclamé en débarquant inopinément chez lui, à Londres. Aussitôt après, leurs corps s'étaient apprivoisés, dans l'évidence de l'éblouissement. Un mois de mars, plus tendre que celui-ci... Ted palpe au fond de sa poche la couverture du livre tout neuf. Sort de la fauverie. La neige recouvre le sol. C'était l'époque où leurs animaux respectifs savaient s'affronter et copuler, allégrement. Sylvia, ou Ted, pouvait ouvrir les cages de son zoo personnel sans craindre de blesser l'autre trop grièvement.

Il passe par la volière, ne s'attarde pas devant le condor aux pattes vert-de-gris. Le bestiaire de Sylvia – il l'avait compris un peu tard – incluait des abeilles, depuis la petite enfance. Cinq longs poèmes d'*Ariel* leur étaient consacrés, presque un huitième du recueil. Ces abeilles que Sylvia identifiait à des femmes libres, ayant éliminé les hommes : des rustres, des goujats ! avait-elle écrit. Reine de la ruche, reine morte. Entre l'ours menaçant et les bourdonnantes au dard aigu, Ted pouvait-il encore caser sa propre faune ? Sylvia aurait sans doute rétorqué que sa ménagerie à lui n'était pas moins envahissante, voire puait la dévoration et la destruction... Il se hâte de quitter Regent's Park et de rejoindre son studio. Il pose le recueil sur son bureau, relit la dédicace sur la page de garde : "Pour Frieda et Nicholas." Frieda commence à déchiffrer, quand mettra-t-il ce livre entre ses mains ? Le téléphone, c'est Olwyn : une amie commune vient de la prévenir, depuis cette nuit Assia est à l'hôpital de Charing Cross, le travail est déjà bien avancé. Ted repart à toute allure sous des flocons toujours plus denses, arrive à la maternité peu après la naissance. Une fille, Alexandra. Assia l'avait prévenu qu'elle souhaitait un prénom russe. Epuisée, Assia, et très fière : Neuf heures de contractions, pour un premier accouchement, et à trente-huit ans, je m'en sors plutôt bien, tu ne trouves pas ? Et tu as vu ses cheveux, les étonnants cheveux de notre fille, si noirs, épais ? Il soulève Alexandra dans ses larges paumes. La sage-femme le regarde, attendrie – je dois avoir l'air benêt, empêtré du père à qui on colle son premier-né dans les bras, et pourtant j'ai baigné, changé, dorloté, habillé deux bébés, mais j'avais accompagné leur venue au monde avec ma respiration et la tension de mes muscles, dans la ferveur et l'angoisse. Celle-ci, cette minuscule bestiole, de quelle planète a-t-elle dégringolé avec cet air farouche, concentré ? Remonte ce sentiment qu'il a éprouvé lors des précédentes naissances : ce petit d'homme le relie au monde animal.

A nouveau la voix assourdie mais vibrante d'Assia : Et Tatiana en deuxième prénom, ça te plaît ? Oui oui, bien sûr – Ted sait que, ces derniers temps, Assia était continuellement plongée dans la lecture du roman de Pouchkine, *Eugène Onéguine*, dont Tatiana est l'héroïne, pure, fidèle et passionnée, comme si, par infusion, les mêmes qualités, franchissant la barrière placentaire, avaient été censées se communiquer au bébé.

Ted embrasse la mère et l'enfant, il lui faut partir s'il veut attraper le dernier train pour rentrer à Court Green, il n'aime pas laisser Frieda et Nicholas plus de trois nuits seuls avec la jeune fille au pair. Les yeux d'Assia dérapent vers la fenêtre, dehors un tourbillonnement opaque : Tu as vu, une neige russe accompagne la venue au monde de notre Alexandra Tatiana ! Il sourit, caresse le petit crâne si joliment ovale. Alexandra. *Ariel.*

CELIA

Vancouver, mars 1965

Lentement mère agonisait et père affirmait : Elle ne pourra pas résister jusqu'à la naissance c'est impossible et moi rétorquant si si elle tiendra, elle perd le poids qu'Assia prend jour après jour là-bas à Londres mais elle s'agrippe, elle l'attend depuis si longtemps l'enfant de sa première-née, la récalcitrante l'insoumise, celle qui refusait les règles d'ordre, de rigueur, les préceptes bien-pensants, protestants, de notre mère allemande comme si par tous les pores de sa peau juive mon aînée rejetait cette ascendance maternelle avec une rage imbibée d'amour, et mère s'amenuisait, moins de quarante kilos, constatait père effondré, et cette peau vitreuse, tu vois bien elle se meurt et Assia n'en est qu'à six mois, je ne vais tout de même pas souhaiter que ma fille accouche prématurément, surtout dans sa trente-huitième année, afin que ma femme éprouve la joie de cette naissance avant de disparaître, mère se faisait de plus en plus légère, brindilles sèches ses doigts, et ses yeux si pâles, mornes flaques répandues sur son visage toujours plus rétréci, père lui injectait de la morphine à menues doses précautionneuses, surveillait jour et nuit le pouls la respiration, oui tu as raison elle résiste c'est stupéfiant, enfin le coup de fil de David : Alexandra Tatiana Elisa et la voix amenuisée de mère, Elisa Elisa mon prénom ! Une voix émanant d'un quasi-cadavre. Elle a réussi à se cramponner encore deux semaines, le temps que nous parviennent les premières photos, une si belle enfant, murmurait-elle, exsangue, extatique quasiment, elle ne souffrait plus, père avait augmenté la morphine, et elle s'émerveillait de voir sur ces photos Assia radieuse tenant Alexandra dans ses bras comme si toute sa vie ma folle de sœur n'avait fait que pondre et bercer des bébés, bien sûr nous avons immédiatement substitué à Alexandra le diminutif de Shura, si doux feutré câlin, Shura Shurotchka, et sur une autre photo – prise celle-là par la sœur de Ted – on pouvait voir le trio Ted Assia Shura, et mère confondait, qu'importe, elle murmurait "David" en désignant l'homme portant le nourrisson : Tu vois Shura a capté les yeux bleus de son père, à l'approche de la fin mère semblait avoir oublié que ses propres yeux l'étaient, bleus, l'avaient été du moins, ce bleu magnifique dont père était devenu amoureux une quarantaine d'années auparavant, elle puisa je ne sais où l'énergie de demander qu'on lui apportât la bible, sa très précieuse bible luthérienne que, depuis 1932, depuis le départ précipité de Berlin sous la menace nazie, elle avait trimballée de contrée en contrée dans ses bagages d'exilée, elle a montré à père l'emplacement où, à la suite des prénoms d'Anastasia et de Celia, devaient être inscrits ceux d'Alexandra Tatiana Elisa. Et elle est morte.

AURELIA

Mai 1965

J'ai reçu récemment l'ultime recueil de Sylvia, expédié par Ted. Il l'a fait éditer par la célèbre maison Faber and Faber – je me souviens du parvis, de cette pluie diluvienne le jour du mariage, neuf ans dans un mois, et juste en face cet immeuble austère : il fallait traverser non pas la rue mais la mort pour parvenir chez Faber and Faber. Et là-dessus, j'apprends par la mère de Ted que Frieda et Nicholas ont une demi-sœur ! Le dernier "enfant" de ma fille. Le premier enfant de cette Assia Wevill – à présent je sais orthographier ce prénom et ce nom. Pourquoi donc Ted a-t-il fait coïncider les deux événements ? Sans doute me répondrait-il qu'il n'était pas totalement maître du jeu, ni pour la parution des poèmes, ni pour la naissance de sa deuxième fille. Je me sens accablée : le deuil plus que jamais vivant, crissant.

Ariel : un diamant. Dense et noir. Je ramasse de plein fouet les deux poèmes intitulés "Daddy" et "Méduse". Ils me cinglent. Le père nazi. La mère collante. Pis même, gluante. Ce père qu'elle traite de fumier. Cette mère à laquelle elle déclare en substance : je ne t'avais pas sonnée, pas convoquée, mais il a fallu que tu traverses l'océan pour revenir plaquer sur moi tes ventouses, m'entortiller dans tes tentacules, m'étouffer… Sylvia était pourtant bien contente que je vienne garder Frieda tandis que Ted et elle s'offraient des vacances en France ! Une fois de plus, je constate combien l'écrit ravage les proches. Tente de les détruire, faute de n'avoir pu l'accomplir "pour de vrai" ? Déjà, avec *La Cloche de détresse*, je l'avais si violemment éprouvé. J'admire les textes de ma fille, et ils m'insupportent, me déchirent.

Mon fils et ma belle-fille ont pris connaissance de ce recueil. Pas aussi atteints que moi, bien sûr. Maman, essaie de comprendre, me répète Warren, il ne s'agit pas du père et de la mère réels mais de figures paternelles et maternelles, quasi mythiques. J'ai compris j'ai compris, je ne suis pas idiote ! Mollement j'opine – les mythes ont bon dos – et j'ai toujours aussi mal. Ces poèmes me rendront célèbre, m'avait écrit Sylvia peu avant sa mort. C'est ce qui est en train d'advenir. A quel prix... Les critiques, paraît-il, sont nombreuses, et très favorables. Bien entendu sur fond de ce suicide, à présent officialisé. Malgré lui, affirme Ted, et je le crois sincère, il aurait souhaité le silence sur ce drame. Et coup de massue supplémentaire pour moi, il m'informe qu'il envisage de faire publier aux Etats-Unis *La Cloche de détresse*, sous le nom de Sylvia Plath bien entendu : des éditeurs américains lui ont fait des offres très intéressantes, les œuvres comme les manuscrits de Sylvia sont de plus en plus cotés, les prix grimpent, Olwyn Hughes gère cette manne d'une main de fer tout en essayant de protéger la vie privée de son frère. Non non, il est impensable que ce roman paraisse ici, je m'y opposerai de toutes mes forces ! Ted détient les droits et peut passer outre. Je suppose cependant qu'il préfère éviter une rupture radicale entre nous. A cause de Frieda et de Nicholas, bien sûr. Et il sait que j'ai conservé l'énorme correspondance de ma fille. Mais ignore ce qui est dit de lui dans ces lettres.

Nous allons bientôt fêter le premier anniversaire de Jennifer : Margaret a accouché un peu plus de douze mois après la disparition de Sylvia… Warren a été engagé par IBM comme chercheur de haut niveau, avec un salaire très élevé. Margaret a obtenu un poste intéressant au musée de Boston. Et donc belle maison, grand jardin, piscine. Et cette Jennifer, très charmante. Je devrais être comblée. Si brillants, mes deux enfants. Je songe à cette cantate à trois voix écrite par Sylvia : une femme dit de son nouveau-né qu'elle ne le veut surtout pas exceptionnel car le génie engendre le pire, et la souffrance des mères. Quelle prescience…

DIALOGUE

— Eh bien Anne, à qui ressemble-t-elle cette Alexandra dite Shura ?

— A Ted. La peau mate, les cheveux noirs.

— Comme sa mère…

— D'accord, Al ! Au cas où tu voudrais insinuer que cette enfant pourrait être de David, je te réponds qu'elle n'a ni le teint ni les cheveux pâles.

— Et les yeux ?

— Très clairs, mais il est trop tôt pour déterminer la couleur définitive.

— Et Assia, comment va-t-elle ?

— Epuisée, béate. Proclamant que sa fille est très belle, très charmante. Prête à la défendre bec et ongles.

— Contre quoi ?

— La défendre ! Contre toute menace. Assia métamorphosée en femelle animale, émerveillée par son petit, trouvant les gestes pour le nourrir, laver, soigner. Triomphante et exténuée, toute-puissante, ayant conjuré la mort, ou quasiment, en donnant la vie.

— Anne, tu en rajoutes un peu trop, tu ne crois pas ?

— Mais non… Elle m'a même dit : Enfin je suis née, ancrée.

— Et avec David, ça se passe comment ?

— Il câline Shura, se lève la nuit pour donner le biberon et permettre à Assia de récupérer.

— Ted a l'intention de reconnaître Alexandra ?

— C'est fait : dès qu'il est revenu du Devon à Londres, il s'est déclaré comme étant le père.

— Quel imbroglio !

— Au fait, ce bébé débarque combien de temps après le suicide de Sylvia ?

— Deux ans et un mois. Anne, tu penses que cette naissance peut exorciser l'ombre de cette disparition ?

— Non. Et je t'avouerais que je n'aimerais pas être à la place de Shura.

— Explique-toi !

— Je n'ai rien à expliquer, je n'aimerais pas, c'est tout. Mais je me réjouis que cette enfant comble Assia. Et il paraît que là-bas, à Court Green, Frieda et Nicholas ont très bien accueilli la nouvelle et qu'ils sont très impatients de voir leur petite sœur.

LES ÎLES ARAN

Du haut de ses six ans, tendrement penchée, Frieda soutenait une Shura d'un an et guidait ses premiers pas – c'est merveilleux, avait commenté Ted, qu'un enfant apprenne à un autre à marcher sans que nous, les parents, nous ayons à nous en mêler. Assia avait savouré ce "nous, les parents". Les premiers pas de Shura, sur une terre irlandaise. Les premières lettres déchiffrées par Nicholas, sans trop ânonner – bientôt il saura lire, affirmait Frieda. Encouragée, conseillée par Assia, elle créait quantité de dessins et peintures, et se disputait moins aigrement avec son frère depuis qu'elle jouait à la petite mère avec Shura : tu es sa matriochka, lui avait assuré Assia, et Frieda, ravie, chantonnait "moi la matriochka de Shurotchka" et l'emmenait dans le jardin en fouillis, sous un ciel ravagé par les rafales atlantiques – "rattache-lui son écharpe", criait Assia par la fenêtre, écharpe et paroles volaient au vent –, c'était en Irlande, sur la baie de Cleggan, face à l'ouest, face à l'immensité océane, une rumeur, une rumination sourdes, constantes, et les mouettes obsédantes, et la senteur plus fortement iodée de l'air à chaque marée, et la solitude dans cette vieille maison louée par Ted à l'année. Il avait obtenu de l'université de Vienne une bourse, pour trois ans, sans autre obligation que de poursuivre son œuvre – que rêver de mieux lorsqu'on est poète ? Avec les ventes de ses livres, plus ceux de Sylvia, il pouvait s'en sortir, l'Angleterre lui pesait de plus en plus, Court Green également, et il avait proposé à Assia de partir s'installer ailleurs. A ses yeux l'Irlande celtique représentait cet ailleurs, tout en restant proche du Yorkshire : la santé d'Edith Hughes se détériorait sensiblement, Ted préférait ne pas trop s'éloigner de sa mère.

Virage risqué, avait songé Assia. Abandonner la vie londonienne, un métier bien rémunéré dans lequel elle était de plus en plus estimée, devenir financièrement dépendante de Ted, quitter le tendre, fidèle David pour partager la vie d'un homme qu'elle sentait toujours travaillé par le deuil ? Un homme qui, ces derniers temps, s'était consacré à promouvoir *Ariel*, réédité tant le succès était vif, et à écrire des textes non point sur la disparue – concernant sa vie conjugale passée, Ted s'en tenait à un silence farouche – mais sur la force et l'originalité de son œuvre. Et, s'était demandé Assia, comment parviendrait-elle à se débrouiller avec trois jeunes enfants dans un lieu aussi retiré ? Elle avait évalué les risques, lucidement. N'avait pas tergiversé longtemps. Avec une dignité triste et tendre, David s'était incliné.

C'était l'Irlande, certains jours une belle lumière, une tendresse printanière, les premiers crocus, un ciel dégagé à marée basse – Assia se risquait à sortir sur le pas de la porte en chemisier – et soudain des bourrasques hargneuses, un ciel boursouflé de nuages ardoisés, la grève ourlée de varech et des mouettes criardes virant de bord juste devant leurs fenêtres – étonnées de voir cette maison à nouveau habitée ? Doonreaghan House, leur avait expliqué Teresa qui venait du village pour le ménage et la lessive, était une demeure sur laquelle pesait une malédiction : plus aucune naissance depuis longtemps, les derniers occupants étaient partis, alors voir soudain ici trois jeunes enfants, si charmants si vivants, quel bonheur ! Tout en rinçant la vaisselle, Teresa ajoutait : Vous les avez faits un peu tard – eh oui, songeait Assia, pas maquillée, les cheveux abîmés par ce vent, ça doit se voir cruellement que je suis dans ma trente-neuvième année –, mais ils sont si beaux, les deux sœurs surtout avec leurs yeux bleus ! Teresa parlait un anglais approximatif, s'escrimait sur des vitres poisseuses d'embruns, sur de vieux planchers régurgitant leur sciure, sur une pierre à évier encrassée. Des pièces sombres aux plafonds bas, Ted devait se courber pour passer sous les linteaux en bois. Avec Teresa, il était ravi d'apprendre le gaélique, si fécond en légendes et en poésies, plus tard les enfants seraient pensionnaires dans un collège irlandais traditionnel, tellement supérieur, affirmait-il, à l'école anglaise, cette Angleterre qui s'uniformisait bêtement, mollement, où sévissait un anglais de plus en plus passe-partout, vidé de toute saveur. D'ailleurs, insistait-il, par sa mère il avait des origines celtes, ici il se sentait bien, et proche d'elle. Assia avait déjà assimilé plusieurs langues, pourquoi pas le gaélique… Vivre ici, définitivement ? Pour l'heure, elle savourait la présence en continu de l'homme aimé, cet immense corps contre le sien, en elle, chaque nuit. Ted plus détendu, plus tendre. Très tôt le matin, il partait pêcher dans un lac voisin, rapportait de petites perches, Assia s'arrachait à la tiédeur du lit, même pas le temps de se laver et de se pomponner, vite le porridge des enfants, glougloutant sur le feu, vite faire revenir les poissons – ce grésillement, ces relents de friture me lèvent le cœur –, changer la couche de Shura, coiffer Frieda, une fois de plus Nicholas a perdu ses pantoufles, si Celia me voyait – moi la citadine réputée raffinée – avec ce pantalon en tweed, ce vaste cardigan, un gros bonnet de laine et des baskets pour sortir, Assia aux ongles jadis manucurés torchant et mouchant, rangeant sans cesse jouets et vêtements, prévoyant les menus, me dépêtrant tant bien que mal avec ces trois-là, un an, quatre ans, six ans, c'est lourd même si Ted participe. Les heures des repas, du goûter reviennent si vite – Assenka j'ai faim ! –, j'aime lorsque Frieda et Nicholas utilisent ce diminutif, et la succession des bains dans cette salle d'eau inconfortable, et les inévitables chamailleries même si au total ils s'entendent plutôt bien, notre Shurotchka tenant sans le savoir le rôle de la providentielle réconciliatrice, comme ma sœur j'ai trois enfants, j'apprends peu à peu à m'organiser, à moins m'énerver, non Celia n'en reviendrait pas de me voir dans ce trou, loin de toute ville ! Ma mère est morte il y a un an et je porte son deuil en devenant mère à plein temps, ou quasiment, à peine le loisir de tenir mon journal (en hébreu pour certains passages très intimes – l'hébreu ma langue-racine, Shura mon enfant-racine), et tard le soir, enfin seuls, amoureux, Ted en moi, la montée sourde du plaisir, bien sûr l'un des trois appelle : "Assenka, j'ai soif !" ou "J'ai mal à la gorge", ou bien se met à hurler : "Papa, y a des bêtes au-dessus de ma tête !" (selon Ted, des loirs fricotent dans le grenier), sursaut, débandade, enfiler à toute allure un peignoir, trouver parole et sirop apaisants, câliner, et voici Ted improvisant une histoire tellement onirique que Nicholas se rendort avant même qu'elle ne soit terminée, sa voix détient un puissant effet hypnotique, y compris sur moi, le retour entre les draps mais l'élan du désir s'est aplati – tu entends, les loirs forniquent à notre place, murmure Ted et il s'effondre d'une masse, je sais que, avant de partir pêcher, il m'éveillera, lèvres et seins et sexe, m'ouvrira, sauvagement, étouffera son râle, le mien, à cause des enfants, et s'en ira avec son attirail juste avant l'aube, tandis que je me rendormirai, confite dans nos odeurs.

Dans les rares intervalles où elle pouvait souffler, Assia dessinait pour le projet de livre en commun avec Ted. Qui n'avançait guère : Ted avait entrepris un nouveau recueil, intitulé *Corbeau.* Il lui lut les premières ébauches. Terrifiantes et drôles, comme peuvent l'être des comptines, dont ces poèmes détenaient parfois le rythme vif, les cocasseries. Un corbeau tour à tour crée et détruit le monde, un oiseau tout à la fois animal et humain. Très humain, estimait Assia : il jouit à répétition de massacrer, copuler, éventrer, dévorer, digérer, recracher. Elle éclatait de rire, et frissonnait. La naissance se métamorphosait en mise à mort, la baise en meurtre. Pinces, crocs, griffes, mâchoires et sexes boulimiques proliféraient – régurgités par les cauchemars de Ted ? "Et la vulve de la femme s'abattit sur le cou de l'homme et se resserra." Assia frémit, la nuit dernière ils avaient fait l'amour avec une lumineuse intensité – lumineuse pour moi, mais lui ? Purgeait-il par ces textes l'âcreté de ses obsessions, terreurs et douleurs ? Dans l'un d'eux, "Corbeau" éviscère une taupe et Assia se souvint, Ted le lui avait raconté : très jeune, il jouissait de tuer puis de disséquer de petits rongeurs, qu'y avait-il donc dans leur ventre, dans le ventre de la mère et, à propos de mère, Olwyn écrivait à son frère que la leur ne quittait plus le lit, souffrant de plus en plus d'une arthrite invalidante, leur père était désemparé, incapable de s'en occuper, il faudrait tôt ou tard intervenir. Gerald, bougonna Ted, avait eu le nez fin de s'installer en Australie ! Et il se cloîtra dans un nouvel épisode de *Corbeau.*

Ils fêtèrent le premier anniversaire de Shura : un gâteau au chocolat avec sa bougie. Assia réussit à confectionner une décoration de table originale avec les moyens du bord, Ted composa un poème prédisant à sa fille une vie pleine et radieuse, Nicholas lui offrit des galets qu'il avait coloriés, Frieda une belle aquarelle – le bord de mer sous un ciel tumultueux. Ta première marine, lui expliqua Assia en la félicitant. Frieda signa et demanda à Assia de dater son œuvre : Doonreaghan House, Connemara, mars 1966. Après avoir fait un sort au gâteau, ils partirent marcher sur la plage, Shura juchée sur les épaules de son père, dominant le monde et la mer. Le varech exhalait une âcreté tonique. Un vent de nord-ouest bouscula les nuages et fit s'entrouvrir une mince fente de bleu, émouvante. La déchirure s'élargit à toute allure – pour un peu on entendrait crisser les nuages, murmura Assia, impressionnée –, en quelques minutes le ciel fut raclé, un bleu de faïence, intense. Le bleu de Frieda ! s'exclama Nicholas, très fier de sa trouvaille, et il partit en courant avec sa sœur pour escalader des rochers.

— Eh oui, opina Ted, pour Frieda ce bleu étincelant, venu de Prusse par son grand-père.

— Et pour notre Shurotchka, une nuance plus tendre, héritée de sa grand-mère allemande.

Assia s'appuya contre la charpente solide de Ted – regarde, on aperçoit les îles Aran ! Presque irréelles, énigmatiques, comme si elles venaient d'être délicatement déposées sur la ligne d'horizon par une main démiurgique. Ils les contemplèrent, longuement. Shura se mit à gigoter sur son perchoir, elle voulait rejoindre ses aînés. Cet été, nous irons aux îles Aran, je louerai un bateau. Toi, le terrien du Yorkshire ? plaisanta Assia. J'apprendrai, nous apprendrons. Ils s'embrassèrent. Shura piailla, protesta vigoureusement. Ted la posa sur le sable, appela les deux aînés : Allez mon troupeau, ça fraîchit, on rentre ! Assia jubilait lorsque Ted lançait à ses trois descendants ce “mon troupeau” ou “ma horde, ma harde”. Deux femelles, un jeune mâle, plaisantait-il. La marée montait, avec elle une meute de nuages avides, avalant les flaques de bleu. Assia se souvint : dans un poème récent de *Corbeau*, Ted évoquait les convulsions d'ogresse de la mer.

Les lettres d'Olwyn devinrent plus pressantes. A l'arthrite généralisée s'ajoutaient pour leur mère de graves problèmes cardiaques, sans parler d'un sérieux état dépressif – eh oui, lâcha Ted, cette dépression qui la ronge depuis le suicide de Sylvia, ces somatisations en sont la conséquence… Assia ne releva pas. D'autres lettres, puis des coups de fil : Olwyn estimait avoir assez œuvré pour la famille en se consacrant aux enfants et à Court Green durant près de deux ans, cette fois elle se refusait à quitter son travail à Londres afin de prendre en charge leurs parents. Assia vit Ted s'assombrir. Après de longs conciliabules téléphoniques avec sa sœur, il partait marcher dans l'arrière-pays, au milieu des tourbières, seul. Shurotchka la sensitive pleurait plus fréquemment. Frieda peignait des mers démontées ou des baleines s'échouant sur la grève, gueules béantes. Seul Nicholas semblait résister vaillamment, absorbé par ses cubes et ses puzzles.

Ted finit par prendre une décision : il accueillerait ses parents à Court Green, bien entendu avec une infirmière pour soigner sa mère, de la sorte ce ne serait pas trop lourd, la maison était assez vaste pour que chacun trouve sa place et son rythme de vie sans gêner les autres, et peut-être le contact avec de jeunes enfants aurait-il un effet tonique sur sa mère ?

— Et de me côtoyer dans ce lieu, de me voir dormir avec toi, tu penses que ça va la requinquer ? A moins que tu n'aies déjà décidé que nous ferions chambre à part, comme à Heptonstall il y a trois ans ?

— Assia, nous n'allons pas relancer cette vieille querelle ! Bien sûr nous partagerons la même chambre, et les éventuelles difficultés. Si tu veux bien les affronter avec moi.

— Je n'ai pas d'autre choix à présent que j'ai tout lâché à Londres, travail, amis, appartement…

— Et David, c'est ça ?

— Je t'en prie, arrêtons ! C'est toi qui prononces ce nom, pas moi !

— De toute façon, je maintiens la location de Doonreaghan House. Nous reviendrons en Irlande dès que mes parents pourront retourner chez eux.

— Je ne demande qu'à te croire.

Ils bouclèrent leurs valises, Assia n'en finissait pas de rassembler les jouets et les affaires des enfants, éparpillés un peu partout. Et ressassait : J'aimais ce bout du monde, cette maison mal fichue, cette étrange solitude. Une autre demeure m'attend, ou plutôt ne m'attend pas. Dans laquelle Sylvia, elle, m'attend de pied ferme. Ted râlait : il ne parvenait pas à fermer le coffre de la voiture, mais pourquoi donc avaient-ils plus de bagages qu'à l'aller ? Frieda et Nicholas tiennent absolument à emporter leurs collections de galets et de coquillages, lui rappela Assia, et tu as acheté ici ton équipement de pêcheur.

C'était en Irlande, sur la baie de Cleggan, songeait-elle en inspectant les pièces. Non, ils n'avaient rien oublié – ou l'essentiel ? Et ils n'étaient pas allés aux îles Aran.

WINIFRED DAVIES

Juin 1966

Ted Hughes m'a sollicitée pour assurer les soins quotidiens à sa mère. J'ai refusé, alléguant ma fatigue, un nombre bien suffisant de patients, et je lui ai indiqué une personne de confiance. En fait, je n'avais pas envie de remettre les pieds à Court Green. De voir *l'autre* en ce lieu.

L'autre, je l'ai aperçue chez l'épicier. Très belle – en un sens je comprends Ted. Etrangement belle. Ce que ne supportent pas les femmes d'ici. Sylvia, à son arrivée, avait été désignée comme "l'Américaine" mais celle-ci – cheveux de jais, regard d'opale – est étiquetée "l'étrangère", et le restera. "Une juive", a aussitôt, et charitablement, diagnostiqué l'épouse du pasteur. Bien sûr, on clabaude sur ses toilettes, son maquillage, ici on n'a jamais vu ce style, et comble de scandale, elle fume ! Je rétorque : Elle s'habille comme elle veut ! A force d'entendre ragoter dans son dos, elle me deviendrait presque sympathique. Aux yeux du village, elle demeurera l'usurpatrice, la femme adultère et fatale, voire la meurtrière. Bien entendu le suicide a fini par se savoir. Lors de la parution d'*Ariel*, les journaux l'ont laissé entendre.

Il y a cinq ans, Ted et Sylvia se sont installés ici. Je récapitule et n'en reviens pas : en si peu de temps, une naissance, une séparation, un suicide, une autre naissance… Et Frieda a vécu tous ces événements.

Elle vient me voir souvent, nourrit et cajole mes pékinois, m'offre des dessins. Je suis stupéfiée par son talent. "Assenka me donne des conseils, elle peint tellement bien !" Bon, cette Assenka ne semble pas être une marâtre... La dernière fois, Frieda est passée avec sa petite sœur dans sa poussette. L'adoration réciproque, de toute évidence. Bien entendu, j'écris régulièrement à Aurelia Plath et lui donne des nouvelles de ses petits-enfants. Rassurantes, je n'ai pas besoin de forcer la note. A l'école, m'a-t-on rapporté, Frieda et Nicholas se sont très bien adaptés.

Hier, j'ai rencontré l'étrange "étrangère" dans le chemin longeant le cimetière. Nous avons chacune esquissé un sourire, un léger signe de tête, timidement. En fait, m'a-t-il semblé, cette femme n'est pas à l'aise avec son exceptionnelle beauté, elle la porte comme un fardeau – je ne vais tout de même pas dire comme sa croix ! Du moins en est-elle encombrée. Troublants, cette lumière, ce scintillement émanant de cette noirceur. Et pourtant, de corps, je la trouve très quelconque.

Finalement, je regrette de ne pas lui avoir parlé.

BIBLES

Ted contemplait ce vieil homme en deuil, usé, laminé par tant de pérégrinations, déballant son lourd paquet sur la table du séjour, cette table qu'un couple du nom de Wevill avait offerte autrefois à un autre couple, les Hughes. De ses mains tremblotantes, Lonya Gutmann dépouilla l'objet de ses bandelettes entortillées, comme il faisait autrefois d'un bras ou d'une jambe, lui l'ex-médecin orthopédiste. Il extirpa le livre de son dernier pansement, l'ouvrit précautionneusement, lissa la page et se tourna vers sa fille, qui tenait Shura dans ses bras. Frieda et Nicholas assistaient à la scène, ils trouvaient attendrissant ce grand-père imprévu débarqué du Canada – très gentil, le papy de Shura, il leur avait apporté des cadeaux bien qu'ils ne fussent pas ses petits-enfants "pour de vrai". Il tendit son stylo à Assia : Tu l'inscris ? Non, non, il faut que ce soit toi, papa, toi qui as transporté la bible de maman jusqu'ici. Et Ted fut ému de voir ce vieux juif russe qui avait quitté la Russie bolchevique pour établir son cabinet à Berlin, puis avait fui le Berlin nazi vers une improbable terre promise, avait par la suite émigré au Canada, séjournait à présent dans le paisible Devon, cet homme sans ancrage depuis la mort de sa femme – sans doute en cherchait-il un auprès de sa petite-fille et de sa fille aînée, l'apatride, le heimatlos –, oui troublé,

Ted, de voir un juif se pencher amoureusement sur une bible luthérienne, écrire en dessous des prénoms Anastasia et Celia : Alexandra Tatiana Elisa, née à Londres le 3 mars 1965, fille de Ted Hughes et d'Anastasia Gutmann – tiens, remarqua Ted, il a choisi ce patronyme et non pas celui de Wevill, bien qu'Assia, officiellement, se nomme toujours Wevill. Ted aurait aimé que le prénom de sa fille soit transcrit en hébreu. Depuis longtemps il rejetait vigoureusement le protestantisme – selon lui à l'origine des Lumières et d'un rationalisme desséchant –, estimant que poésie et vérité ne sauraient être atteintes que du côté des mythes, de l'archaïque et des forces telluriques

Lonya Gutmann se redressa, sourit doucement : Eh bien voilà, le désir de ma femme est accompli. Et Ted essayait vainement de se souvenir, dans sa tête flottait une autre histoire de bible, lointaine, confuse... Shura tendit les bras, il la prit contre lui. Les parents de Ted n'avaient pas souhaité assister à ce rituel, de toute façon sa mère gardait la chambre et son père le plus souvent tournait en rond dans le jardin. Soudain lui revint cette histoire liée au livre sacré, elle lui avait été racontée par Aurelia lors de son séjour à Court Green en ce début juillet caniculaire où s'était accomplie la rupture entre Sylvia et lui. Une bible luthérienne également, transportée depuis Grabow, Prusse, par des membres de la tribu Platt, importée aux Etats-Unis, et, à l'inverse de ce qui venait de se dérouler ici même, une excommunication avait été prononcée, un nom avait été rageusement rayé de cette bible familiale, celui d'Otto Platt, le grand-père de Frieda et Nicholas – eh oui, songea Ted, mes trois enfants détiennent une origine germanique –, Otto Platt le revenant, d'autant plus revenant qu'on avait voulu l'effacer.

LA BRÈCHE

Il pénètre dans la pièce dite "le bureau". Celui de Sylvia. Lorsque Ted ne travaille pas dans la cabane que son père l'a aidé à construire dans le jardin, il se réfugie ici. Personne n'y vient, en principe. Même les enfants, auxquels nulle interdiction n'a été formulée, semblent avoir deviné que ce lieu était tabou. Le cabinet de Barbe-Bleue ? Tabou en principe, s'avoue Ted, car il a encore constaté la disparition de certains manuscrits. Peut-être durant le séjour irlandais ? Il avait alors loué Court Green à des amis, lesquels pouvaient avoir invité des connaissances peu scrupuleuses. Lorsque Olwyn résidait ici, elle exerçait une surveillance féroce. A Londres, elle gère les autorisations de publication et les droits. Efficacement, l'argent rentre.

La table, devant la fenêtre, face au cimetière, face au cyprès. Ted se penche, renifle. Plus aucune senteur. Il se souvient d'avoir acheté cette longue planche d'orme brut en compagnie de Warren. L'écorce recouvrait l'un des côtés, distillant une fraîche odeur de scierie. Consciencieusement, son beau-frère et lui avaient raclé cette écorce, ce parfum, cette vie. Du bois de cercueil, l'orme. Réputé plus efficace pour protéger les cadavres que ses confrères le sapin ou le hêtre. Utilisé également pour les meubles. Et le bricoleur poète voulait confectionner un bel et bon meuble pour son épouse.

Un bureau bien ajusté à sa taille. Où elle éprouverait de la joie à écrire. Au calme, feuillages et pierres anciennes devant sa fenêtre. Une chambre à soi, enfin, et une table, rien que pour elle. Où enfanter ces poèmes qu'il admirait. Solide, épaisse de deux pouces, conçue pour durer toute la vie et, de fait, elle avait duré toute la vie de celle à laquelle elle avait été destinée.

Revenu d'Hadès underground les mains vides, Orphée n'a plus d'autre issue que de dialoguer, par poèmes interposés, avec la disparue. Une feuille vierge, un titre tout simple : "La table." Du plat de la main, il la lisse, lentement, longuement, prolonge la caresse sur le poli de l'orme. Warren et lui avaient beaucoup transpiré lors du ponçage. "Une aire d'atterrissage parfaite pour ton inspiration", déclare aujourd'hui Ted à Sylvia. Sur cette surface, dans le silence mat de la nuit, dans les hésitations de l'aube, juste avant l'ébriété matinale des mésanges, Sylvia avait composé la quasi-totalité d'*Ariel*. Du grain du bois au grain du verbe. L'aire d'atterrissage avait été minutieusement décapée, imprégnée de sueur, de tendresse, comme le sont les peaux après l'amour.

Poète, il était censé savoir que les mots miroitent de sens multiples. Mais, à l'époque, le bricoleur avait oublié qu'un meuble peut détenir plusieurs fonctions. Car sur ce bureau, écrit-il maintenant que la douleur a aiguisé la lucidité, la femme aimée se penchait "comme un animal à l'écoute de son propre mal". Ecrire : lécher, panser ses plaies, interminablement, sans jamais cicatriser ? Et la table s'était faite porte. Par laquelle un intrus s'était infiltré. Comme si là-bas, de l'autre côté de l'océan, à Winthrop parmi les azalées, un cercueil s'était effrité – était-il de ce sapin trop fragile pour enclore les défunts ? –, une tombe avait béé, laissant s'échapper le père tout-puissant convoqué par les textes que rédigeait sa fille sur son beau bureau tout neuf. Depuis longtemps, ce père forçait la porte des rêves pour pénétrer sa fille, Ted l'avait pressenti. Et pourtant, innocemment secondé par le fils de ce même homme, il avait frayé un nouveau passage, cette porte en orme, et tout bricoleur qu'il fût, et maître du langage, il n'avait pas eu le pouvoir de colmater cette brèche. Au début du siècle, Otto Platt avait vogué de Dantzig vers la terre promise. Il possédait, semble-t-il, les clefs du retour. Les clefs de "la porte d'orme". Il n'avait servi à rien que Ted et Sylvia fuient les Etats-Unis, puis quittent Londres pour ce village discret. Le père très aimé s'était glissé dans la vaste demeure enfouie dans les replis moelleux du Devon, il était même parvenu jusqu'au lit conjugal, s'était faufilé entre les deux dormeurs, avait gangrené les songes de sa fille. Ainsi conte-t-il aujourd'hui l'histoire, le bricoleur orphique qui n'a jamais cessé d'être l'enfant nourri par sa mère de récits de revenants. Certes, les demeures hantées ne manquent pas en Angleterre mais Court Green détenait une particularité : le fantôme avait été importé d'outre-Atlantique. Et, s'avoue Ted en poursuivant sa lettre-poème à Sylvia, un océan sépare toujours deux rêveurs. Ou deux poètes vivant côte à côte.

Nicholas et Frieda reviennent de l'école. Ted entend Shura japper de plaisir pour les accueillir. Puis la voix de Nicholas : Assenka, où ils sont, les biscuits ? Sa mère geint dans la chambre voisine, son père s'ennuie. Assia râle et s'exaspère de plus en plus souvent. Lonya Gutmann s'efforce d'arrondir les angles. Ce père vivant est moins encombrant que le père mort.

Ted range le texte ébauché dans un classeur intitulé *Birthday Letters.* Un classeur secret. Ces "lettres d'anniversaire", il n'envisage pas de les publier. Récemment, il en a entrepris une autre, "Le cinquante-neuvième ours", reprenant le titre d'une nouvelle rédigée par Sylvia à Yaddo. Quant à la prochaine, a-t-il décidé, elle mettra en scène Sam et Sylvia : le cheval au galop, la cavalière novice. Un épisode dont Ted n'avait pas été témoin – qu'importe ! Le récit jadis narré par Sylvia à Ted était déjà métamorphose de l'événement, comme si cette folle cavalcade s'était déroulée avec la fulgurance d'un rêve. Et Ted, en écoutant à Cambridge la voix volubile de Sylvia évoquant ses amours tumultueuses avec Sam, avait ressenti la terreur de la cavalière improvisée. Il s'était représenté Sylvia tel un bébé singe crocheté au poitrail de l'énorme bête : ahurissant que ce bébé singe ne se soit pas détaché, disloqué, cassé une jambe – pour cette dernière, il est vrai, c'était fait… Bien entendu, Ted sait qu'il transformera le récit premier. Sa lettre-poème à venir fera écho au poème de Sylvia, rédigé à Boston, sur ce même Sam et sa blancheur en mouvement, et d'autres narrateurs, il s'en doute, traiteront un jour ou l'autre à leur façon ces contes originels. Et tant mieux pour cette brave bête, dès lors promue au rang d'animal mythique.

ARIEL

Senteurs de paille et de foin, de cuir, de bran. Assia a emmené Frieda et Nicholas au club hippique. Depuis peu, ils font du poney. Elle aide Nicholas à grimper sur la selle, entend une monitrice enjoindre à un palefrenier : Vous pouvez emmener Ariel au pré et l'y laisser jusqu'à la tombée de la nuit. Assia sursaute : Ariel ? Oui, c'est ce cheval qu'avait monté autrefois la mère des deux enfants. A présent il est trop âgé, on le laisse tranquille – une belle fin de vie...

Durant la reprise des poneys, à l'intérieur du manège, Assia rejoint Ariel. Elle se glisse sous la clôture de barbelés, s'approche en lui parlant à mi-voix. Ecarte les poils retombant sur les paupières, caresse le bombé de l'œil – quels remous, quelles traces, là, tout au fond ? Paisible, Ariel. Rien de la légèreté, la vivacité ailées contenues dans ce nom. Ni de la force incisive recelée par les poèmes de Sylvia. Un vieux cheval à la retraite. Assia s'assoit à proximité, il continue à paître. Lent, consciencieux. Non, il n'a rien à lui dire sur la femme qui l'a serré entre ses jambes. Assia écoute cette mastication régulière. Et cette rumination au fond d'elle, sourde et rageuse : si lourde cette maison, pas seulement par sa taille, ses recoins biscornus et ses dépendances, son verger (ces quantités de pommes à ramasser chaque jour !), par son relatif inconfort (mais à Doonreaghan House je m'en accommodais très bien, de l'inconfort). Lourde plus encore par son lest de mémoire, lové dans les objets les plus ordinaires. Je dors dans les draps de Sylvia, je m'essuie le sexe et les fesses avec ses serviettes, je manipule ses casseroles – pesant, ce cuivre ! Et j'en ai la nausée de ces ribambelles de petits cœurs rouges. De cette grande salle si mal éclairée. S'il ne tenait qu'à moi, je ferais ouvrir une large baie à l'ouest, de façon à capter la lumière du couchant. Repeindre en blanc cassé, des rideaux pastel, pas de tapis – ni de peaux de bêtes sur les murs ! –, un parquet clair. Cette pièce serait magnifique. Bien sûr, il n'est pas question d'y toucher. Et je sens trop, au regard de Ted sur mes gestes lorsque j'essaie de confectionner une tarte (les gâteaux ne sont pas mon fort), qu'il doit penser : "elle" ne s'y prenait pas comme ça... Oui oui, j'imagine très bien : Sylvia observant strictement les règles pour la pâtisserie, les bousculant avec fureur et rigueur pour ses poèmes. Récemment, je suis tombée sur le cahier de recettes et de menus dans lequel elle tenait soigneusement registre de toutes les invitations : 19 et 20 mai 1962, séjour d'Assia et David Wevill, ragoût de bœuf, friture de goujons, crème renversée. Et dire que j'avais alors déclaré à David : Jamais je ne pourrais vivre dans un endroit pareil !

David... Lors d'un bref passage à Londres, j'ai acheté son dernier recueil de poèmes et j'ai très vite repéré ceux qui me concernaient, distillant la douleur d'avoir perdu la femme aimée. Je les ai trouvés émouvants – un peu fades ? A l'aune de Ted, tout homme, tout texte se décolorerait-il ? Londres me semble très lointain, Court Green m'asphyxie, Sylvia m'envahit. Je sais je sais, elle incarnait la perfection ménagère – pas moi –, et l'excellence poétique – moi non. Et ses manuscrits, et ses livres préférés, si présents, dans la bibliothèque, dans son bureau. Je les lis et relis, à l'insu de Ted. Et l'orme centenaire au fond du jardin a donné son titre à l'un de ses poèmes, et je cherche le reflet de Sylvia dans le miroir de la salle de bains, et il faut encore que je vienne traquer son odeur sur le pelage de cette vieille carne, porteuse de ce nom qui lui convient si mal ! Ce n'est pas Court Green qui est hanté, c'est moi. Depuis cinq ans, je ne cesse de passer sur les traces de Sylvia : Chalcot Square, Fitzroy Road, Court Green. Et je n'ai à m'en prendre qu'à moi si je me sens ainsi persécutée, quelle sombre jouissance...

Hier, à propos de Nicholas, Ted a parlé de ses yeux de tamia. Assia a écarquillé les siens – tamia ? Ted a précisé : Un écureuil qu'on rencontre seulement en Amérique du Nord. Bien sûr, Assia a repéré que le petit garçon avait le regard ambré de sa mère. Tamiasylvia, l'écureuil sylvestre ? Elle se doute que Ted nourrit une mythologie-ménagerie concernant Sylvia et que, très probablement, il écrit autour de la disparue. Ou *à* la disparue ? Tout en poursuivant *Corbeau*.

Dans son poème sur l'orme centenaire, Sylvia évoquait l'amour qui fuit, échappe, cheval au galop disait-elle – un poème rédigé pourtant avant la rupture avec Ted. Mais elle savait, Sylvia, elle savait, vient toujours ce moment où on entend le martèlement des sabots s'éloignant, aurait-il déjà commencé ? Ariel se rapproche, mâchonne, semble méditer. A plat dos, Assia contemple le pommelé léger du ciel – presque le même pommelé que sur la croupe d'Ariel –, dérive, somnole vaguement. Sursaute. Des cris suraigus – Assenka, Assenka, tu es là ? Nicholas et Frieda surgissent en courant, très excités : On a fait du galop, pour la première fois, et on n'est pas tombés ! Elle les félicite, distribue les cookies du goûter. Sur le plat de la paume, Frieda en offre un à Ariel, qui le laisse choir d'une lippe dégoûtée. Ah non non, ne le ramasse pas ! Etrange, songe Assia, la seule chose qui ne me pèse pas, ce sont les enfants. Ses enfants.

CELIA

Vancouver, février 1967

Père est revenu d'Angleterre avec sa bible sous le bras. Triste, désemparé. Il avait envisagé de s'installer, sinon à Court Green même, du moins à proximité de sa fille et de sa petite-fille. Ted Hughes l'avait cordialement invité – peut-être afin de contrebalancer le poids de ses parents, qu'il impose à ma sœur. Je ne sais trop. En tout cas, père a trouvé très pénible le climat régnant dans cette maison. Au bout de quinze jours, il a pris une chambre dans l'unique hôtel de North Tawton. Navré, il me raconte. Le père de Ted rechigne à comprendre l'anglais londonien parlé par ma sœur : à ses yeux, Assia représente la femme adultère et meurtrière, deux péchés majeurs. Bref, il ne lui adresse pas la parole ! La plupart du temps Ted écrit, enfermé dans sa cabane de jardin, ou dans l'ancien bureau de Sylvia. La mère est enkystée dans la maladie. Papa s'y connaît en rhumatismes, il estime qu'Edith Hughes pourrait très bien sortir de sa chambre et marcher un peu, ce qui d'ailleurs améliorerait son état. Bien entendu, il a préféré ne pas s'en mêler. Ted grogne parce que Assia ne se lève pas assez tôt afin de préparer un breakfast copieux pour toute la maisonnée. A midi, il déjeune en tête à tête avec son père. Assia de son côté avec Frieda, Nicholas et Shura. Parfois, ça pète sec entre elle et Ted – tu te souviens, gamine, et surtout à l'adolescence, ta sœur pouvait piquer des crises de rage spectaculaires (oh oui, je me souviens !). La situation, il est vrai, est pénible. Ted lui-même la supporte difficilement mais, pour le moment, ne voit pas d'issue. La présence bien réelle des parents. La présence fantomatique, dense et fluide, de Sylvia Plath. Père se demande comment Assia pourrait trouver sa place. Elle voudrait modifier les éclairages, très insuffisants. Le soir, cette demeure est sinistre, quasi gothique, a-t-il commenté. Et d'ajouter : Tu sais comment ils sont, ces Anglais, ils adorent les maisons hantées... Il essayait de plaisanter mais je n'ai pas aimé cette réflexion. Oui oui, Assia tient régulièrement son journal, parvient à rédiger quelques poèmes, dessine, peint des aquarelles. Cependant elle ne lui a pas semblé très épanouie (j'ai failli rétorquer : Eh oui, papa, depuis toujours tu fus amoureusement admiratif de la beauté et des dons multiples de ton aînée, sans exiger d'elle qu'elle en tire parti, tu l'as laissée flotter, se complaire dans son image de Juive errante). Heureusement, a-t-il souligné, ça se passe plutôt bien avec les trois enfants, même s'ils sont parfois épuisants. Et Shurotchka est merveilleuse : comme si elle avait senti que sa tâche consistait à maintenir ensemble père et mère. Ce dernier commentaire m'a paru surprenant. Et inquiétant.

Tout de même, le suicide remonte à quatre ans... Mais peut-être datera-t-il toujours d'hier ?

DIALOGUE

Londres, juillet 1967

— Alors, ce festival international de poésie ?

— Très international ! Des Américains, des représentants de nombreux pays européens : Yves Bonnefoy, Giuseppe Ungaretti, entre autres. Du beau monde… Depuis des mois, Ted se démenait pour organiser au mieux ces rencontres. Ah, j'oubliais, Pablo Neruda ! Plus des Israéliens. Parmi eux, Yehuda Amichaï : lui et sa femme Hannah ont vivement sympathisé avec Assia et Ted.

— Assia était invitée en tant que compagne officielle de Ted ?

— Mais non, Anne, en tant que poète ! Elle a publié récemment dans diverses revues et commence à être repérée. Leur arrivée avec Shura au Queen Elizabeth Hall a fait sensation. Si beaux tous les trois ! Ted portant sur ses épaules cette gamine charmante, tout ébaubie, Assia très à l'aise, lumineuse. Plusieurs participants ont été fascinés par ce superbe trio.

— Eh bien Al, j'ai pris le thé avec Assia et je ne l'ai pas trouvée rayonnante, loin de là ! Elle avait besoin de se confier. Dans ce bourg de North Tawton, elle se sent tellement isolée, rejetée, elle ne fréquente personne. Et les relations avec les parents de Ted sont de plus en plus tendues, Assia estime que Ted ne la défend guère. Elle fumait nerveusement et a fini par m'avouer : J'en viens à me demander si, afin de préserver l'essentiel entre lui et moi, je ne devrais pas quitter Court Green. Mais ce serait un tel crève-cœur pour les enfants, et pour moi ! Et dire que, en Irlande, nous étions parvenus à construire une vie de famille à peu près équilibrée.

— Entre une conférence de presse et une lecture de poèmes, j'ai pu discuter en tête à tête avec Ted : il reconnaît que leur quotidien à Court Green n'est pas une réussite. Il est toujours amoureux d'Assia, mais ne veut pas se laisser enfermer dans la monogamie, il a peur d'étouffer, de ne plus pouvoir créer... En fait, il est assailli par de fortes poussées dépressives et il est persuadé que sa mère ne pourra pas guérir tant qu'Assia sera présente à Court Green.

— Encore un grand garçon asphyxié, ou dévoré, par sa chère maman...

— Anne, tes interprétations me fatiguent... Par ailleurs, Ted est de plus en plus fasciné par la tradition hébraïque, par les commentaires de Yehuda Amichaï sur la Bible. Bref, durant ce festival, ils ont décidé qu'Assia traduirait des poèmes d'Amichaï. Olwyn Hughes sera l'agent littéraire chargé d'assurer leur publication.

— Au fait, et ce livre en commun, dessins d'Assia, poèmes de Ted ?

— Il stagne... Mais Assia semble très enthousiaste à l'idée d'être le passeur de l'hébreu vers l'anglais pour les textes d'Amichaï. Ted l'encourage, il l'aidera pour la mise au point finale.

— Bon, ce sera au moins un projet partagé.

DÉRIVE

Septembre 1967

Assia contemple Ted : il pêche de l'autre côté de la Taw, légèrement en amont. La rivière n'est guère large et pourtant l'homme aimé lui paraît lointain. Absorbé par l'ailleurs, par les êtres de fuite et de scintillement, l'invisible grouillant sous ces moirures et tournoiements. Ted lit, déchiffre l'eau. Je me sens analphabète, cette langue vivante m'échappe. Il guette les ondulations fuyant sous l'épaisseur glauque, les extirpe et les métamorphose en corps furieusement agités de soubresauts, fouettant de la queue. Atrocement vivace, cette agonie. Ce jeu me fascine, me terrifie, je l'observe et m'en tiens à distance. A Ted la rivière délivre des signes. Je voudrais qu'elle me traverse, m'absorbe dans sa somnolence, me berce.

L'herpès des lichens sur les rochers, l'odeur fade de l'eau – odeur de mort ? Remuements des feuillages, remous aquatiques. En contrebas, des berges spongieuses, érodées par le courant. Assia se laisse happer par l'écoulement lent. Elle rêve parfois d'une étreinte amoureuse détenant cette fluidité dense. Et sait qu'elle rêve. Baiser avec Ted c'est s'agripper tels des forcenés, ou des animaux luttant convulsivement, tenter de prendre l'autre au piège, se terrer à en étouffer dans la tanière obscure du plaisir – et que l'autre le crache, le vomisse, ce plaisir ! Non, rien de fluide. Lors de cet affrontement, il lui arrive de se sentir désappropriée de son corps et de quêter cette dépossession. Ted s'acharne sur elle, en elle, comme s'il voulait la dépecer, bête à l'étal ? Comme si, lui est-il arrivé de songer – écartant cette image, la laissant remonter –, comme si mon corps devenait le corps mort de Sylvia, le cadavre témoin qu'il faut détruire, broyer, enfouir ? Et nous savons tous deux qu'il est là, allégrement vivant, et nous recommençons, haletants.

Si belle cette lumière de septembre, si tendre. S'en imprégner, dériver et somnoler au fil de l'eau. Durant une partie de la nuit, Assia a travaillé sur la traduction de poèmes de Yehuda Amichaï, ce soir elle et Ted affineront cette nouvelle version. En juillet dernier, Yehuda et sa femme ont brièvement séjourné à Court Green, Assia a longuement échangé en tête à tête avec Hannah : construire leur couple après le divorce de Yehuda ne fut pas toujours aisé, lui a confié Hannah. Plus difficile après un suicide qu'après un divorce, a murmuré Assia. C'est vrai, a reconnu Hannah, mais tenez bon, un peu de patience, tous deux vous réussirez à traverser cette passe éprouvante… Hannah et Yehuda les ont chaleureusement invités à leur rendre visite en Israël. Ils ont accepté, bien sûr, mais ce ne sera possible que lorsque Ted sera délesté du poids de ses parents.

Lui revient le début d'un poème qu'il a récemment rédigé :

Il y avait un homme
Qui n'arrivait pas se débarrasser de sa mère.

Elle a failli éclater de rire. Ou de rage ? Ou les deux mêlés ? L'homme en question cogne à répétition sur cette mère, l'agresse tant et plus, elle finit par en crever, mais la tête du fils aimant tombe… De toute façon, se dit Assia, quelqu'un doit y laisser sa peau. Le plus drôle, si on peut dire, c'est que, en même temps qu'il élabore *Corbeau*, Ted traduit l'*Œdipe* de Sénèque, pour Peter Brook qui doit monter la pièce à Londres au printemps prochain. Œdipe, encore un qui n'en finit pas avec sa maman.

Le temps flottant, indéfini, de la rivière. Un répit bienvenu. Ted a de plus en plus tendance à fixer des horaires contraignants. Il voudrait que je me lève de bonne heure pour le breakfast des enfants – mais ils dévorent mon énergie dans la journée, je ne peux m'atteler à mes traductions que le soir ou la nuit, et j'ai besoin de récupérer ! Il souhaiterait que les leçons d'allemand que je donne à Frieda soient fixées à des jours et heures déterminés. C'est tellement plus amusant et profitable, à mon sens, de converser avec elle dans cette langue à l'occasion, en désherbant autour des salades ou pendant le goûter – un jeu lié au quotidien. Mais pourquoi Ted a-t-il ce besoin obsessionnel de rigidifier l'organisation de chaque journée ? Parce qu'ils procédaient ainsi, Sylvia et lui ? Je l'ignore et je me refuse à me couler dans ce moule ! Ou parce qu'il est de plus en plus assailli par je ne sais quels accès d'angoisse, de terreur, et se protège comme il peut ? Nous parvenons cependant à préserver ces moments merveilleux de complicité, lorsque chacun aide l'autre dans le peaufinage des traductions en cours – du latin, de l'hébreu.

Avant-hier, l'un et l'autre excédés de Court Green – le silence hargneux du père de Ted, le boucan que faisaient les trois enfants –, ils les ont laissés à la garde d'une baby-sitter, ont pris la voiture, puis une chambre dans une auberge de campagne à une trentaine de miles. Plaisir de cette fuite, de jouer au couple clandestin, au lit une avidité féroce, festive, et vers deux heures du matin, une discussion, calme au début, puis tournant à l'aigre : peut-être, a fini par suggérer Ted, serait-il préférable qu'Assia et Shura retournent à Londres, provisoirement, par la suite tous deux prospecteront afin de trouver une maison à la campagne – une fois réglé le problème de ses parents, bien sûr –, une campagne qui ne serait ni le Devon ni le Yorkshire, un ailleurs pour eux cinq, loin de Court Green que, plus tard, il louera, ou peut-être vendra… Assia l'a très mal pris : En somme tu nous chasses d'ici, ma fille et moi, comme si Shura n'était pas la tienne, de fille, tu condamnes à l'exil les juives que nous sommes, c'est ça ? Ted a protesté : Arrête de dramatiser, comme toujours, et de te croire persécutée ! Après avoir derechef argumenté, posément, il a fini par sombrer dans le sommeil. En fait, s'avoue Assia, j'avais déjà pensé à cette éventualité : quitter Court Green, son environnement hostile, la présence si dense de Sylvia, oui j'aurais dû prendre les devants, prendre la décision avant que Ted n'en parle. Gâché, le bonheur de cette escapade en amoureux. Et si lointaines maintenant les îles Aran, flottant vers de brumeux confins.

Ted toujours immobile, vigile, là en contre-haut. Ses longues cuisses fuselées – si belles, s'avoue Assia – à demi masquées par les dégoulinades chevelues d'un saule pleureur. Il pêche ? Médite ? Traque des bêtes, des images, des mots ? Brusquement, l'érection rapide, rageuse, de la canne. Puis le retour à une patience apparemment sereine. Un banc de menus poissons flotte tout près de la berge. Ils ont échappé à Ted et semblent figés, larmes de lumière en suspension. Assia les contemple, s'interroge : Quelle énergie, ou quelle sagesse, leur faut-il déployer pour se maintenir dans cette quiétude vibrante ? Presque la même que celle de Ted – qui imite qui ?

Quasi insensiblement le banc glisse vers l'aval. Partir avec eux, jusqu'à la mer ? Les bruissements de l'eau, des feuillages fusionnent. Assia se laisse dériver, s'endort.

WINIFRED DAVIES

Octobre 1967

Frieda est venue hier, mine tristounette, m'annoncer qu'Assenka et Shurotchka partaient la semaine prochaine vivre à Londres. Je vais écrire à Aurelia pour l'informer de ce qui, en théorie, devrait être une bonne nouvelle : l'intruse, la marâtre, la femme adultère chassée du lieu qu'elle n'aurait jamais dû occuper. Le quitte, du moins. J'ignore si c'est son choix, et je peux comprendre que North Tawton, avec ses ragots, son rejet haineux, son étroitesse, ait fini par lui peser.

Non bien sûr, je ne mentionnerai pas à sa grand-mère les larmes de Frieda, désespérée d'être séparée de sa petite sœur. Aurelia est assez fine et sensible pour se douter que cette nouvelle coupure laissera des traces. Frieda m'a demandé si elle pourrait avoir un chiot qu'elle garderait à Court Green mais, elle le sait, son père n'apprécie guère ce genre de bêtes. Et un pékinois ne remplacera pas Shura – la vieille histoire des trocs, dans laquelle on est toujours perdant…

Ce matin, j'ai croisé l'étrange étrangère dans le chemin qui longe le cimetière. Elle a légèrement épaissi, et comme elle n'est pas grande, cela se voit d'autant plus. Quelques mèches commencent à grisonner. Un peu éteinte, m'a-t-il semblé – l'ombre portée du désarroi, du vieillissement à venir ? Si bien que j'ai cordialement engagé la conversation, parlant des enfants, des aquarelles de Frieda, de Nicholas qui commence à lire, de cette Shura si charmante. Elle s'est un peu confiée : Oui, elle retourne à Londres, il lui faut très rapidement retrouver un travail, dénicher un appartement pour elle et sa fille, plus une baby-sitter, s'installer, s'organiser, ce sera lourd, elle appréhende, cependant c'est préférable… Je n'ai pu m'empêcher de penser : il y a cinq ans, Sylvia me tenait quasiment les mêmes propos.

Aux dernières nouvelles, la jeune, et très belle, Carol Orchard, la fille d'un fermier du coin – un ami de Ted –, vient de terminer ses études d'infirmière. C'est elle qui assure maintenant les soins et les toilettes pour Edith Hughes.

STUDIO 102

Londres, juin 1968

Ted et Assia sortent de leur première émission en commun à la BBC. L'animateur les remercie, félicite : Assia a brillamment parlé des poèmes de Yehuda Amichaï. Elle a su évoquer l'homme qui, après s'être battu avec courage durant les guerres de 1948 et 1956 en Israël, milite ardemment pour la paix ; l'érudit nourri des textes hébraïques mais qui récuse tout fanatisme religieux. Et célèbre dans ses poèmes la passion, l'intimité du couple, avec ferveur et tendresse. Elle en a récité un en hébreu – son contralto passe à merveille sur les ondes –, Ted a lu le même en anglais. L'animateur souligne combien leurs voix se complètent admirablement, il est enchanté de cette rencontre, à quand la prochaine traduction ? Il a mis Assia en valeur, a apprécié que son nom, Assia Gutmann, soit mentionné sur la couverture – ce qui est exceptionnel pour un traducteur. Elle a aussitôt précisé que c'était grâce à l'intervention insistante de Ted auprès de l'éditeur.

Tous deux s'éloignent dans le couloir. Heureux, fier d'elle, Ted enlace Assia : ils vont fêter l'événement dans un bon restaurant. En sortant de la BBC, un flash traverse Ted. Studio 102 ? Mais oui, en ce même lieu, il y a sept ans, Sylvia et lui avaient participé à une émission sur le thème : vivre et créer à deux. Sylvia attendait Nicholas, elle était épanouie, enjouée, leur interview avait eu un certain retentissement, ils avaient reçu un courrier abondant… Il se tait, bien sûr. Boit beaucoup durant le repas. Assia ne prend jamais de vin, elle sent Ted s'éloigner, ne comprend pas, fume de plus en plus. En fin d'après-midi il reprend le train pour le Devon, auront-ils seulement le temps de passer chez elle et de faire l'amour ?

AURELIA

Août 1968

J'ai emmené Frieda et Nicholas sur une plage proche du Cape Cod. Là où leurs parents avaient passé leurs premières vacances américaines, leur ai-je raconté : en ce temps-là ils étaient très heureux. Ce qui ne leur a fait ni chaud ni froid. Mes petits-enfants détiennent les yeux de mes disparus tragiques – le bleu vif d'Otto, l'ambre et châtaigne de Sylvia. De quoi à la fois me combler et me troubler. Après la baignade, ils ont édifié un château de sable tout en discutant. Il en ressortait que leur père ferait bien d'épouser ses trois femmes, Assia, Brenda, Carol, comme ça ce serait parfait, il y aurait trois mamans pour les trois enfants, Frieda, Nicholas, Shura. Et si jamais une d'entre elles mourait, a ajouté ma petite-fille, on ne risquerait pas de se retrouver sans maman… Assia, je vois qui c'est, mais les autres ? Du haut de ses huit ans, Frieda était ravie de m'informer. Brenda, elle habite dans le Devon, pas très loin de chez nous. Des fois, avec elle et papa, on va au bord de la mer, elle a une planche pour le surf, on s'amuse bien. Avec Assia, je faisais souvent de la peinture, elle avait commencé à m'apprendre le fusain, plus un peu d'allemand, ça me plaisait, mais maintenant elle vit à Londres, dommage, j'aimais tellement Shurotchka ! Moi aussi, a fait écho Nicholas. Un silence puis d'une petite voix : Il y a très longtemps que je ne l'ai pas vue, Shurotchka, je ne me souviens pas bien de sa figure… Comme si, pour la première fois, ce garçon de six ans découvrait l'oubli – l'acuité tragique de l'oubli (il m'arrive de traquer dans ma mémoire le visage ébloui de Sylvia, dans sa septième année, lorsqu'elle a eu son premier chat, baptisé par elle Mowgli, je l'ai perdu ce visage, et je préfère ne pas recourir aux photos). Frieda a rétorqué : Mais si voyons, à Noël dernier, on était tous ensemble à Londres chez Assenka et Shurotchka, avec papa et tante Olwyn, on a mangé la dinde, toi et moi on avait préparé des beaux dessins pour Shurotchka. Nicholas a esquissé une moue, secoué la tête. Par les lettres de Winifred Davies, je sais qu'Assia et sa fille n'ont pas remis les pieds à Court Green depuis leur départ, à l'automne de l'année dernière.

Frieda et Nicholas consolidaient leurs remparts. J'ai hésité : Et… Carol ? Carol, elle est très belle, très jeune. Et très grande ! a renchéri Nicholas comme si dans cette haute taille – accordée à celle de leur père ? – résidait son essentiel mérite. Frieda a ajouté : Elle est de North Tawton, en plus c'est une infirmière, comme ça si on tombait malade elle saurait nous soigner. Oui, les trois, ce serait vraiment bien ! Nicholas a opiné. En vieille puritaine de la Nouvelle-Angleterre, j'ai failli glisser que dans la vie il fallait choisir et que, dans nos pays, un homme ne pouvait pas avoir plusieurs femmes en même temps. Je me suis abstenue : il était évident que une, ou trois, ou dix, ou mille et trois mamans ne pourraient jamais combler le gouffre creusé dans la nuit du 10 au 11 février 1963.

Puis m'est venue une pensée attristée pour Assia. Une dizaine de jours avant l'arrivée des enfants, j'avais été stupéfaite de recevoir une lettre d'elle. A la vue de ce nom et de ce prénom au dos de l'enveloppe, j'avais failli la jeter sans l'ouvrir. Ted ne m'avait pas indiqué avec précision à quelle période les enfants séjourneraient chez moi – en fait il tergiversait, prenant prétexte des récentes émeutes raciales, à la suite de l'assassinat de Martin Luther King. C'était donc Assia qui avait pris sur elle de me prévenir en m'indiquant la date, le numéro du vol et l'heure d'arrivée à Boston. Et, avait-elle ajouté, elle accompagnerait Frieda et Nicholas à Heathrow pour l'embarquement, les confierait à l'hôtesse de l'air, ça lui faisait plaisir de s'occuper d'eux, si peu que ce soit – la séparation, ajoutait-elle, avait été difficile pour tout le monde.

J'ai apprécié cette attention à mon égard et je l'ai remerciée, lui demandant des nouvelles de Shura. On m'aurait dit il y a cinq ans que je correspondrais avec la femme qui fut, indirectement, à l'origine de la disparition de ma fille…

ZOO

Londres, octobre 1968

Fauves les pelages, les feuillages. Un bel automne après un été maussade durant lequel Assia et Shura n'ont guère quitté Londres. Sauf une escapade en Allemagne avec Ted – mais Assia s'est sentie très mal à l'aise dans ce pays.

Les parents Hughes sont retournés chez eux, dans le Yorkshire, pour autant Ted n'a pas proposé à Assia de venir changer d'air à Court Green, ne serait-ce que le temps d'un week-end. Il avait annoncé son passage à Londres, promis à Shura de l'emmener au zoo. Deux jours avant, il s'est décommandé. Assia a pris son après-midi afin que sa fille ne soit pas privée de cette sortie tant attendue. Bien sûr, Shura lui fait payer la défection paternelle : brusques bouderies, refus de monter sur les balançoires, crise de larmes et trépignements parce qu'un gibbon dédaigne les cacahuètes qu'elle lui a lancées.

Une pause, allongées sur une pelouse. Apaisée, Shura observe les pérégrinations de fourmis comme si elles étaient les bêtes les plus intéressantes de ce lieu. Assia ressasse : En dépit de cette séparation, temporaire j'espère, Ted et moi ne pouvons nous passer l'un de l'autre. Au lit, sous le pelage des caresses, la même liesse animale. Ma sauvagine, dit-il – je savoure ce terme tout autant que je détestais les peaux sur les murs, à Court Green. Et nous partageons avec une égale intensité la jouissance de l'écriture. Dès qu'il a terminé un poème de *Corbeau*, il me l'envoie, requiert et apprécie mes critiques et suggestions. Ce "Corbeau" à la fois farceur, truculent, exterminateur. Lorsque Ted aura "achevé" ce monstre meurtrier, lorsqu'il ne sera plus criblé par ses coups de bec répétés, peut-être sera-t-il moins tendu, moins angoissé ? Et peut-être notre couple trouvera-t-il enfin son rythme, sa respiration, et la demeure où vivre tous deux avec les trois enfants, pour le moment nos recherches n'ont pas abouti…

Des cris bizarres strient l'air : "Corbeau" craille, crow crow ? Non, tout au fond de Regent's Park, un oiseau qu'Assia ne parvient pas à identifier. Ted, probablement, aurait su. Elle se retient d'allumer une cigarette, essaie de se détendre en absorbant cette lumière encore tiède. Mère et fille se dirigent vers la fauverie. Shura refuse d'y pénétrer – ah non, ça pue ! Elles passent devant des antilopes aux yeux humides. Ce regard des bêtes sur nous, tristes humains, songe Assia. Elles nous voient répéter les mêmes conduites absurdes : mimiques et grimaces face aux chimpanzés, rugissements grotesques avec les félins. Alors qu'il faudrait se laisser lentement capter, déshumaniser, si peu que ce soit. Mourir, absorbée par l'œil limpide d'une panthère, se fondre dans cette pupille ? Si seulement je savais, et savais emmener Shurotchka avec moi dans ce voyage serein… Lorsque Ted venait ici avec sa fille et moi, par sa seule présence il restituait aux animaux leur vérité, leur dignité sauvage et pleine. Pour cette force, ce magnétisme, j'aime cet homme.

Mère et fille s'assoient sur un banc, face à l'enclos des ours. Assia déballe le goûter. Un ours brun se dresse, Shura le croit intéressé par la tablette de chocolat : Maman maman, il veut me la prendre ! Mais non, arrête, il n'y a pas de quoi hurler… L'ours amateur de miel, le père tout-puissant ? Assia repense à un vers de Sylvia, dans ce poème si virulent, "Daddy" : "Toutes les femmes adorent un Fasciste." Sylvia s'incluait-elle dans ce "toutes" ? Probablement... Et désignait-elle Ted ? Qui n'est pas fasciste, non non ! Rigide, parfois, ou muré : sa façon de se protéger contre trop d'affres et de douleurs ? Contre les plaintes et demandes des femmes ? Ce supposé fasciste m'encourage à persévérer dans la traduction. Par l'intermédiaire d'Olwyn, il m'a obtenu un nouveau contrat. J'ai en chantier une pièce de théâtre d'un auteur israélien mais j'ai du mal à m'y atteler le soir, après ma journée à l'agence, après m'être occupée de Shura. Heureusement, la fille au pair que j'ai engagée est agréable, efficace. Shurotchka adore Else, et réciproquement, de ce côté-là je suis soulagée. Dimanche nous irons déjeuner chez les Mendelson, ils sont attentifs à mes difficultés, à mes phases de doute mélancolique. Et Shura s'entend très bien avec leurs deux fils. Amichaï, Mendelson, je chéris ces amis juifs.

Shura réclame à boire. Toutes deux se dirigent lentement vers la buvette. Assia se sent épuisée. Ce soir, une fois sa fille endormie, elle devra rattraper son travail en retard pour l'agence. Le soleil décline très vite. Et l'ourse et la louve, et la lionne et la bufflonne les suivent des yeux et voudraient lécher, langer de tendresse, l'enfant morose que traîne par la main une femme morne.

CELIA

Montréal, décembre 1968

Les dernières lettres de ma sœur m'inquiètent. Dans son agence elle est toujours très appréciée – son nouveau film publicitaire a obtenu un vif succès – mais des compressions d'effectifs sont prévues, elle craint un licenciement. Si c'était le cas, elle envisagerait de venir s'installer ici, à Montréal où nous avons récemment déménagé. Elle trouverait, pense-t-elle, à s'employer dans la pub, ou bien comme traductrice : son travail sur les poèmes de Yehuda Amichaï l'a fait connaître. J'ai le sentiment qu'elle utilise cette velléité d'immigration au Canada comme un moyen de pression sur Ted – faut-il dire de "chantage" ? En octobre dernier, les parents de Ted ont enfin pu retourner chez eux. Le divorce d'Assia et de David a été prononcé. Je suppose que ma sœur a alors espéré un mariage avec Ted ou, du moins, une stabilisation de leur relation ?

Aujourd'hui je reçois un volumineux courrier. Des textes en prose de Sylvia Plath, une liasse importante. Je suis abasourdie ! Ma sœur m'explique : Je les avais pris l'année dernière à Court Green, dans le sacro-saint bureau, je n'étais ni la première ni la dernière à me servir, ajoute-t-elle comme pour légitimer ou minimiser cet acte, ces inédits ont une valeur marchande certaine, si jamais il m'arrivait quelque chose tu pourrais les négocier afin de constituer un pécule pour Shura... Non, je n'aime pas cela, pas du tout ! Ni ce vol. Ni ce “s’il m’arrivait quelque chose”. Un symptôme de son désarroi, cet envoi ? J’ai téléphoné : Assenka, tu es malade ? J’ai eu peur soudain, sa voix éraillée par la cigarette, un cancer de la gorge, du poumon ? Non non Celia, ça va à peu près, juste un peu déprimée, ce sinistre hiver londonien, une surcharge de boulot à l’agence, et surtout les tensions cycliques avec Ted, on ne se voit pas beaucoup, et notre mince temps en commun il m’arrive de le gâcher par mes récriminations, voire par une scène, une menace de rupture… Et puis je me tracasse pour Shura, imagine n’importe quoi, un accident, une hospitalisation peuvent me tomber dessus, si je disparaissais qui s’occuperait d’elle ? Tu sembles oublier que dans six mois j’aurai quarante-deux ans, et figure-toi, c’est épouvantable, je commence à avoir des cheveux gris ! J’ai essayé de plaisanter là-dessus, puis j’ai arrêté, je l’ai sentie tellement angoissée, et je lui ai promis que, si ce “quelque chose” survenait, j’élèverais Shura avec mes trois enfants. J’ai continué à bavarder – tant pis pour le coût de la communication : Mais enfin, tu sors un peu, tu rencontres des amis ? Oui oui, notamment les Mendelson, lui, Michaël, tu te souviens je l’avais connu en Birmanie, c’était un collègue de David (eh oui, ai-je songé, l’époque heureuse à Mandalay, je m’obstine bêtement à regretter ce David inconnu de moi), Michaël et sa femme sont très accueillants, leurs deux fils adorent Shurotchka, nous déjeunons ensemble presque tous les dimanches, d’ailleurs nous fêterons Noël chez eux – pas avec Ted, en ai-je déduit. Et ton nouvel appartement, à Clapham Common, tu t’y plais ? Oui, sauf qu’il est loin du centre, mais très agréable, grâce aux trois chambres la cohabitation avec la jeune fille au pair ne pose pas de problème, Shura s’entend très bien avec Else, et j'ai joliment décoré, des amis m'ont félicitée, ma vitrine de *netsuke* est magnifique, j'ai acheté récemment un singe et une sirène d'un très beau modelé. Et Ted et toi, vous en êtes où ? Nous envisageons toujours de vivre à la campagne avec les trois enfants. De temps à autre, le week-end, parfois avec Shura, parfois tous les deux seuls, nous prospectons, nous avons déjà visité pas mal de maisons. Mais il repère toujours un inconvénient : pas assez grand, ou trop cher, un jardin étriqué, trop de travaux à effectuer... En fait, ces arguments sont des prétextes, la vérité c'est Sylvia. Quoi, Sylvia ? Eh bien, où que nous soyons, même loin de Court Green, elle sera toujours présente... son incandescente présence ! Ma sœur a prononcé ces termes avec une telle violence que j'ai cru sentir grésiller les fils du téléphone, moi aussi je me mets à dérailler ! Puis un long silence. J'ai murmuré : Assenka ? Et soudain sa voix s'est métamorphosée, j'ai retrouvé ce velouté rauque, son contralto vibrant : Heureusement, au printemps prochain j'espère, nous irons en Israël pour une quinzaine de jours, Yehuda Amichaï et sa femme Hannah nous invitent, je les aime beaucoup, Ted est impatient de découvrir ce pays et moi de revoir Tel-Aviv. Bon, ai-je pensé, la Terre promise, l'an prochain à Jérusalem... Nous nous sommes quittées sur cette perspective plus lumineuse.

Je n'ai rien dit à notre père, je ne veux pas qu'il se tracasse. Et j'ai enfoui les textes de Sylvia Plath – un tapuscrit avec des corrections à la main – dans un tiroir de ma commode, sous des lainages. Non, je n'ai pas eu envie de les lire. Et je n'aime pas les savoir là ! Dès que ma sœur ira mieux, je lui renverrai ces feuillets.

AURELIA

11 février 1969

La date anniversaire du suicide. Six ans. J'ai vieilli. La douleur aussi. Rancie, flétrie ? Warren et Margaret ont eu une deuxième fille. Ils vont s'en tenir là, je pense. Ils ont fait ce qu'ils ont pu. Mais rien ne console.

Dans ses lettres, Ted continue à vouloir se justifier. Ce qui a détruit leur couple, affirme-t-il, ce fut cette volonté farouche de tout sacrifier à la poésie. Dame Poésie, Dame la Mort ? Il lui arrive également d'attribuer un rôle néfaste à la psychothérapie, aux interventions de Ruth Beuscher, qui avait correspondu avec ma fille durant les derniers temps. Je n'ai pas envie de lui répondre là-dessus : il incrimine la psychanalyse du Dr Beuscher comme j'avais mis en cause l'antidépresseur du Dr Horder, chacun se débrouille à sa façon avec la culpabilité. En tout cas, il maintient son projet de publier *La Cloche de détresse* aux Etats-Unis. De mon côté, je prépare l'édition de la volumineuse correspondance de Sylvia : ses lettres à son frère, à ses grands-parents, mais surtout à moi, depuis sa première année à Smith College. Douze années d'échanges épistolaires. Ted tente de s'en mêler, me donne des conseils… Il m'a proposé de m'en céder les droits, je l'ai remercié pour ce geste élégant – il est vrai qu'il engrange des sommes substantielles grâce aux rééditions des œuvres de Sylvia, qui se vendent très bien. Il place cet argent pour les enfants, m'a-t-il assuré.

A mon propre étonnement, je poursuis ces courriers intermittents avec Assia Wevill. Dans le dernier, elle me parle de Shura, souvent mélancolique, réclamant son père. Ted, ajoute Assia, semble en difficulté. Dévoré intérieurement, estime-t-elle, laminé par des poussées dépressives. Et parfois, au lit, d'une violence rare, comme s'il lui fallait exsuder, évacuer cette détresse ou cette fureur… Quoi, me raconter cela, à moi, une femme de soixante ans, dans quel imbroglio me suis-je laissé embarquer ? Et soudain me revient en écho une phrase de Sylvia, oui c'était lors de mon séjour à Court Green en juillet 1962, en pleine canicule, en plein drame de la séparation, ma fille avait fait allusion, presque dans les mêmes termes, à l'érotisme animal de son époux, à sa brutalité… Mais enfin elles sont folles, les filles, les femmes, il faudrait savoir, elles l'aiment ou elles l'ont aimé, cet érotisme, je suppose ! Et qu'est-ce qui a fini par déraper, par sentir la mort ? Et pourquoi ce besoin de prendre à témoin la vieille mère exclue de ce jeu de la jouissance et de la destruction ? Assia, cette femme que je n'ai jamais rencontrée, ne rencontrerai jamais, qu'est-ce qui lui prend de venir me dévoiler cette intimité… Eh oui, elles sont folles les filles, que désirent-elles, secrètement, rendre les mères voyeuses, complices, jalouses ? Etre plaintes, câlinées, consolées ? Je ne vais tout de même pas prévenir Ted que sa compagne – non, même plus, sa maîtresse – me paraît passablement déprimée et que leur enfant en souffre. Bien entendu, il ignore qu'Assia et moi communiquons de temps à autre.

Et ces folles d'un autre genre, ces féministes américaines qui franchissent l'Atlantique (comme s'il n'y avait pas eu assez de traversées de l'océan dans cette histoire, à commencer par celle d'Otto en 1900), se rendent dans le Yorkshire, jusqu'à Heptonstall, gravissent ce chemin à travers la bruyère – mes os blanchiront parmi les racines de la bruyère, avait prédit ma fille dans un de ses poèmes –, parviennent à ce cimetière de campagne, noirâtre, rechigné, et là ces chiennes féministes, bavant, écumant – à quel titre s'instaurent-elles les Erinyes de la vengeance ? –, rageusement, férocement, grattent le nom de Hughes sur la pierre tombale en sorte que seuls demeurent le prénom et le nom, Sylvia Plath. Après cet acte de vandalisme elles repartent, et Ted fait remplacer la pierre avec l'inscription dans son intégralité : Sylvia Plath Hughes, et le cycle recommence – effacer, réparer –, elles reviennent, elles bavent, elles raclent, Ted commande au marbrier une nouvelle dalle, avec une inscription gravée encore plus profondément, mais de quel droit se permettent-elles cette profanation, ma fille avait tenu à s'appeler Hughes, c'est elle, bien plus que Ted, qui l'avait voulu ce mariage, oui elle souhaitait porter ce nom même si elle publiait sous celui de Plath. Et voici ma fille, tellement éprise de sa progéniture comme de ses casseroles, érigée en icône féministe… Lorsqu'il arrive à Ted d'intervenir aux Etats-Unis dans des colloques ou des universités, ces mêmes enragées le conspuent, hurlant "Daddy Daddy, nazi nazi !". Cette collusion entre le père et le fasciste, ou entre mon mari et mon gendre, m'est insupportable – si seulement Sylvia n'avait pas écrit ce poème atroce… Orphée est déchiré par les femmes de Thrace, ou par des ménades, je ne sais plus au juste. Parce qu'il a échoué à ramener Eurydice du royaume souterrain ? Non, parce qu'il est le survivant. La faute suprême. Je connais, je l'ai commise. Par deux fois.

LA VOISINE DU 3, OKEOVER MANOR

23 mars 1969

Aux environs de vingt heures, l'odeur m'a alertée. Le gaz ? J'ai vérifié dans ma cuisine, rien, suis allée renifler dans le hall et j'ai fini par repérer : les relents émanaient de l'appartement de Mrs Wevill. J'ai sonné, personne. Depuis mon living, j'aperçois ses fenêtres. J'ai vérifié, tout était noir, elle était donc sortie avec la petite. La fille au pair également. J'ai décidé d'attendre dans le hall : si l'une ou l'autre revenait, je pourrais la prévenir. Mrs Wevill, avais-je remarqué, fumait de plus en plus, ma crainte était que, en allumant machinalement une cigarette, elle ne provoque une explosion. J'ai patienté près d'une heure, je commençais à me geler. Enfin Else est arrivée. Vous sentez ? Il doit y avoir une fuite chez vous. Else s'est hâtée d'ouvrir, s'est engouffrée, est ressortie, hagarde, gémissant telle une bête blessée. Je l'ai fait entrer chez moi, l'ai sommée de se calmer et j'ai vite appelé mon voisin. Il a pénétré, a sitôt compris, s'est rué sur les interrupteurs de la cuisinière. Puis il a ouvert les fenêtres en grand, établi des courants d'air. Et j'ai vu. La mère et l'enfant étaient étendues sur des couvertures étalées par terre, entre l'évier et le réfrigérateur. Je me suis souvenue qu'une infirmière avait récemment emménagé au deuxième étage, j'ai couru la chercher. Elle a pris le pouls de la mère, de la fille. Plus rien, a-t-elle murmuré. A soulevé les paupières : les pupilles étaient dilatées. Else devait avoir eu la force de revenir car j'entendais derrière moi de menus sanglots de chiot. L'infirmière a tenté un massage cardiaque, sur la fillette, puis sur Mrs Wevill, j'ai bien senti que c'était par acquit de conscience – la mère est encore tiède mais l'enfant est déjà froide, il faut appeler la police. Le voisin est retourné chez lui pour téléphoner.

Décomposée, Else s'est agenouillée près de la petite fille, répétant "Shura, Shurotchka, non non…". La main de l'enfant était refermée sur un objet bizarre que je ne parvenais pas à identifier. Else l'a doucement dégagé, puis posé sur la poitrine de Shura. C'était un drôle de tout petit singe, recroquevillé, sculpté dans de l'os ou de l'ivoire, je ne saurais dire.

Le médecin de la police a établi le constat. Il a conclu à un meurtre et à un suicide par le monoxyde de carbone. Plus, très probablement, l'ingestion de barbituriques : les tubes, vides, étaient restés sur la table, avec une bouteille de whisky et deux verres. L'autopsie, a-t-il dit, confirmerait. Nos témoignages ont été enregistrés. Les corps ont été transportés à la morgue.

DIALOGUE

— C'est atroce à dire : cette fois, Assia aura surpassé Sylvia. Meurtre et suicide…

— Al, ce suicide est un meurtre. Assia a sans doute tenté de tuer sa persécutrice.

— Pourquoi entraîner sa fille dans la mort ?

— Tu imagines Assia laissant à Ted un troisième orphelin de mère ?

— Je ne sais pas, Anne, je suis trop bouleversé. A présent, je crois comprendre ce que tu voulais dire il y a quatre ans : "Je ne voudrais pas être à la place de Shura." Cette enfant, pour le peu que je l'ai aperçue, si vive, si charmante…

— Mais chargée d'une tâche impossible : maintenir ensemble deux êtres qui s'aiment en traînant derrière eux un cadavre.

MICHAËL MENDELSON

28 mars 1969

Elle flambe la jeune femme que j'ai connue en Birmanie, si belle dans la lumière moite au milieu des hibiscus et des lotus bleus, David était mon collègue à l'université de Mandalay, j'écrivais moi aussi de la poésie, nous nous lisions et critiquions l'un l'autre, je dînais fréquemment chez eux, tous les trois nous discutions de littérature jusque tard dans la nuit, Assia était une remarquable lectrice, elle avait déjà commencé sa collection de *netsuke*, de minuscules éléphants, des tortues en ivoire, ses gestes coulaient calmement, ce fut, je crois, l'époque la plus heureuse de sa vie, et maintenant, derrière cette cloison, brûlent ses ongles sa peau sa chevelure, elle avait l'art de se draper dans des étoffes birmanes, de composer des arrangements floraux, d'esquisser des poèmes et des aquarelles fluides, à l'époque, entre elle et David, une entente sereine, une vibration amoureuse douce, discrète, plus tard, à Londres, j'ai retrouvé David et Assia, j'ai publié quelques-uns de leurs poèmes dans la petite revue que j'avais créée ainsi que, il y a un an, les premières traductions de Yehuda Amichaï par Assia, elle brûle, son enfant également, au début de sa liaison avec Ted je fus son confident, elle m'avouait être subjuguée par la violence érotique de cet homme, apeurée parfois mais retournant vers lui, bête avide, fascinée, évoquant avec effroi et jubilation cette part animale entre eux, sa toison son sexe ses seins sont-ils en train de grésiller, est-ce que les graisses fondent, j'essaie de ne pas songer à l'odeur, je me demande qui a décidé cette incinération, ni Patricia ni moi ne sommes des juifs pratiquants, il n'empêche, jamais de crémation dans la tradition israélite, les corps sont censés demeurer intacts (oui je sais bien, après...), non je ne parviens à comprendre ni ces deux décès ni cette crémation, tant de juifs ont brûlé il y a un quart de siècle, l'homme âgé tout rabougri à côté de Ted est le père d'Assia, la cérémonie a été retardée afin de lui laisser le temps d'arriver du Canada, très digne ce vieillard, visiblement épuisé – le choc, le chagrin, le décalage horaire – et pourtant c'est lui, le vieux juif russe, le survivant, qui tente de réconforter Ted en lui prenant fraternellement la main, brisé mais compatissant envers l'homme à l'origine de ce double décès – oui, “à l'origine” plutôt que “la cause”, je ne veux pas l'accuser même si j'ai du mal à comprendre –, les larmes glissent en continu sur les joues de Ted, repense-t-il à Sylvia, le pasteur anglican a bafouillé quelques paroles insipides, que pouvait-il dire, le malheureux, sur ces deux filles d'Israël, sur cette femme inconnue de lui qui avait tué son enfant et s'était tuée, il aurait fallu le kaddish, puis le silence, ces derniers mois Assia m'avait confié son désir de prendre Esther, son deuxième prénom, comme prénom principal – un retour aux sources ? – et je m'en souviens soudain, l'héroïne suicidaire du roman de Sylvia Plath se prénomme Esther, Patricia s'agrippe à ma main en reniflant plaintivement, nous n'avons pas encore annoncé cette horreur à nos deux garçons, ils adoraient Shura, mère et fille déjeunaient chez nous quasiment tous les dimanches, j'ai écrit à David pour l'informer, depuis peu il a obtenu un poste à l'université d'Austin, au Texas, sans doute est-il en train de reconstruire sa vie, est-ce que les os se mettent à crépiter, telles des bûches ? Sylvia avait été enterrée sous la neige, m'avait raconté Assia, mère et fille disparaissent dans la solitude des flammes, comme tant d'autres juifs, et me revient un vers de Paul Celan "la mort est un maître venu d'Allemagne", n'est-ce pas ce que Sylvia énonçait à sa manière dans "Daddy" – Assia m'a souvent parlé de ce poème, il l'obsédait, Sylvia l'obsédait –, le père à l'œil aryen, la brute fasciste, svastika et Luftwaffe, panzer et botte noire, *Mein Kampf*, la lourde, puissante machinerie en marche vers Dachau Auschwitz Belsen, les barbelés hérissés : tellement présents dans "Daddy" tous ces emblèmes de l'horreur nazie, comme si – après en être morte ? – Sylvia les avait lâchés sur Assia, je déraille, les trains surchargés de déportés ne déraillaient pas, dans ce même poème Sylvia se demandait si elle ne serait pas juive – une tentative pour exorciser sa filiation germanique ? La mort, ce "maître venu d'Allemagne", aurait-elle pris pour Sylvia le visage d'Otto Plath, pour Assia celui de Sylvia ? L'année dernière, Ted et Assia étaient partis avec Shura en Allemagne – Ted faisait une tournée de lectures –, Assia m'avait ensuite confié combien elle avait mal supporté ces regards identifiant immédiatement la femme juive, une espèce dont il ne devait pas rester beaucoup de spécimens dans cette contrée, elle avait même fait exprès de prononcer très mal l'allemand, qu'elle maîtrisait parfaitement. Un soir, à Würzburg, Ted avait incisé au canif un mur de l'hôtel de ville, inscrivant : Ici est né le poète juif Yehuda Amichaï. Shura avait trouvé très drôle ce jeu semi-clandestin, complice elle s'était amusée à faire le guet, elle était ravie de ce premier séjour à l'étranger avec papa-maman, est-elle déjà consumée, carbonisée, un si petit corps, Assia rêvait tellement de rendre visite au couple Amichaï en Israël mais l'Allemagne aura été son dernier voyage, Allemagne terre natale mère blafarde... Brusquement c'est la débandade, l'assistance n'a pas le courage d'attendre la fin de l'incinération, c'est long si long et il fait si froid dans cette grande salle alors que de l'autre côté du mur rugissent les flammes, ils parlent d'aller déjeuner tous ensemble au restaurant – ça creuse tout ça –, à voix basse ils nous proposent de nous joindre à eux, nous déclinons l'offre, ils s'en vont dans une hâte furtive, honteuse, escamotées Assia et Shura (d'ailleurs aucun journal n'a mentionné cette double disparition, même pas dans la rubrique des faits divers, Ted, j'imagine, a dû en être soulagé, le suicide de Sylvia a été suffisamment exploité !), Patricia a cessé de pleurer, elle murmure : Comment Ted va-t-il relater ce drame à sa fille et à son fils, elle se pose la question pour nos garçons bien sûr, dans ma tête bourdonne toujours “la mort est un maître venu d'Allemagne”, cils et cheveux de cendres, la famille Gutmann avait quitté Berlin à temps mais la mort maîtresse avait rattrapé Assia à Londres, je voudrais parvenir à exorciser ces mots obsédants et je commence à composer, silencieusement, le début d'un poème à la mémoire d'Assia et de Shura, filles d'Israël, un kaddish à ma manière dans lequel j'évoquerai Buchenwald Terezin Auschwitz.

ELSE

C'est ma faute, je n'aurais pas dû quitter Mrs Wevill pour aller voir cette amie ! Je lui avais demandé l'autorisation, elle me l'avait aussitôt accordée : oui oui, elle était contente d'être seule avec Shura après ces quatre jours d'absence, elle lui donnerait son bain, la ferait manger et la coucherait de bonne heure. Elle l'a couchée, mais à ses côtés, sur ce lit de mort. Si je n'avais pas rendu visite à Olga, Mrs Wevill n'aurait pas profité de ma brève absence, elle et Shura seraient encore en vie. On disait "Mrs Wevill" bien que, m'avait-elle confié, son divorce eût été prononcé. Elle pensait reprendre son nom de jeune fille, et peut-être même son deuxième prénom, Esther. Non plus Assia Wevill mais Esther Gutmann : oui oui, je suis juive ! m'affirmait-elle avec un air de défi – parce que je suis allemande ? J'avais bien remarqué que, de plus en plus, ces derniers temps, elle tournait en rond, flottait, hésitait. Pour cette histoire de nom. Pour toute décision. A plusieurs reprises, elle m'avait assuré qu'elle partirait s'installer au Canada, à Montréal, près de sa sœur : un exil de plus, qu'importait, et Shura pourrait s'amuser avec ses cousins, au moins ce serait mieux pour elle. Chaque semaine, Mr Hughes venait du Devon, tous deux sortaient, je gardais la petite. Puis Mrs Wevill m'a prévenu qu'elle partait durant quatre jours, elle retrouvait Mr Hughes à

Manchester, où il devait passer à la radio, tous deux visiteraient ensuite des maisons dans la région. Je la voyais éplucher régulièrement les petites annonces immobilières, aussi je ne croyais guère au projet canadien... Durant ces quatre jours, Shura fut grognon, répétant : Elle revient quand, maman ? Je lui ai proposé une visite au zoo de Regent's Park. Non, le zoo c'est avec mon papa ! Souvent elle se plantait devant le portrait de Mr Hughes, accroché dans le séjour – un fusain par Mrs Wevill. Shura le contemplait : Il est beau, hein, mon papa ! Et des pleurnicheries, des caprices, et il lui arrivait de mouiller sa culotte alors qu'elle était propre le jour depuis longtemps. Une enfant jusqu'alors si facile, si plaisante... Il y a un mois, elle avait été très déçue que son père ne soit pas présent pour ses quatre ans. Heureusement des amis fidèles de Mrs Wevill, les Mendelson, les avaient invitées pour fêter cet anniversaire. Shura m'avait raconté qu'elle avait joué avec leurs garçons. Elle en parlait sans jubilation, d'une menue voix terne, ça m'avait fait mal.

J'ai bien vu à la tête de Mrs Wevill que ces quatre jours aux environs de Manchester ne l'avaient pas requinquée. Non, les propriétés en question n'avaient pas plu à Mr Hughes, pourtant elle en avait déniché une avec un beau jardin et une rivière poissonneuse à proximité, une jolie rivière où venaient frayer les saumons, c'eût été idéal, mais cette demeure s'appelait Green Farm, a-t-elle ajouté d'un air excédé. Je n'ai pas compris où était le problème. Bizarrement, elle revenait avec nostalgie sur ces saumons comme si, dans cette histoire de maison et de vie communes, ils auraient dû tenir le rôle des animaux salvateurs. Mornes sa voix, son regard, pourquoi n'y ai-je pas prêté attention ? C'est étrange comme cette femme si belle pouvait soudain s'éteindre, virer au gris vitreux, devenir banale. Elle n'avalait jamais une goutte d'alcool mais elle fumait trop. Surtout les derniers temps.

Avant son retour, j'avais nettoyé à fond l'appartement, terminé le repassage et préparé un dîner léger pour elle et Shura, j'estimais avoir bien travaillé, c'était samedi soir, j'ai eu envie d'aller bavarder avec Olga : elle n'habite pas loin, je serai de retour d'ici une heure et demie, deux heures au plus. D'accord, m'a-t-elle aussitôt répondu. Sa voix était normale – un peu sourde, peut-être ? Il fallait entendre, il ne fallait pas les quitter, pas ce jour-là ! Pas le soir du retour de Manchester ! Une heure ou deux ça lui a suffi pour…

Hier, j'ai croisé dans le hall l'infirmière et la voisine. Elles discutaient à propos du drame, comme elles disent. La voisine affirmait que Mrs Wevill avait eu raison d'entraîner avec elle la petite – priver définitivement un enfant de sa mère, c'était ce que cette dernière pouvait accomplir de pire. Indignée, l'infirmière protestait : Non, non, c'est un crime, la vie est sacrée ! Je me suis tue, je n'ai pas d'opinion, seulement envie de pleurer. Et ce matin, je rencontre à nouveau la voisine, qui s'effondre, en larmes : C'est ma faute, au lieu d'attendre bêtement dans l'entrée, dès que j'ai senti le gaz j'aurais dû appeler les pompiers, il était encore temps, ils les auraient sauvées, mais lorsque j'ai vu tout éteint, j'ai vraiment cru que vous étiez sorties toutes les trois… Et voilà, à tour de rôle, nous sommes là, stupides, répétant : J'aurais dû, je n'aurais pas dû.

Mr Hughes est venu plusieurs fois avec sa sœur. Emmuré dans le silence. Il m'a toujours impressionnée mais en ce moment il me fait peur. On dirait qu'il s'est effrité du dedans. Heureusement, sa sœur a l'air solide, énergique, elle prend les choses en main. Petit à petit, ils trient, emballent dans des caisses ce qui est destiné à la sœur de Mrs Wevill, là-bas à Montréal. Patricia Mendelson est venue leur donner un coup de main, elle a dit et redit combien elle était navrée de n'avoir pas téléphoné, ce samedi soir, pour confirmer le rituel déjeuner du dimanche – mais je ne savais pas à quelle heure au juste Assia revenait de Manchester, j'aurais dû… Mr Hughes lui a suggéré de garder un souvenir, elle a choisi une aquarelle peinte par Mrs Wevill, fleurs et insectes. A moi aussi ils ont proposé. J'aurais bien pris le petit singe japonais mais j'ai répondu que je ne voulais rien. En fait, je traîne un autre remords : J'aurais dû le laisser dans la menotte de Shurotchka, ce singe en ivoire, peut-être l'aurait-il accompagnée, guidée… euh… là-bas, je ne sais trop où, ni comment c'est, là-bas, dans les labyrinthes de la mort.

CELIA

Montréal, août 1969

J'ai décidé d'expédier à Ted Hughes ces pages de Sylvia Plath dérobées autrefois par ma sœur. Avant de boucler mon paquet, j'ai lu le début. Le scénario le plus bête, le plus banal qui soit : une fille rencontre un garçon. Saouls tous les deux. Alcool et sang coulent généreusement. La fille a fardé ses lèvres avec le rouge de ses règles. Le garçon l'embrasse. Elle le mord. Ça saigne. Gin, jazz, et gîte : ça se passe à Cambridge mais la fille – aussi bourrée que cinglée – se croit sur un bateau s'inclinant dangereusement… C'est le premier chapitre d'un roman intitulé *Falcon Yard* : le nom du bâtiment universitaire où se déroule cette séquence délirante. Je me suis arrêtée là, je ne comprends pas que cette prose puisse valoir une somme importante.

Dans ma lettre d'accompagnement, j'ai demandé à Ted où sont déposées les deux urnes. Il m'est intolérable de penser que, à l'instar de tant de cendres juives, celles de ma sœur et de ma nièce pourraient avoir été dispersées dans je ne sais quel no man's land.

Il m'a répondu, remerciée. Après cette double disparition il fut, m'avoue-t-il, tel un personnage shakespearien traqué par la démence, errant sur les landes du Dartmoor, sur les grèves du Devon ou les falaises de Cornouailles (aurait-il envisagé de jeter les cendres à la mer ?), partant quasiment à l'aveugle avec sa voiture, les urnes dans le coffre, tournant en rond, fuyant Court Green, y revenant sans parvenir à révéler la vérité à ses enfants, se retrouvant inopinément sur le chemin de Heptonstall, non non il était impensable de laisser ces restes dans le cimetière où sa femme était enterrée (vivante, ma sœur avait dormi dans le lit de Sylvia mais dans la mort, semblait-il, l'interdit ne pouvait être transgressé), et Ted poursuivait sa course déglinguée – sur son chemin, je suppose, quelques havres féminins, accueillants –, encore plus hagard après la disparition de sa mère, sept semaines après celles d'Assia et de Shura : si j'ai bien compris, on avait tenté de cacher le drame à Edith Hughes, son mari avait fini par le lui révéler, elle avait été terrassée par une crise cardiaque. En si peu de temps, Ted aura perdu une mère, une fille, la femme aimée (oui j'en suis persuadée, il aimait ma sœur, mal peut-être – c'est quoi aimer bien ?), de quoi s'effondrer ou devenir fou, deux suicides à six ans d'intervalle, n'était-il pas maudit ? Il retournait à Court Green, ne pouvait supporter cette maison, reprenait la route, roulait interminablement, et il avait fini, presque par hasard – non, ce n'était pas tout à fait un hasard puisque c'était dans le Kent, et donc à l'opposé du Yorkshire, loin de Heptonstall et de ses deux pierres tombales –, il avait fini par dénicher ce cimetière rustique dans lequel, paraît-il, Assia, par testament, avait désiré être enterrée, un simple cimetière de campagne, aurait-elle suggéré, sans plus de précision. Celui que Ted avait trouvé se situait en lisière d'une petite ville dénommée Ashford – *ash*, cendre, j'ai frémi : ma sœur ma nièce, gazées, incinérées, et leurs cendres dans la ville des cendres, non non !

Dans sa lettre, Ted soulignait la beauté des arbres vivant dans ce cimetière, et je me suis soudain souvenue : *ash*, c'est aussi le frêne, il me fallait travailler à percevoir dans ce nom, Ashford, non plus un gris cendreux mais le vert tendre du frêne, de beaux arbres donc, apaisants, écrivait Ted, un cimetière vaste, aéré, sur la route de Canterbury, le silence, une lumière blonde, il s'était allongé dans un recoin herbu, avait soudain cédé au sommeil – un signe positif lui avait-il semblé, comme si un répit lui était enfin accordé, comme si les Erinyes, épuisées elles aussi, s'assoupissaient passagèrement –, lorsqu'il s'était réveillé, il avait déambulé, au hasard, oui ce cimetière semblait répondre au souhait émis par Assia. Puis il avait lu une inscription sur une tombe : Simone Weil. Etonné de découvrir dans ce lieu un nom juif – autre augure favorable ? –, il avait été chercher les urnes dans sa voiture, les avait déposées, discrètement, à proximité de cette sépulture. Par la suite, il s'était informé : cette Simone Weil était française, philosophe, réfugiée en Angleterre durant la guerre de 1939-1940, décédée à Ashford en août 1943, après s'être laissée quasiment mourir de faim. Peut-être, ajoutait-il, ce genre de femme que, autrefois, on aurait considérée comme une sainte (si elle n'avait pas été juive, bien sûr) tant elle avait voulu vivre dans le dénuement, proche des plus déshérités. Non, je ne me vois pas l'implorant : sainte Simone Weil, veuillez intercéder pour ces deux esseulées, comme vous filles d'Israël, qu'un étrange hasard a placées non loin de vous… Intriguée, j'ai demandé à mon mari de se renseigner auprès d'un collègue francophone. Cette Simone Weil est l'auteur d'un ouvrage intitulé *Attente de Dieu*. Les derniers temps, Assia n'attendait plus que Ted – son dieu, son dieu animal ? Dans une ultime lettre à notre père, elle lui confiait : Je ne peux imaginer d'autre homme que Ted, il m'est intolérable de continuer ainsi et je préfère emmener Shurotchka avec moi, elle est trop âgée pour être adoptée, et elle souffrirait tellement d'être séparée de moi… Ce qui a ravivé ma culpabilité : Aurait-il fallu bondir dans un avion, rejoindre ma sœur, tenter de la réconforter, la convaincre de déménager à Montréal ? Mais avec mes trois enfants, et nos problèmes financiers…

Tout récemment, j'ai songé : Assia avait déjà tué tant de fœtus, elle et Shura furent les derniers… Peut-être, pour éviter le pire, eût-il fallu que ma sœur puisse s'aimer autant que père l'aimait ?

Il vient de mourir. De graves problèmes circulatoires, un arrêt cardiaque. C'est mieux ainsi.

AURELIA

27 octobre 1969

L'anniversaire de Sylvia. Elle aurait trente-sept ans. Qu'aurait-elle écrit de nouveau, de différent ? Etrange de me poser cette question alors que plusieurs de ses textes m'ont ravagée. Même si je les admire, profondément.

Ted a enfin pu parler aux enfants de la disparition d'Assia et de Shura, que leur a-t-il dit exactement, qu'ont-ils compris ? Encore un deuil pour eux. Et lorsque je songe à toutes les figures féminines qui se sont relayées à leurs côtés depuis le suicide de leur mère : la tante Hilda, Olwyn, Assia, Edith Hughes, moi de temps à autre (et Brenda ? et Carol ?), sans compter le défilé de je ne sais combien de nurses, baby-sitters, filles au pair.

Si j'avais été plus chaleureuse dans le maigre courrier adressé à Assia. Si je lui avais proposé : l'été prochain, Shura pourrait venir avec Frieda et Nicholas en vacances chez moi…

J'essaie de survivre en poursuivant l'édition des lettres que m'a adressées ma fille depuis l'âge de dix-huit ans. Ted s'est érigé en conseiller éditorial. Conseiller ou censeur ? L'un et l'autre : après ces deux décès tragiques, il veille à ne pas laisser se dessiner une image négative de lui-même. Je comprends, et je résiste, discute, cède sur certains passages. Surtout en pensant à Frieda et à Nicholas qui, plus tard, liront. C'est pour eux, essentiellement, que j'accepte de caviarder certains passages, ils ignoreront que leur mère a parfois évoqué leur père en termes virulents, destructeurs. Oui, c'est sans doute préférable... J'ai commencé la rédaction de la préface : il me tient à cœur d'évoquer l'enfance de Sylvia, l'histoire des deux lignées, l'océan et le décès du père, le partage de la poésie entre mère et fille.

Contre ma volonté – mais je suis impuissante –, Ted est toujours résolu à faire paraître prochainement *La Cloche de détresse* aux Etats-Unis, sous le nom de Sylvia Plath bien entendu. Un nom, une œuvre qui continuent à lui assurer des rentrées substantielles. Mais tout de même, après le suicide de sa maîtresse, publier le roman de sa femme – qui s'est tuée –, roman racontant la tentative de suicide de cette même femme... Ces échos entre le texte et la réalité me sont de plus en plus intolérables, pourquoi cette hécatombe autour de l'écriture ?

Cette nuit, insomnieuse, je songeais à Nicholas qui avait grossi dans le ventre de sa mère à l'époque où celle-ci rédigeait l'histoire de cette tentative manquée et du traitement par électrochocs. Je sais bien qu'un fœtus est en partie protégé par la barrière placentaire mais je ne pouvais m'empêcher de ressasser, angoissée, sur cet entrelacement de vie, de mort et de folie. Nicholas, le seul garçon de la descendance Plath.

CELIA

Montréal, 1970

Les caisses préparées par Ted et Olwyn Hughes ont fini par arriver. Durant quelques mois je les avais crues définitivement perdues, le cargo les transportant avait coulé à proximité des côtes américaines. Une période durant laquelle j'ai pensé moi aussi sombrer : tout ce qui touchait à ma sœur semblait voué à l'anéantissement... Et puis, le miracle ! La compagnie maritime a réussi à faire extraire une partie de la cargaison, les caisses provenant de Londres ont été récupérées, j'ai pu les ouvrir. Ses vêtements, ses bijoux, si raffinés. Sur son linge, ses pulls, ses chemisiers, flotte encore son parfum préféré, à l'iris. Il a résisté, à la mort, à l'immersion. Il déploie ses volutes vivaces. Dans une autre caisse, de merveilleuses aquarelles. Les portraits de David et de Ted. La beauté lumineuse de David me touche plus que celle de Ted, ténébreuse, mais sans doute suis-je de parti pris... Des dessins d'animaux – parfois, en regard, l'ébauche d'un poème : d'elle ? de Ted ? Et son étonnante collection de *netsuke*. Un chien en ébène, une sirène, un minuscule éléphant en corne de cerf, un singe en ivoire, un dragon en écaille de tortue, et bien d'autres : ces bêtes l'entouraient, pourquoi n'ont-elles pas réussi à jouer un rôle tutélaire ? Sur les photos des derniers mois, Shura et Assia arborent un air las, la fillette semble imprégnée par la mélancolie maternelle – ah, j'aurais dû lâcher mes trois enfants, partir pour Londres...

Ma sœur, gazée, brûlée, puis symboliquement noyée, et enfin sauvée des eaux – une histoire contemporaine ? Biblique ?

Ted vient de m'adresser son dernier recueil de poèmes, *Corbeau*. En page de garde : "En souvenir d'Assia et de Shura." J'ai enfin pu pleurer. Ma sœur et ma nièce ne sont pas seulement réduites à des cendres anonymes dans le cimetière d'Ashford. Une trace imprimée demeure, si discrète soit-elle. Ces poèmes sont d'une violence carnassière qui, parfois, me révulse. L'un d'eux s'intitule joliment "Chanson d'amour" :

Il l'aimait et elle l'aimait (...)
Elle le voulait tout entier en elle (...)
Il avait des caresses qui étaient les derniers efforts du naufragé qui s'accroche.

Assia, j'imagine, désirait ces caresses et s'agrippait à ce "tout entier en elle" – cet illusoire tout entier. C'est elle qui a sombré. Cette "Chanson d'amour" est aussi gracieuse Chanson de meurtre : une allègre entretuerie où chacun se détruit en dévorant l'autre.

Ma sœur ne sera pas retournée à Tel-Aviv. La Terre promise c'était la mort.

Régulièrement, mon mari reçoit des journaux israéliens. Il a repéré un article sur une rencontre, à Jérusalem, entre poètes anglais et poètes israéliens. On mentionnait Yehuda Amichaï. Ainsi que Ted Hughes, accompagné de sa jeune femme Carol.

MICHAËL MENDELSON

Mars 1973

L'anniversaire de la double disparition. Quatre ans. Patricia et moi sommes toujours meurtris. Quelques mois après le drame – bien sûr nous avions fini par dire la vérité à nos fils –, il est arrivé que l'un d'eux nous questionne : "Où elle est, Shura ?" Plus maintenant. Peut-être ont-ils oublié, peut-être ont-ils trouvé par eux-mêmes une réponse ?

Il y a peu, dans une librairie, j'ai feuilleté le dernier recueil de Yehuda Amichaï, récemment traduit de l'hébreu en anglais. Je suis tombé sur un poème : "La mort de A. G."

Je ne peux comprendre ta mort à Londres
Dans le brouillard
De même que je ne peux comprendre
Ma vie, ici, dans la lumière.

Je l'ai appris ce quatrain, l'ai récité à Patricia en rentrant. De temps à autre, nous le redisons à haute voix, ensemble. Tel un tardif, inutile kaddish.

"A. G." : Yehuda Amichaï a préféré s'en tenir à ces deux initiales, identifiables par une très mince poignée d'initiés. Sans doute a-t-il voulu cette extrême discrétion par amitié et respect à l'égard de Ted Hughes ? Il n'en reste pas moins que le nom et l'image de cette femme à la fois floue et fascinante semblent voués à s'effacer.

DIALOGUE

Juin 1989

— Je suis épuisé…

— Tu l'es toujours, Warren, lorsque tu reviens d'une visite à ta mère. Un whisky ?

— Volontiers. Cet établissement pour personnes dépendantes, comme on dit élégamment, est bien tenu, mais j'en sors déprimé chaque fois.

— Des glaçons ?

— Oui, merci. Tu sais ce que maman m'a déclaré tandis que je poussais son fauteuil roulant dans le parc ? En se tuant, Sylvia a voulu tuer son père. Je n'ai pas répondu. Puis elle a ajouté : Ou moi peut-être ! Et elle a ponctué d'un petit rire guilleret.

— En somme, elle est gaie…

— Mais enfin, Margaret, tu vois où elle en est ? Confondre meurtre et suicide !

— Ce n'est pas absurde. Rappelle-toi : dans les premiers temps qui ont suivi la disparition de ta sœur, ta mère imputait le drame à l'effet désastreux, affirmait-elle, de l'antidépresseur prescrit par le Dr Horder. Comme si le suicide de ta sœur ne pouvait résulter que d'un malencontreux cocktail chimique. Depuis, et peut-être même à travers cette maladie d'Alzheimer, elle s'est approchée de la vérité. Pour autant qu'il y en ait une…

— Eh bien, si ma vieille mère sénile et mon épouse, émérite conservateur de musée, sont complices, je n'ai plus qu'à m'incliner.

— Warren, tu sais à quoi je pense ? A cet accident cardiaque de ta mère lorsque *La Cloche de détresse* a été publié aux Etats-Unis et a obtenu très rapidement un succès considérable.

— Eh oui, ce roman rédigé par Sylvia alors qu'elle était porteuse de vie, enceinte de Nicholas, a bien failli provoquer la mort de notre mère.

— Meurtrière, l'écriture.

— Ou suicidaire ?

— L'hécatombe, de toute façon… On trinque ?

AL ALVAREZ

Londres, mai 2007

Je feuillette un ouvrage récent de Frieda Hughes : *Quarante-cinq*. Peintre et poète, la Frieda aux yeux bleus que j'ai connue âgée de six semaines. Quarante-cinq compositions, accompagnées de poèmes, chacun et chacune correspondant à une année de sa vie. Des peintures dynamiques, intensément colorées. Excepté celle datée de 1963. Noire dans sa quasi-totalité sauf, sur la gauche, un trait vertical d'un rouge strident. Une mince entaille, dégoulinante : le 11 février 1963, ai-je aussitôt pensé. J'en reste saisi. Sylvia et la couleur rouge. Cette fente saigne. A ses règles.

Bien sûr, j'ai aussitôt confronté cette œuvre avec celle correspondant à l'année 1998 : le décès du père. Plus colorée, cette dernière, mais des formes tellement torturées, convulsives ! Ted, décédé d'un cancer du colon. Lui qui, dans les années situées entre les deux suicides, avait comparé le monde à un sombre intestin : dévoration et truculence, horreur et cocasserie, ces poèmes de *Corbeau*. Ted, mort le lendemain de l'anniversaire de Sylvia – elle aurait eu soixante-six ans –, neuf mois après la parution de *Birthday Letters*. Il lui était arrivé de se tromper sur les dates, persuadé par exemple d'avoir fait l'amour pour la première fois avec Sylvia, puis avec Assia, un vendredi 13. Ce qui était erroné pour Sylvia, j'ai pu le vérifier lorsque sa correspondance et ses journaux ont été publiés. Tous deux s'étaient antérieurement retrouvés dans un lit lorsque, un vendredi 13 effectivement, ils avaient décidé de vivre ensemble. Eh oui, on se trompe sur les dates lorsqu'on voudrait que tout fasse sens, il n'est pire biographe que de soi-même ? Dans *Birthday Letters*, j'ai repéré une autre confusion : Ted évoque le foulard bleu dérobé le soir de la première rencontre à Cambridge, la rencontre devenue quasiment mythique. Mais, dans son journal, Sylvia parle bien d'un serre-tête rouge. Il est rassurant que les principaux intéressés amorcent déjà une fiction sur des événements essentiels de leur existence, préfigurant ainsi les romans à venir. Peut-être d'ailleurs cette substitution du bleu au rouge avait-elle pour Ted une signification ?

Pour la date de son propre décès, relié à la naissance de Sylvia, non Ted n'avait pas commis d'erreur. Et ce fut dans une clinique jouxtant l'hôpital où avaient été autopsiés les cadavres de Shura et d'Assia. Seuls les morts s'unissent.

Par des amis, j'ai eu récemment des nouvelles de Nicholas. Chercheur en biologie marine, il a quitté l'Angleterre, obtenu la nationalité américaine. En Alaska, où si souvent il séjourna avec son père pour pêcher le saumon, il observe les migrations et métamorphoses des poissons dans le ventre de la mer.

LA GUENON BIRMANE

Austin (Texas), mars 2009

Eh bien, songe David en refermant *Birthday Letters*, ça grouille là-dedans ! Quelque quatre-vingts espèces – il les a dénombrées – galopent, rampent, nagent ou se terrent, volent, frétillent, luttent pour la vie, copulent et meurent. David avait pris connaissance du recueil à la parution, il y a onze ans, puis l'avait relégué dans un coin de sa bibliothèque. Oublié, ou quasiment… Hier, ce mail laconique envoyé par un ami new-yorkais : tout récemment, en Alaska, Nicholas Hughes s'est tué. Il avait quarante-sept ans. Il n'a pas ouvert le gaz. Il s'est pendu. Sa sœur aurait déclaré qu'il était très dépressif. David se souvient vaguement, il lui faudra vérifier : Dans *Ariel*, Sylvia n'avait-elle pas intitulé un de ses poèmes "Le pendu" ?

Un ricochet lointain du drame de février 1963, ce suicide ? Au cœur du Texas, au sein de sa famille, David pouvait se croire très éloigné de cette vieille histoire encoconnée dans les brumes londoniennes, et voici qu'elle venait de lui sauter brutalement à la gueule. Troublé, il a ressorti *Birthday Letters*, dédié par Ted à Frieda et Nicholas. A relu, submergé par le déferlement des souvenirs et des bêtes. Quantité d'animaux, et le premier à entrer en scène est un cheval blanc pommelé. Lui succèdent une femme, un homme, un tamia, un ours. Plus tard des bébés. Et des monstres. Dont le père-Minotaure, taureau beuglant au fond de son tombeau-labyrinthe, jaillissant parfois dans l'arène onirique de sa fille. David se rappelle certaines critiques, émanant en général de femmes – il avait bon dos, Otto le cher papa ! Un peu trop commode de se délester sur ce père disparu de la responsabilité et de la culpabilité ! Les ménades féministes avaient attaqué et déchiré Ted-Orphée à belles dents, le traitant éventuellement d'assassin. Ces controverses n'ont guère intéressé David. Et pour Assia, non, personne n'avait réagi…

De beaux poèmes, ces lettres d'anniversaire adressées à Sylvia, là était l'essentiel, reconnaît David. En 1998, à la parution, on avait dit que Ted Hughes, le célèbre écrivain – récompensé par de nombreux prix, poète officiel de la couronne, ami du prince de Galles, souvent invité au château de Balmoral pour pêcher le saumon en sa compagnie –, que Ted, se sachant condamné, avait décidé de publier *Birthday Letters*, où il revenait sur les sept années passées avec Sylvia.

Même s'il avait de bonnes raisons de lui en vouloir, David estimait que Ted avait choisi la juste voie : les poèmes de *Birthday Letters* faisaient souvent écho à des nouvelles ou à des poèmes de Sylvia. Un travail de tissage entre les textes, secret, souterrain, durant plus de trente années, un travail de taupe – et pourquoi la taupe ne serait-elle pas orphique ? Le langage de l'un répondait au langage de l'autre, l'avivait. De ses descentes dans le monde chtonien, Ted avait au moins rapporté cette résurrection du verbe. Même si, David le savait, écrire est moins pleurer l'autre que pleurer sur soi. Bien entendu, des biographes et des essayistes, des chercheurs et des psychiatres, des cinéastes, des romanciers, des librettistes d'opéra avaient reniflé ces multiples traces et ne s'étaient pas gênés pour flanquer leurs sales pattes de prédateurs sur cette histoire. Ils l'avaient triturée, interprétée, racontée à leur façon, chaque récit en avait engendré d'autres, contribuant à l'élaboration d'une légende noire et dorée – qui, le plus souvent, se concluait sur le suicide de Sylvia. Une légende qui continuera à proliférer, suppose David. Non, il n'avait pas souhaité voir le film tourné par une réalisatrice néo-zélandaise : aucune actrice ne pouvait détenir la sombre lumière d'Assia, planète morte toujours étincelante dans sa mémoire.

Sylvia, Ted, Assia, Shura, Nicholas, et lui David, le survivant. L'Angleterre demeure en lui tel le royaume des ombres – cette chape de grisaille opaque sur Londres, cette morne humidité, ces façades ternes. Le domaine des défunts ? David résidait déjà à Austin, amoureux d'une étudiante que bientôt il épouserait, lorsqu'il avait appris les décès d'Assia et de Shura. Assia, Sylvia : une histoire entre femmes ? Chacune avait fasciné, tué l'autre ? Sylviassiashura fusionnant dans les volutes fluides du monoxyde de carbone… Et maintenant, Nicholas. Voués au pire, ces prénoms en *a* ? Excepté Frieda. Et brusquement, David se sent bouleversé, songeant à Nicholas qui, durant quarante-six années, avait résisté à l'abandon maternel avant de s'effondrer…

Il se ressaisit, reprend *Birthday Letters*, à la recherche du seul poème où soit évoquée Assia. Désignée comme la femme aux multiples avortements. Celle dont le mascara, disait Ted, faisait penser à la suie grasse d'Auschwitz. La femme du côté de la mort ? Pas de la même façon que Sylvia ? Avant la parution de *Birthday Letters*, David avait repéré d'autres poèmes de Ted consacrés à Assia, sans que bien sûr ce prénom soit jamais prononcé : des poèmes discrètement répartis dans plusieurs recueils, ou regroupés dans une luxueuse plaquette, confidentielle. Comme si – exception faite de la mention au début de *Corbeau* – Ted avait préféré estomper son existence ? Et où sont donc ses cendres, ses cendres de femme juive qui n'avait pas réussi à s'enraciner, pas même dans son unique enfant ? Dans l'un de ces poèmes, Ted interpellait la disparue – pourquoi, lorsque la tombe de Sylvia a englouti son cadavre, pourquoi n'as-tu pas fui, pourquoi ? David pourrait rétorquer : Parce que toi, Ted, tu l'avais retenue, jalousement. Parce que je m'étais refusé à capter ou contraindre cette femme, ma femme, que j'ai toujours estimée loyale à mon égard. Parce que devant la passion, ou la mort, on s'incline. Et, rumine-t-il en refermant le livre, celle qu'on aime vous aime, et aime ailleurs, en toute bonne foi – une vieille histoire, tellement banale, celle de la plupart des enfants.

Très lointain, à présent, le royaume des ombres. David est heureux avec sa femme, ils ont plusieurs petits-enfants – dont une, la dernière, réside chez eux pour le week-end. Il a accompli une belle carrière universitaire, est devenu un poète reconnu. Et pourtant, émouvante, remonte l'image du bébé Shurotchka, agrippée à son épaule, bavouillant, esquissant ses premiers sourires, tentant d'attraper le nez de David. Image qui soudain ravive le souvenir d'une autre enfant : tendre elle aussi, lovée contre lui. Lorsqu'il était enseignant en Birmanie – cinquante ans de cela bientôt –, un étudiant de Mandalay lui avait donné une femelle guenon, tout juste sevrée. Il était impossible de ne pas accepter les cadeaux offerts par les étudiants de ces pays : David avait gardé la bête chez lui. Solitaire à cette époque, il avait pris plaisir à la nourrir, à la dorloter, et ne s'était pas méfié de l'attachement d'un animal à l'humain qui s'en occupe. La venue d'Assia, enfin divorcée, avait provoqué le drame. La première suicidée d'une série, cette gentille guenon birmane ? A présent, on dirait plutôt abandon de vie.

Sa petite-fille de sept ans le rejoint dans son bureau.

— Tu as l'air bizarre, grand-père, tu es triste ?

— Non non…

— Alors, tu me racontes une histoire ?

— D'accord ! Tu viens sur mes genoux ? Il était une fois une jeune et jolie guenon. Cela se passait dans un pays lointain, au-delà des mers, un pays où fleurissent des lotus et des orchidées, du jasmin et des bougainvillées. La guenon était amoureuse d'un homme blond, nouveau venu dans ce pays. Très souvent, elle restait collée à son torse, dormait avec lui, le mordillait gentiment et parfois lui léchait les oreilles. Ensemble, ils jouaient dans le jardin, à l'ombre des banians, décortiquaient des cacahuètes et buvaient du lait de coco.

— Et après ?

— Après est arrivée une femme brune, très belle. Depuis longtemps l'homme espérait sa venue mais, comme il n'en était pas tout à fait certain, il n'en avait pas parlé à la guenon. La femme brune est entrée dans la maison, l'homme l'a enlacée, embrassée. Aussitôt la guenon a sauté sur l'intruse. Elle a déchiré son chemisier et l'a mordue méchamment à l'épaule. L'homme a été obligé de s'en séparer.

— De la femme brune ?

— Non, de la guenon.

— Mais c'est pas juste ! Pourquoi elle, puisqu'ils mangeaient et dormaient ensemble ?

— Parce que l'homme était très amoureux de la femme brune. La guenon, c'était seulement… euh, un peu comme ton ours en peluche pour toi.

— Non, c'est pas juste ! Et c'est dommage, je trouve !

Dommage ? S'il avait choisi la bestiole aux yeux vifs et tendres, cinq morts tragiques auraient-elles été évitées ?

— Et après, grand-père ?

— L'homme a confié la guenon à un zoo. On a essayé de la nourrir et de la soigner. Mais elle refusait obstinément de manger. Elle s'est laissée mourir, lentement, prostrée dans une cage de ce zoo.

RÉFÉRENCES DES CITATIONS

P. 14 : Sylvia Plath, *Carnets intimes*, La Table ronde, 1991, traduction : Anouk Neuhoff, p. 148.

P. 30 : Sylvia Plath, *Letters Home*, tome 1, 1950-1956, Des femmes, 1988, traduction : Sylvie Durastanti, p. 343.

P. 37 : *Idem*, p. 346.

P. 39 : Sylvia Plath, *Collected Poems*, Faber and Faber, 1981, p. 315.

P. 40 : Sylvia Plath, *Letters Home*, *op. cit.*, p. 343.

P. 91 : Sylvia Plath, *Journaux 1950-1962*, Gallimard, 1999, traduction et préface : Christine Savinel, p. 149.

P. 95 : Sylvia Plath, *Collected Poems*, *op. cit.*, p. 102.

P. 99 : Sylvia Plath, *Collected Poems*, *op. cit.*, p. 116.

P. 113 : Sylvia Plath, *Ariel*, traduit, présenté et annoté par Valérie Rouzeau, Gallimard, 2009, p. 72.

P. 126 : Sylvia Plath, *Trois femmes*, Des femmes, 2007, traduction : Laure Vernière et Owen Leeming, p. 27.

P. 131 : *Sylvia Plath, un galop infatigable*, essai, et anthologie établie par Valérie Rouzeau, traduction : Valérie Rouzeau, éditions Jean-Michel Place, 2003, p. 57.

P. 133 : Ted Hughes, in *Anthologie bilingue de la poésie anglaise*, Gallimard, Pléiade, 2005, p. 1453.

P. 136 : Sylvia Plath, *La Cloche de détresse*, Gallimard, 1987, "L'Imaginaire", traduction : Michel Persitz, p. 12-13.

P. 138 : Sylvia Plath, *La Cloche de détresse*, *op. cit.*, p. 258.

P. 138 : Sylvia Plath, *La Cloche de détresse*, *op. cit.*, p. 252.

P. 146 : Sylvia Plath, *Arbres d'hiver*, Gallimard, 1999, traduction : Françoise Morvan et Valérie Rouzeau, p. 31.

P. 152 : Sylvia Plath, *Ariel*, *op. cit.*, p. 60.

P. 153 : Sylvia Plath, *Arbres d'hiver*, *op. cit.*, p. 167.

P. 160 : Sylvia Plath, *Trois femmes*, *op. cit.*, p. 31.

P. 160 : Sylvia Plath, *Trois femmes*, *op. cit.*, p. 22.

P. 204 : Sylvia Plath, *Ariel*, *op. cit.*, p. 23.

P. 205 : Sylvia Plath, *Ariel*, *op. cit.*, p. 71.

P. 205 : Sylvia Plath, *Ariel*, *op. cit.*, p. 58.

P. 224 : Sylvia Plath, *Ariel*, *op. cit.*, p. 108.

P. 226 : Sylvia Plath, *La Cloche de détresse*, *op. cit.*, p. 252.

P. 232 : Sylvia Plath, *La Cloche de détresse*, *op. cit.*, p. 254.

P. 243-244 : *Sylvia Plath, un galop infatigable*, *op. cit.*, p. 54 et p. 56.

P. 245 : Sylvia Plath, *Trois femmes*, *op. cit.*, p. 34.

P. 248 : Sylvia Plath, *Le jour où Mr Prescott est mort*, traduction : Catherine Nicolas, La Table ronde, 1990, p. 163.

P. 278 : Ted Hughes, *Corbeau*, Editions de la Différence, traduction et préface de Claude Guillot, postface de Joaquim Vital, dessins de Jean Lebenstein, 1980, p. 24.

P. 287 : Ted Hughes, *Birthday Letters*, Gallimard, 2002, traduction : Sylvie Doizelet, p. 156.

P. 299 : Ted Hughes, *Corbeau*, *op. cit.*, p. 86.

P. 311 : Sylvia Plath, *Ariel*, *op. cit.*, p. 70.

P. 336 : Ted Hughes, *Corbeau*, *op. cit.*, p. 109.

P. 337 : Yehuda Amichaï, cité par Yehuda Koren and Eilat Negev, in *Lover of Unreason*, Carroll and Graf Publishers, New York, 2006, p. 224.

REMERCIEMENTS

Toute ma gratitude à Daniel Arsand qui m'a fait découvrir *Birthday Letters* de Ted Hughes. A Nicole Haviland pour son aide à la traduction. A Véronique Michel-Zimmermann pour ses précieuses recherches.

Ainsi qu'à : Eliane Allouch, Gérald Aubert, Nicole Bary, Monique Benoit, Michel Breton, Garance, Marie Goudot, Odile et Jean-Paul Herzog, Marie-Hélène Lafon, Bea Mahood, Philippe Michard, Jean-Pierre Nicol, Chantal Pelletier, Myriam Penazzi, Corinne et Luc Pujade-Renaud, Anita Vallejo, Martin Winckler, Jean-Yves Zimmermann.

Merci à Al Alvarez, C. Andriot-Saillant, Colette Audry, Jacques Darras, Sylvie Doizelet, Sylvie Durastanti, Patricia Godi, Claude Guillot, Nancy Huston, Christine Jordis, Yehuda Koren et Eilat Negev, Owen Leeming, Diane Middlebrook, Janine Mitaud, Françoise Morvan, Kate Moses, Joanny Moulin, Anne Mounic, Anouk Neuhoff, Catherine Nicolas, Michel Persitz, Valérie Rouzeau, Christine Savinel, Anne Stevenson, Laure Vernière, Erica Wagner, pour leurs biographies, essais, préfaces, romans, traductions, sans lesquels ce roman n'aurait pu être élaboré : puisqu'il s'agit d'un roman, quels que soient les emprunts faits aux auteurs cités précédemment et, plus encore, aux écrivains protagonistes de cette histoire, à leurs poèmes, journaux, correspondances, nouvelles, romans.

Je me permets d'emprunter à William T. Vollmann sa formulation : "Je présente mes excuses pour toute offense faite aux vivants" (*Central Europe*, Actes Sud, 2007, p. 853) et, ajouterai-je, pour toute offense à l'égard des morts.

TABLE

BABEL

Extrait du catalogue

1014. SOROUR KASMAÏ
Le Cimetière de verre

1015. LAURENT GAUDÉ
La Porte des Enfers

1016. SAM SAVAGE
Firmin

1017. WAJDI MOUAWAD
Littoral

1018. ROMAN DE BAÏBARS 5
La Trahison des émirs

1019. ROMAN DE BAÏBARS 6
Meurtre au hammam

1020. MATHIAS ÉNARD
Zone

1021. JEANNE BENAMEUR
Laver les ombres

1022. JÉRÔME FERRARI
Dans le secret

1023. PASCAL MORIN
Bon vent

1024. A. M. HOMES
Ce livre va vous sauver la vie

1025. ANDREÏ GUELASSIMOV
L'Année du mensonge

1026. HANAN EL-CHEIKH
Londres mon amour

1027. WAJDI MOUAWAD
Incendies

1028. DAVID HOMEL
L'Analyste

1029. FABRICE NICOLINO
Bidoche

1030. NAOMI KLEIN
La Stratégie du choc

1031. DARINA AL-JOUNDI / MOHAMED KACIMI
Le Jour où Nina Simone a cessé de chanter

1032. WILLIAM T. VOLLMANN
Pourquoi êtes-vous pauvres ?

1033. CÉSAR AIRA
La Princesse Printemps

1034. INTERNATIONALE DE L'IMAGINAIRE N° 25
Le Patrimoine culturel immatériel,
premières expériences en France

1035. NAGUIB MAHFOUZ
Le Cortège des vivants

1036. RÛMÎ
Le Livre du Dedans

1037. IBN 'ARABÎ
La Profession de Foi

1038. IBN KHALDÛN
La Voie et la Loi

1039. ANNE-MARIE GARAT
L'Enfant des ténèbres

1040. KARSTEN LUND
Le Marin américain

1041. CHI LI
Préméditation

1042. JOSEPH E. STIGLITZ
Le Triomphe de la cupidité

1043. LILIANA LAZAR
Terre des affranchis

1044. YOKO OGAWA
La Marche de Mina

1045. SONALLAH IBRAHIM
Le Comité

1046. SONALLAH IBRAHIM
Cette odeur-là

1047. MOURAD DJEBEL
Contes des trois rives

1048. CLARO
Madman Bovary

1049. JEANNE BENAMEUR
Les Reliques

1050. KATARINA MAZETTI
Entre Dieu et moi, c'est fini

1051. STEFANO BENNI
Margherita Dolcevita

1052. OLIVIER PY
Théâtre complet III

1053. CLAUDIE GALLAY
Les Années cerises

1054. IN KOLI JEAN BOFANE
Mathématiques congolaises

1055. ANDRÉ BENCHETRIT
Impasse Marteau

1056. MARIE-SABINE ROGER
Les Encombrants

1057. PIERRE RABHI
Manifeste pour la Terre et l'Humanisme

1058. MOHED ALTRAD
Badawi

1059. AKIRA YOSHIMURA
Le Convoi de l'eau

1060. SEFI ATTA
Le meilleur reste à venir

1061. LIEVE JORIS
Les Hauts Plateaux

1062. FRANS DE WAAL
L'Age de l'empathie

1063. PAUL AUSTER
Seul dans le noir

1064. KATARINA MAZETTI
Entre le chaperon rouge et le loup, c'est fini

1065. DON DELILLO
L'Etoile de Ratner

1066. RACHID EL-DAÏF
Passage au crépuscule

1067. SHAHNON AHMAD
Le Riz

1068. METIN ARDITI
Loin des bras

1069. LYONEL TROUILLOT
Yanvalou pour Charlie

1070. VÉRONIQUE BIZOT
Mon couronnement

1071. SYLVAIN COHER
Hors saison

1072. KALÂBÂDHÎ
Traité de soufisme

1073. GHAZÂLÎ
Temps et prières

1074. ETGAR KERET
La Colo de Kneller

1075. KHALED AL KHAMISSI
Taxi

1076. JOËL DE ROSNAY
Et l'homme créa la vie…

1077. NOURJEHAN VINEY
Les Contes du roi Vikram

1078. *
Histoire de 'Arûs, la Belle des Belles, des ruses qu'elle ourdit, et des merveilles des mers et des îles

1079. JOUMANA HADDAD
Le Retour de Lilith

1080. JOSÉ CARLOS SOMOZA
La Clé de l'abîme

1081. PETER HØEG
La Petite Fille silencieuse

1082. MAGYD CHERFI
Livret de famille

1083. INTERNATIONALE DE L'IMAGINAIRE N° 26
Labyrinthes du réel : écrivains estoniens contemporains

1084. HENRY BAUCHAU
Déluge

1085. CLAUDIE GALLAY
Les Déferlantes

1086. KATARINA MAZETTI
La fin n'est que le début

1087. ALBERTO MANGUEL
Tous les hommes sont menteurs

1088. JACQUES POULIN
Les Yeux bleus de Mistassini

1089. MICHEL TREMBLAY
Un objet de beauté

1090. ANNE-MARIE GARAT
Pense à demain

COÉDITION ACTES SUD – LEMÉAC

Ouvrage réalisé
par l'Atelier graphique Actes Sud.
Achevé d'imprimer
en janvier 2012
par Normandie Roto Impression s.a.s.
61250 Lonrai
sur papier fabriqué à partir de bois provenant
de forêts gérées durablement (www.fsc.org)
pour le compte
des éditions Actes Sud
Le Méjan
Place Nina-Berberova
13200 Arles.

Dépôt légal
1re édition : février 2012
N° impr. : 120012
(Imprimé en France)